Christine Lehmann

Vergeltung am Degerloch

Ariadne Krimi 1165
Argument Verlag

Ariadne Krimis
Herausgegeben von Else Laudan
www.ariadnekrimis.de

Dieses Buch entstand mit freundlicher Unterstützung
der Buchpaten Frigga Haug und Wolfgang Fritz Haug.

Christine Lehmann bei Ariadne:

Harte Schule *(Ariadne Krimi 1157)*
Höhlenangst *(Ariadne Krimi 1161)*
Vergeltung am Degerloch *(Ariadne Krimi 1165)*

Deutsche Originalausgabe

Glashüttenstraße 28, 20357 Hamburg
Telefon 040/4018000 – Fax 040/40180020
www.argument.de
Lektorat & Satz: Iris Konopik
Umschlaggestaltung: Martin Grundmann,
www.herstellungsbuero-hamburg.de
Druck: Oldenbourg Taschenbuch GmbH, Kirchheim
Gedruckt auf säure- und chlorfreiem Papier
ISBN 10: 3-88619-895-2
ISBN 13: 978-3-88619-895-5
Erste Auflage 2006

Prolog

Inzwischen ist alles anders. Der genetische Fingerabdruck hat die Ermittlungen revolutioniert. Am Tatort erscheint die KT in weißen Ganzkörperkondomen und sucht nach Haaren und Hautschuppen. Die Frage nach dem Alibi wird überflüssig.

Mittlerweile besitze ich ein Handy und erschließe mir die Daten der Welt übers Internet. Aber die Grundfragen ändern sich nicht. Im *Stuttgarter Anzeiger* lädt der Damenstammtisch der CDU zu einer zwanglosen Diskussion in die *Weinstube Trollinger* am Feuersee ein: »Liegt es wirklich an den Frauen, dass nicht genug Kinder geboren werden?« Und gerade vorhin habe ich in der Zeitung noch ein Fragezeichen gelesen: »Mord am Feuersee nach Streit unter Alkoholikern?« Bezieht sich das Fragezeichen auf einen Mord oder auf den Streit unter Alkoholikern? Beides schlösse sich aus. Im Falle eines Streits über die Frage, wer zur Tanke unter der Paulinenbrücke gehen musste, um Alk zu besorgen, wäre es doch wohl nur Totschlag gewesen. Die Leiche allerdings ist eine Tatsache. Sie lag in ihrem Blut an der Toilettenanlage am Feuersee neben der Johanneskirche unweit des Männerwohnheims der Heilsarmee. Neben dem Sterbenden ausgeharrt hat der Zimmernachbar aus dem Wohnheim. Zugeschaut hat er die halbe Nacht, wie dem anderen das Blut aus dem Hals lief und einen Teich bildete, in dem, den Enten gleich, die braunen Blätter, die der Herbstwind pflückte, landeten mit ihren hochgebürzelten Stielen. »Blattenten«, sagt er zur Polizei. Alkoholikerpoesie. Aber erinnern kann er sich an nichts.

Aber ich! Ich erinnere mich.

Dort hat es angefangen. Mit dem Toten am Feuersee. In einem früheren Jahrhundert, mitten in den Neunzigern, als das Klonschaf Dolly geboren und der Rinderwahnsinn auf einmal für den Menschen gefährlich wurde, als Lady Di noch lebte, bevor Harry Potter zaubern lernte und als der Zeppelin am Bodensee wieder zu fliegen begann. In den Jahren der Leggins und Karottenhosen, kurz vor der Wiedergeburt der Siebziger und dem Abba-Mamma-Mia-Wahnsinn im Radio und als wir noch gar keine Ahnung vom Euro hatten.

Aber das Frauencafé *Sarah*, das gibt es tatsächlich immer noch mit Tanzfrauentee, feministischem Diskurs und Aktzeichnen nur für Frauen. Ich müsste wirklich mal wieder hingehen. Ob es auch noch so aussieht wie damals vor zehn Jahren, als meine Geschichte begann. Und zwar so:

1

Die Frau beäugte mich. »Hasch'n Typ?«

Ich grinste vage. Burschen mit leerem Hosenstall waren nicht unbedingt mein Typ. Ich bevorzugte die kühle, blonde Weiblichkeit mit vollem Hintern, Wasserballonbrüsten und feuchter Verheißung.

»Ich heiße Gabi«, sagte der Bursche.

»Lisa«, sagte ich.

Gabi stand an der Theke des Frauenkulturzentrums *Sarah*, trug Weste, Hemd und Jeans, hielt die Zigarette zwischen Daumen und Zeigefinger, die Glut in den Handteller gekehrt, und schob lässig die Hüfte vor. Sie hatte schwarze Augen hinter einer Brille, aber es war kein Blick von der glühenden exotischen Sorte, sondern er war hart, direkt und misstrauisch gegen sich selbst.

Auf dem Lesbenmarkt entdeckte ich damals gerade meinen Wert wieder. Mit meinem schwarz gefärbten und gegelten Haarkamm, den lila geschminkten Augen und der naturbelassenen Narbe, die mein Gesicht von der Nasenwurzel bis zum

Mundwinkel furchte, konnte ich immerhin als harter Bursche durchgehen.

Gabi steckte sich bauarbeitermäßig die Kippe zwischen die Lippen. »Bisch noch Hetero?«

Ich schätzte sie auf zwanzig. Das schwarzbraune Haar trug sie kurz geschnitten. Der männliche Habitus stand, fand ich, eigentlich nur dünnen Frauen ohne Hüften und Titten. Gabi war jedoch stabil gebaut, vermutlich nicht unintelligent und darum rundherum disharmonisch. Aber im *Sarah* konnte frau es sich durchaus erlauben, die maskuline Wirkung voll auszutesten. Warum auch nicht? Es gab auch Heterofrauen, die hierher kamen, um ihre weibliche Attraktivität zu testen. Sie machten sich vorher stundenlang zurecht, nur um sich hinterher darüber zu beschweren, dass frau nicht mal in einem Frauencafé in Ruhe gelassen wurde.

»Ich hatte mein Coming-out vor drei Jahren«, erklärte sie. »Du kommsch au no auf den Trichter.«

Ich lächelte. Das hatte ich ein paar Jahre zuvor erst wieder lernen müssen, nachdem eine berstende Windschutzscheibe meine mimischen Weichteile zerstört hatte. Ich hatte vor dem Spiegel ein schiefes Seeräubergrinsen eingeübt. Gabi musste im Herzen ein Mädchen sein, wenn sie das interessant fand. Sie streichelte mir die Backe. »Hasch Angst, sag mal?«

Gott ja, ich war fast zehn Jahre älter als sie. Wie stellte sie sich das wohl vor? Alte Lesben beherrschten ausgefeilte Techniken, aber die Jungen verließen sich manchmal gern auf die Erfahrungen und Ideen der anderen. »Liegst du oben oder unten?«

Gabi lächelte etwas. »69.«

Ich schüttelte den Kopf.

Sie wandte sich abrupt ab. Vielleicht auch, weil Zilla aus der Küche kam und ihr einen Teller mit Salat hinstellte.

Zilla beugte sich über die Theke und begrüßte mich mit Küsschen. Petra hantierte mit den Flaschen und blickte kiebig. Sie war Zillas Freundin. Zilla war eine feine Dicke mit Igelhaarschnitt, vollen Lippen und einem Mutterblick. Sie war seit fünf Jahren geschieden und Mutter zweier Kinder, die sie dem Mann überlassen hatte. Seitdem führte sie das *Sarah* und lebte in einer Altbauwohnung über dem Café. Vor einem Jahr hatte sich Petra in sie verliebt, was ich durchaus verstand. Petra war klein, zerbrechlich und jung. Die gerade ausgestandenen Kräche mit den Eltern standen ihr noch wie Schweißperlen auf der Stirn. Und sie war rasend eifersüchtig. Dass ich nie was mit Zilla gehabt hatte, noch haben würde, konnte sie höchstens mit dem Verstand begreifen. Tapfer lächelnd nickte sie mir zu, wenn ich den Laden betrat, doch ließ sie Zilla und mich nie aus den Augen. Auch Gabi beobachtete uns. Und an einem der Tische saß inmitten von rauchenden und essenden Freundinnen eine Rothaarige, deren grünem Blick ich mittlerweile auch schon mehrmals begegnet war.

»Sag mal«, sagte Zilla, »wer von euch ist denn auf die schwachsinnige Idee gekommen, die *Amazone* eine Zeitschrift von Frauen für Menschen zu nennen? Der Mensch ist männlich.«

»Louise natürlich«, sagte ich.

Zilla kniff die Lippen zusammen. Sie mochte meine Chefin Louise nicht. Beide kamen aus der achtundsechziger Bewegung. Aber während Zilla sich zunächst in einer bürgerlichen Ehe verzettelte, hatte Louise am feministischen Diskurs gebastelt und die Frauenzeitschrift *Amazone* zu einem überregional bedeutsamen Blatt ausgebaut. Mittlerweile rechnete sich Zilla zu den autonomen Lesben und hielt Louise vor, sich beim patriarchalischen Establishment anzubiedern, weil sie sich von einer Talkshow zur nächsten weiterreichen ließ.

»Und was sollen die Kontaktanzeigen«, kritisierte Zilla weiter, »Sie sucht Ihn?«

»Louise sagt«, sagte ich, »nicht alle Amazonen seien Lesben.

Und ein Mann, der die *Amazone* liest, sei allemal besser geeignet für eine Amazone, als einer, der den SPIEGEL liest.«

»Wann hörst du endlich auf, für Louise zu schreiben?«

»Ich habe gerade erst angefangen«, sagte ich.

»Schade, dass es die *Glamour* nicht mehr gibt«, bemerkte Zilla. »Übrigens, Gabi hat ganz nette Artikel geschrieben.«

Gabi blickte absichtlich weg. Zilla schmunzelte.

»Stuttgart hält keine zwei Emanzenblätter aus«, behauptete ich. »Ich habe die letzten drei Monate wieder nur Dreiviertel meines Gehalts bekommen. Wir brauchen halt auch männliche Leser.«

»Wir kommen sehr gut ohne männliche Gäste aus«, sagte Zilla.

Gabi wandte mir jetzt den Rücken zu. Sie hatte einen quadratischen Hintern. Die schwarzen Jeans waren zu neu, um sich sexy anzupassen. Es gab zu viele Reibungspunkte und Leerstellen unter dem Gürtel, der die Männerhosen in der Taille zusammenzurrte.

Zilla lächelte weise. »Hast du dich immer noch nicht entschieden?«

»Na ja«, sagte ich, »wenn ich nicht angemacht werden will, gehe ich ins *Jenseits*.«

Der Unterschied zwischen dem Schwulencafé und dem *Sarah* war, dass die Tunten Frauen hereinließen, die Sarahs aber keine Männer. Unlängst hatte es sogar Krach gegeben, weil eine Frau ihren männlichen Säugling mitgebracht hatte.

Das kleine Frauencafé hatte seinen Eingang in der Johannesstraße. Auch an einem Sonntag füllten die Gästinnen – wie Zilla zu sagen pflegte – wenigstens vier der sechs runden Tische und die paar Plätze an der Bar. Es gab genügend Frauen, die sonntags auch mal ohne ihren Freund ausgehen wollten. In einem zweiten Raum fanden gelegentlich Vorträge statt, die durchschnittlich zehn Frauen anlockten. Die Atmosphäre war lila, schwarz und silberspiegelig. Auf der Speisekarte standen damals Milchshakes, Mondsalate und Müslis.

An dem Tisch mit der Rothaarigen, die ihre Augen nicht von mir lassen konnte, saßen drei Studentinnen, deren hübsche Langhaarköpfe und beringte Finger immer wieder in die Blicklinie zwischen der Rothaarigen und mir gerieten. Wenn der Weg wieder frei war, senkte sie die grünen Augen auf ihren Salat.

Zilla verschwand in die Küche.

Bei Petra bestellte ich einen Calvados. Sie sah mich immer an, als hätte sie Grund, Angst vor mir zu haben. Ich war stets versucht, das schmale Geschöpf in den Arm zu nehmen. Es musste sich anfühlen wie ein Vogel in der Hand. Um der Versuchung aus dem Weg zu gehen, zog ich mich an ein leeres Tischchen in der Ecke hinter der Bar zurück.

Gabi kam mir nach – »Darf ich?« – und ließ sich auf den Bistrostuhl fallen. »Du bist doch nicht beleidigt? Ich bin immer so direkt. Das ist vielleicht ein Fehler.«

»Nur wenn man es selber nicht verträgt«, bemerkte ich.

Gabi äugte und überlegte. »Darf ich dich mal was fragen?«

»Wenn es sein muss.«

»Für wen hältst du mich? Ich meine, wer bin ich, deiner Meinung nach?«

»Ein Mädchen, das nicht weiß, welche Rolle es spielen soll.«

Gabi schluckte. »Glaubst du, dass ich nicht normal bin?«

Ich schüttelte den Kopf. »Welpen bespringen sich im Spiel, egal welches Geschlecht sie haben. Aber irgendwann entscheiden sie sich für eine Rolle in der Horde. Deckrüde, Leithündin oder Underdog.«

»Und was bist du?«

»Outsider.«

Gabi starrte auf meine Narbe. »Wer hat dich so …«

»Vorsicht«, sagte ich, »ich beiße, wenn mir jemand von dieser Seite kommt.«

»Okay, okay.« Gabi hob die Hände. »Ich glaube, das wird nichts mit uns, nicht wahr? Schade. Aber kann man wohl nichts machen.« Sie schaute auf die Uhr, erschrak und stand auf. Sie bezahlte an der Theke, nahm einen Lederblouson vom Kleiderhaken und verließ eilig das Café. Es war elf Uhr.

Ich wurde das Gefühl nicht los, dass es nicht an mir gelegen hatte. Sie hatte ein Schauwerben abgezogen, hinter dem etwas anderes steckte als das, wonach es ausgesehen hatte.

2

Martha brachte den Kaffee. Die ungeheuer runde Sekretärin der *Amazone* machte den besten Kaffee, den ich kannte. Und sie ließ es sich nicht nehmen, ihn morgens auf die Zimmer zu verteilen und einer jeden Redakteurin ein paar selbst gebackene Plätzchen auf einer Untertasse dazuzustellen. Der stets aufwändige Dank war ein Ritual, das Marthas Hausmuttergesicht zum Lächeln brachte. Sie ging so leise, wie sie kam, umwallt von gemusterten Röcken und Blusen, mit denen sie das Unglück ihres Körpers auftrug.

Ich legte die Füße auf den Schreibtisch und las den *Stuttgarter Anzeiger*. Im Lokalteil fand ich eine kleine Notiz. Ein Toter in den Grünanlagen an der Johanneskirche. Ein Junge Anfang zwanzig, Jeansanzug, Identität ungeklärt. Die Polizei ermittelte zunächst im Drogen- und Obdachlosenmilieu. Nichts Wichtiges. Es war ja keine Frau gewesen, die tot in einer Grünanlage liegen geblieben war. Allerdings: Wo gab es an der Johanneskirche Grünanlagen? Dort gab es den Feuersee, etwas Gebüsch, einen U-Bahn-Eingang, die neugotische Kirche und öffentliche Toiletten, in denen die Penner hausten. Außerdem war es nicht weit weg vom *Sarah*.

Louise war abwesend. Ob sie auf Reisen war oder in ihrem Monrepos auf der Schwäbischen Alb weilte, das wusste vermutlich nur Martha. Jedenfalls war es angenehm ruhig. Ich süffelte den Kaffee und knabberte die Plätzchen. Die Kekse waren goldgelb und von geheimnisvoll untergründig würzigem Geschmack. Niemand kannte sich wie Martha in der Alchemie der Zubereitung von Lebensmitteln aus.

Von meinem Fenster aus hatte ich Einblick in das Einkaufsgetriebe der Eberhardstraße. Parkplatzkampf im Schacht zwischen Fünfzigerjahrebauten und dem wuchtigen Schwabenzentrum. Trachtenboutiquen, Sondergrößen ab 42, Juweliere, Glas. Frauen der Größen 36 bis 38 in Kostümen und Wintermänteln der Saison sichteten Pullover, Seidenoveralls und Blusen in den Ständen vor den Boutiquetüren. Ich hörte, dass es klingelte. Martha würde öffnen. Ich gab meiner Bürotür einen Stoß. Fremde Menschen am Morgen waren nicht mein Fall. Die Tür schwang wie üblich zwar entschlossen auf den Rahmen zu, wurde aber von einem Hubbel im Teppich kurz vor der Falle gestoppt. In meinem Hirn gab es den üblichen Klick von Frust. Seit ich hier arbeitete, wünschte ich mir knallende Türen.

Im selben Moment ging die Tür wieder auf. Marthas sorgenvolles Gesicht erschien. Hinter ihr drängelte, jegliche Körperdistanz missachtend, Gabi. Martha schien es zu missbilligen, konnte aber nichts mehr ändern.

Es war noch nie vorgekommen, dass mir eine Lesbe, die sich in mich vergafft hatte, bis ins Büro nachgestiegen war. Das versprach unangenehm zu werden. Ich flegelte.

Gabi sah ganz anders aus als vor zwei Tagen. Schwer zu sagen warum. Sie trug immer noch diese schwarzen Jeans, dazu diesmal einen hellblauen Sweater, aber sie sah nicht im Mindesten nach dem Burschen aus, der mir am Sonntagabend auf den Leib gerückt war. Ihre Hände zitterten. Ein schlechtes Zeichen. Auch unter Frauen kosteten Liebeserklärungen anscheinend Überwindung. Und offenbar ging es um existenzielle Fragen, denn Gabis schwarze Augen nahmen das beeindruckende Chaos und den Dreck um mich herum nicht wahr. Ich legte Wert auf Kaffeebecherränder auf Schreibtischholz, überquellende Aschenbecher mit Höfen von Asche, Papier mit Kekskrümeln und Staubflocken in der Schreibmaschine. Schmuddelig war ich mir selbst am nächsten.

»Zur Sache, Schätzchen«, sagte ich.

Gabi brach ohne Umschweife in Tränen aus. Auf ihren kindlichen Backen entstanden rote Punkte. Der Riechkolben schwoll zu einer Tomate an.

Ich nahm erst mal die Füße vom Tisch. Gabi konnte schließlich nichts dafür, dass ihre Sehnsüchte sich nicht mit den realistischen Möglichkeiten deckten. Auch ich hatte meine Jugend in einem Quallenzustand von Wollen und Nichtkönnen verbracht, beschränkt auf Onaniephantasien und einen unbeschälten Welpenkörper.

»Was ist denn los?«, fragte ich sanft.

Gabi wischte sich die Augen aus und zog den Rotz hoch.

»Nun red schon, Mädel.«

»Ich …«, schluchzte sie, »ich hab ihn erschlagen.«

»Wen?«

»Er hatte ein Messer.«

Ich überlegte. »Du redest doch nicht von dem Toten an der Johanneskirche, oder? Von einem Messer stand nichts in der Zeitung.«

Gabi wischte sich die Augen. »Aber er hatte ein Messer. Ich wollte ihn nicht totmachen. Aber plötzlich lag er da. Was soll ich denn jetzt tun? Die Polizei war schon bei Zilla.«

»Quatsch«, sagte ich. »Die Polizei ermittelt in Dealerkreisen. Die müssen Drogen bei dem Jungen gefunden haben.« Ich griff dennoch zum Telefon. Zilla war nicht in ihrer Wohnung, dafür aber unten im Café.

»Sag mal«, sagte ich, »meine Zuträger flüstern mir, dass die Polizei bei dir war.«

Zilla lachte heiter und schön. »Ach das! Wer hat dir das erzählt? Das war nur das Übliche. Irgendwelche Nachbarn haben sich wieder mal beschwert, weil eine der Frauen mit ihrem Motorrad durch die Straße geheizt ist.«

»Also kein Grund, zu einem längeren Artikel über Diskriminierung auszuholen.«

»Das kommt alle paar Monate vor. Aber wenn du noch eine Geschichte für die *Amazone* brauchst …«

»Danke. Wir sind im Prinzip voll.«

Zilla schluckte. Ich legte auf.

Gabi hing mit roten Hundeaugen an mir. »Ich habe ihn ermordet.«

»Mord heißt Niedertracht und Berechnung.«

»Jetzt muss ich ins Gefängnis. Das halte ich nicht aus!«

»Unsinn! Oder kanntest du den Jungen?«

Gabi schüttelte heftig den Kopf.

»Dann kommt die Polizei auch nicht auf dich.«

»Aber ich habe meine Brille verloren.«

Ich bezweifelte, dass die Polizei Gabi aufgrund eines Kassengestells identifizieren konnte. Andererseits hatten die Optiker der Stadt natürlich Karteikarten.

»Was ist denn wirklich passiert?«

Gabi schluchzte auf. »Ich wollte zur U-Bahn. Plötzlich steht er vor mir. Ich war wie gelähmt. Ich dachte nur: Jetzt bist du dran. Jetzt ist es so weit. Jetzt geht es dir wie all den anderen Frauen. Du bist fällig. Ich glaube, ich habe ihm einen Stein über den Schädel gehauen.«

»Woher hattest du den Stein?«

»Die bauen da irgendwas. Ich war wie in Trance. Ich habe überhaupt nichts mehr mitgekriegt. Ich bin heim und gleich ins Bett und habe gar nicht darüber nachgedacht. Es war alles wie weggeblasen. Erst als ich das heute früh in der Zeitung las, da ist es mir wieder eingefallen. Ich dachte doch nicht, dass er tot ist!«

»Und wie war das mit dem Messer?«

Gabi angelte eine feuchte Strähne aus dem Gesicht – selbst ihre Haare wirkten heute länger – und stierte auf meine Füße. »Er muss doch ein Messer gehabt haben, sonst hätte ich doch niemals … Ich meine, ich wäre doch nie auf die Idee gekommen, dass er mir was tun will.«

»Und warum kommst du zu mir?«

Vor mir hockte das Unglück in Gestalt einer von Angst und Verwirrung überforderten Studentin, deren verheulter Blick an meine nicht vorhandene Mütterlichkeit appellierte. Wenn man es genau betrachtet, verfügte ich damals eigentlich über keinerlei soziale Fähigkeiten. Das Unglück einer missglückten Ehe hatte mich gerade eben aus einem Dorf am Albtrauf in die Stadt katapultiert, die nicht mehr von mir verlangte, als dass ich in der Straßenbahn schwieg und an der Kasse eines Supermarkts bezahlte. Ich hielt es für nicht ganz ausgeschlossen, dass das, was Gabi Sonntagabend im Gebüsch an der Johanneskirche angerichtet hatte, die Kurzschlusshandlung einer pathologischen Fehleinschätzung gewesen war. Doch das bleibt unter uns. Selbstverständlich hegen wir keinen Verdacht gegen Frauen.

»Erst wollte ich nicht kommen. Aber dann dachte ich, du bist doch die Einzige, die das versteht …«

»Was soll ich verstehen?«, fragte ich alarmiert.

Gabi blickte zur Tür, die einen Spaltbreit offen stand, und senkte die Stimme. »Das kann ich jetzt nicht erklären, nicht hier. Könnten wir nicht … irgendwohin gehen?«

Ich stand auf. »Unten, gegenüber gibt es ein Bistro.«

Martha trat uns in den Weg, als wir durchs Sekretariat kamen, durch das jeder Weg von den Büros zur Redaktionstür führte.

»Wo wollt ihr hin? Es ist gleich Konferenz.«

Ich hatte keine Zeit, mich über den familiären Ton zu wundern, denn Gabi fauchte sofort ebenfalls ziemlich familiär: »Das ist unsere Sache!«

Martha fuhr zurück. »Bitte. Ich wollte ja nur sagen, dass die Redaktionskonferenz in fünf Minuten anfängt.«

»Dann seien Sie bitte so gut und entschuldigen Sie mich bei Marie«, sagte ich.

Doch Gabi war inzwischen gänzlich kopfscheu. »Nein, ist schon gut. Ich komme schon allein zurecht. Entschuldige, dass ich dich gestört habe. Wird nicht wieder vorkommen.«

Im nächsten Augenblick war sie zur Tür raus.

»Was hat sie denn?«, fragte Martha großäugig.

»Probleme«, sagte ich.

Ich hätte wirklich gleich drauf kommen können, worin Gabis Hauptproblem lag, aber ich dachte zu wenig darüber nach.

3

Am folgenden Tag rief mich Zilla an. Gabi war festgenommen worden. Sie hatte am Abend im *Sarah* damit geprahlt, einen Vergewaltiger erschlagen zu haben. Psychisch ein bisschen instabil, das Mädchen. Zwar hatte ihr niemand wirklich geglaubt, aber heute früh hatte dann Gabis Freundin Hede Zilla angerufen und mitgeteilt, dass Gabi zur Polizei gegangen sei, um sich zu stellen, obgleich Hede ihr dringend davon abgeraten hatte. Offenbar steckte Gabi noch massiv in der Trotzphase.

Ich versprach Zilla, mich darum zu kümmern, und bereute es sogleich. Es widersprach meiner Faulheit, meinem Mangel an Initiative und meinen geringen journalistischen Erfahrungen.

Die nächstliegende Idee war, beim *Stuttgarter Anzeiger* anzurufen und den Mann zu verlangen, dessen Kürzel Krk unter dem Artikel über den Toten an der Johanneskirche gestanden hatte. Der, den ich nach einer Weile Durchschalterei und Gesinge, Getöse und »Bitte warten, please hold the line« am Ohr hatte, bellte »Kraus« in meinen Kopf. Er hatte eine Stimme zum Kotzen – wie man im Schwäbischen zum Räuspern und Husten sagte –, kurz: eine derartig verfroschte Stimme, dass ich mich unbedingt selbst erst einmal freihusten musste. »Lisa Nerz, *Amazone.*«

Ein schmutziges Lachen. »Oh! Welche Ehre!«

»Ich rufe an«, sagte ich, »wegen des Toten an der Johanneskirche. Haben Sie da nähere Informationen?«

Der Mann räusperte sich. »Und warum rufen Sie nicht bei der Polizei an? Soll ich Ihnen die Nummer des Pressesprechers geben?«

»Danke«, log ich, »der hat mir praktisch nichts gesagt.«

»Ich bin kein Auskunftsbüro«, hustete Krk.

Ich stellte mir einen fetten alten Reporter vor, den man nach jahrelanger Faulheit, Sauferei und Unfähigkeit zu den Polizeiberichten abgeschoben hatte.

»Wie wär's mit ein bisschen Amtshilfe unter Kollegen?«, säuselte ich.

»Und was kriege ich dafür?«

»Ich weiß zum Beispiel, dass in der Sache jemand festgenommen worden ist.«

»Das wird mir das nächste Polizeifax auch mitteilen. Was weiter?«

»Erst Ihre Informationen.«

Es war einen Moment still. Das heißt, ich hörte ihn röcheln. »Na gut. Wenn Ihnen damit gedient ist ... Moment ...« Ich hörte es krusteln, dann das Klappern einer Computertastatur. »Ein Junge, Identität ungeklärt, Anfang zwanzig, Jeansanzug ...«

»Ich habe die Zeitung gelesen«, unterbrach ich. »Wurde ein Messer am Tatort gefunden?«

»Soweit ich weiß, nicht. Was hat Ihnen denn die Polizei gesagt?«

»Nichts.«

»Dann haben die auch kein Messer gefunden. Warum sollten sie das verschweigen?«

»Aus ermittlungstaktischen Gründen?«, schlug ich vor.

Krk hustete, nein, er lachte. »Ach Gott. Wenn Sie den Täter schon haben, wozu dann noch Ermittlungstaktik. Und nun sagen Sie mal, was Sie wissen.«

»Noch weniger.«

»Ein bisschen müssten Sie mir schon entgegenkommen.«

»So sehen Sie aus!«

»Dann«, sagte er, »schlage ich Ihnen Folgendes vor: Ich recherchiere ein bisschen für Sie und wir treffen uns heute Abend.«

Das hatte er sich so gedacht. Aber ich mäßigte meine Aversionen. Ich gehörte nicht zu den Journalistinnen, die ihre Geschichten auf der Straße suchten oder herbeirecherchierten. Ich hatte meinen Bau in den Räumen der *Amazone*. Was sich nicht vom Schreibtisch aus machen ließ, machte ich nicht. Mein Ansehen war das Ergebnis meiner Faulheit. Ich zog es vor, mir etwas auszudenken, als es zu erfragen. Ein Artikel über Witwen, für den ich sämtliche Interviewpartnerinnen erfunden hatte beim Versuch, meine eigenen Gefühle nach dem Tod meines Ehemannes zu erledigen, hatte vor zwei Jahren Louises Neugierde geweckt und mir den Eintritt in die Redaktion verschafft. Leider hatte ich nun Gabi und Zilla irgendetwas versprochen, was nach Hilfe klang. Engagement hatte seinen Preis.

»Also gut. Wo treffen wir uns?«

»Da lasse ich Ihnen völlig freie Hand.«

Ich schlug den *Tauben Spitz* vor. Im Bohnenviertel kannte sich einer wie Krk aus.

Martha streckte den Kopf zur Tür herein. »Übrigens, Louise hat angerufen. Sie kommt morgen.«

Das bedeutete Konferenzen, Wiederaufwärmung längst abgegessener Themen, Rauswürfe bereitliegender Artikel, Umschmiss des ganzen Heftes, neuer Leitartikel, neuer Kommentar von Louise, hektische Materialbeschaffung aus Archiven, schweinische Arbeit und Überstunden. Meistens waren es die Artikel aus meiner Redaktion, die plötzlich überflüssig wurden, denn ich war für die Kultur zuständig und dafür, meine Autorinnen mit plausiblen Aktualitätsargumenten zu vertrösten. Die Grafikerin Brigitte bekam die Existenzkrise, die Cartoonistin Bettina nagte am Bleistift und übersetzte den Unmut in Bilder und unsere stellvertretende Chefin Marie behielt die Nerven.

Ohne Frage brauchte die *Amazone* Louise. Erstens war es ihr Blatt, zweitens ihr Geld. Aber wenn Louise fern blieb, entweder auf Urlaub, auf Lesereise, zu Fernsehterminen oder wegen dringend nötiger Depressionsphasen auf ihrem Monrepos, dann blühte die Redaktion auf wie ein Wüstengarten unter Bewässerung. Die zarte Helga schrieb böse Glossen, Martha buk wunderbare Plätzchen und kochte herrlichen Kaffee, Brigitte bastelte Layouts, bei denen man sich der Banalität der eigenen Texte schämte, und Marie verfasste kühle, sogar von der Männerpresse beachtete Reportagen über Frauen in Politik und Wirtschaft, die Rechenkünste und das Alltagsmanagement von allein erziehenden Müttern und sexistische Modefotografie.

Ich dagegen arbeitete weder besser noch schlechter, wenn Louise da war, denn ich arbeitete so wenig wie möglich. Ich hatte mich vor zwei Jahren auf gut Glück als Sekretärin bei der *Amazone* beworben – Fremdsprachenkenntnisse vorhanden – und war von Louise empfangen worden. Aus irgendeinem Grund hatte sie sich zu meiner Mentorin aufgeworfen, ohne mich ins Bett gezogen zu haben. Seitdem waren gerade einmal drei Artikel von mir in der *Amazone* erschienen, einer über Christa Wolf, einer über die Galerie *Mondin*, die kurz darauf einging, und einer über das Frauenkulturzentrum *Sarah*, anlässlich dessen Louise mich ermahnt hatte, mich nicht mit den Objekten meiner Arbeit zu solidarisieren. Den Veröffentlichungen waren lange Diskussionen vorausgegangen und ich hatte sie ein halbes Dutzend Mal umschreiben müssen. Auch meine Aufträge an unsere freien Autorinnen ergingen erst nach umständlicher Instruierung und wurden sowieso von Louise gegengelesen. Als Redakteurin war ich überflüssig, als Autorin eine Niete und als Mensch unerheblich.

Martha goss die Blumen.

Marie saß in ihrem Büro an der Schreibmaschine, die blonden Haare hinterm Ohr, eine rote Bluse um die straffen Schultern, knappe Jeans. Sie war kompetent, unbestechlich, logisch, aufrichtig, zupackend und intelligent, außerdem schön, sportlich, weiblich, klar und gerade, ohne modischen Kleinkram und so wunderbar blauäugig, dass keine schmutzigen Gedanken aufkamen.

Sie blickte auf. Ich störte.

»Was gibt's?«

Selbstverständlich herrschte Ordnung in ihrem Büro.

»Ich bin da an einer Geschichte dran«, sagte ich. »Kennst du eine gewisse Gabi?«

»Meinst du Gabriele Weiß, Marthas Tochter?«

»Ach du Scheiße!« Das war es, was mir gestern bei Gabis Besuch so komisch vorgekommen war. Die Distanzlosigkeit.

»Sie ist unter Mordverdacht festgenommen worden«, erklärte ich.

Marie blinzelte nicht.

»Sie soll einen Jungen auf der Straße erschlagen haben. Gabi sagt, der Junge habe sie mit einem Messer angegriffen. Aber die Polizei hat wohl kein Messer gefunden. Gabi hat sich selbst gestellt. Soll ich dranbleiben?«

Marie nickte. Sie schien mit ihren Gedanken woanders. »Wir reden morgen drüber, wenn Louise da ist, ja?«

Martha putzte den Kühlschrank in der Küche, die wir im ehemaligen Badezimmer der zum Büro umorganisierten Fünfzimmerwohnung untergebracht hatten. Mit resolutem Blick sackte sie Joghurtbecher jenseits des Verfallsdatums, verschimmelte Käseecken und Reste eines Büfetts in eine Tüte.

»Das mit Gabi tut mir leid«, sagte ich.

»Was ist denn mit ihr?«

»Ach, dann wissen Sie es noch gar nicht. Gabi ist zur Polizei gegangen und hat erklärt, sie habe diesen Jungen umgebracht, der am Feuersee gefunden wurde.«

Martha ließ den Putzlappen ins Spülwasser sinken. »Mein Gott, warum denn?«

»Ich denke, es war Notwehr.«

Martha sprach nie viel. Ihre Domäne war die stille liebevolle Dienstbarkeit. Sie hatte sämtliche Termine Louises im Kopf, alle wichtigen Telefonnummern, die kulinarischen Vorlieben und Abneigungen aller Menschen, mit denen sie zu tun hatte, und organisierte unauffällig und effizient das soziale Leben der Redaktion. Immer war Kaffeesahne da, stets Kaffee, Süßstoff und Zucker. Hitzige Konferenzen kühlte sie mit Plätzchen und Säften ab. Und wenn Louise in Lobeshymnen ausbrach, lächelte sie nur und wallte stumm von dannen. Nach einigen Monaten hatte auch ich meine Bedenken gekillt, dass wir Amazonen uns eine Redaktionsmutti hielten. Es war einfach zu schön, wenn sich jemand um die alltäglichen Kleinigkeiten kümmerte.

»Das hat wohl so kommen müssen«, seufzte sie und zog den triefenden Lappen wieder aus dem Wassereimer. »Was treibt sie sich auch immer dort herum!«

Wahrscheinlich war es gut, dass die Sekretärin so selten mitredete. Ihre geistige Welt entsprach nicht dem aufgeklärten Standard, den wir pflegten.

»Auch Frauen haben das Recht, jeden Ort in der Stadt zu jeder Zeit ohne Gefahr für Leib und Leben aufzusuchen«, sagte ich.

Martha widersprach nicht. Sie widersprach selten. Sie dachte sich ihren Teil und wischte den Kühlschrank aus.

»Machen Sie sich keine Sorgen. Wir holen Ihre Tochter da wieder raus«, sagte ich. Wieso hatte ich nur den Eindruck, als wäre Martha das nicht recht?

Den Nachmittag über bewegte ich in meinem Hirn das Konzept einer Polemik gegen öde Unterführungen, einsame Grünanlagen und die zynische Empfehlung der Polizei an Frauen, stets wachsam zu sein. Dann meldete ich mich zur Recherche ab.

Es war feuchtkalt draußen. Den Menschenmassen nach zu schließen, die mit bösen Mienen und dicken Tüten herumschusselten, war Weihnachten ziemlich nahe. Vom Markt wehten Brandmandeldüfte herüber. Beim Kaufhaus Breuninger verteilte ein Weihnachtsmann Parfümproben, aber nicht an mich. Ein Mann in Lederjacke prallte gegen mich. Ich hatte ihn kommen sehen und den Ellbogen ausgefahren. Es riss ihn um seine eigene Achse. Ein Sekundenbruchteil *flight or fight*, dann entschuldigte er sich erschrocken. Seit ich aufgehört hatte, auf der Straße entgegenkommenden Männern auszuweichen, kam es immer wieder zu Zusammenstößen. Die meisten Männer waren unfähig, einen Zusammenprall vorherzusehen.

Ein System von Ladenpassagen, Treppen, Rolltreppen und kleinen Plätzchen leitete mich unter das Schwabenzentrum. Hier vereinigten sich die Einkaufsströme aus den großen Kaufhäusern mit Obst- und Blumenverkäufern, Zeitschriftenhändlern und um Pfennige singenden Bettlern mit struppigen Hunden. Ein Teil zweigte an den Kassenautomaten ins Breuningerparkhaus ab. Der schäbigere Rest fand sich in dämpfigen U-Bahnen ein, die sich unter der Innenstadt hindurchtunnelten. Charlottenplatz, Staatsgalerie, Neckartor. Dort zuckelte die Bahn in den Winterabend hoch zum Stöckach in der Neckarstraße. Im Vorteil-Discount volle Einkaufswagen mit

Großpackungen von Taschentüchern, Klopapier und Dosentomaten. Ich beschränkte mich auf ein Netz Orangen. Seitdem ich im dritten Stock wohnte, hatte ich mir Großeinkäufe abgewöhnt.

Meine Holzdielenwohnung mit ihren zugigen Fenstern und einem staubigen Gasofen im Zentrum teilte ich mir mit einer Kaffeemaschine, einem Kühlschrank, einem Kleiderschrank, einem Bett, einem Fernseher, einigen Kisten Büchern und diversen Kosmetikartikeln. Ich schwang die Orangen auf die Spüle, die ich beim Einzug vor einem Jahr zusammen mit dem Küchenmobiliar und einer Bastverkleidung am Ofen für sechstausend Mark hatte ablösen müssen. Noch fehlte mir ein Tisch. Aber ich stand in Verhandlungen mit Sally, die einen übrig hatte.

Ich stellte den Fernseher an, damit ein wenig Farbe in den Salon kam. Das Fenster ging auf einen Hinterhof, in dem ein KfZ-Betrieb seine Heimstatt hatte. Vom Küchen- und Schlafzimmerfenster hatte ich einen schönen Ausblick auf die Haltestelle Stöckach und den Bunker der Staatsanwaltschaft gegenüber.

Ich hatte genügend Zeit, mich aufzustylen. Nach einer Stunde konnte ich als Star des Films *Eine Frau steht ihren Mann* aus dem Haus gehen: dunkler Anzug, Weste, Binder, Krawattennadel, Taschentuch in der Brusttasche, Schulterklappentrenchcoat, streng gekämmte Haare, Narbe im Gesicht.

Stadteinwärts war die Straßenbahn leer. Die Hausfrauen kochten jetzt, und die Jugend von damals war noch nicht ins Kino aufgebrochen. Alle anderen hatten sowieso ein Auto. Ich besaß auch eines, aber ich bewegte es ungern, um meinen Parkplatz nicht zu gefährden.

4

Es gibt Leute, die erkennen einen Lehrer zehn Meter gegen den Wind oder Theologen am Hinterkopf. Ich erkannte Journalisten am fragenden Blick. Am Eingang zum *Tauben Spitz* zwischen Rotlichtareal und Fresskulturregion in der sogenannten Altstadt stieß ich mit einem solchen Exemplar zusammen. Obgleich ich mir Krk als aufgedunsenen Alten mit Tomatensoßenflecken auf der Krawatte vorgestellt hatte, identifizierte ich ihn sofort. Ein verlebter Vierziger, nicht groß, aber grobknochig, schwarz behaart, außer auf dem Schädel, wo ein grauer Filz wucherte, schlecht rasiert. Er hatte ein kantiges Gesicht mit großer Nase, gefurchter, breiter Stirn, unruhigen Linien und sagenhaft großen grauen Augen, die träge und feucht auf- und zuklappten. Er war nicht gerade dünn, aber auch nicht dick. Vermutlich trank er und rauchte, aß aber nichts.

»Hoppla«, sagte er und zog den Bauch ein.

»Sie sind Herr Kraus«, sagte ich. »Ich bin Lisa Nerz.«

»Aha!«

Er hatte eine verhärmte Lesbe in unübersichtlichen lila Röcken erwartet. Die Umstellung auf das andere Vorurteil dauerte ein paar Sekunden. Nun wusste er nicht, ob er mir die Tür aufhalten durfte oder nicht. Ich stürmte großzügig das Lokal. Unter der Decke schwebten blaue Schwaden. Um die großen Rundtische duckten sich die Leute Schulter an Schulter unter tief hängenden Kupferlampen. Geschmälzte Maultaschen geisterten an meiner Nase vorbei. Krk prallte zum zweiten Mal auf mich, weil ich plötzlich stehen geblieben war.

»Oh! Entschuldigung.« Seine Augen glitten skeptisch über die Hockenden. »Ob wir hier Platz finden?«

Ein guter Journalist, der die richtige Frage zur richtigen Zeit stellte.

Sally winkte hinter dem Tresen. Sie zapfte gerade Bier. Am

Tresen waren noch zwei Barhocker frei. Sally blinzelte mir zu. Die üppigen blonden Locken hatte sie nach hinten gebändigt.

»Hallo, wie geht's?«, fragte sie. Ihre blauen Augen hüpften zwischen mir und Krk hin und her.

»Es geht so«, antwortete Krk. »Und Ihnen?«

Offenbar hatten Krk und ich eine gemeinsame Bekannte. Sally hatte einst als Sekretärin im *Stuttgarter Anzeiger* gearbeitet, ehe sie zum SDR wechselte, der inzwischen SWR heißt. Gleichzeitig jobbte sie im *Tauben Spitz* und in der Praxis eines Kinderarztes. Sie brauchte immer Geld für Kosmetikartikel, Fußreflexzonenmassage, die Menagerie von drei Katzen und einem Hund, mit der sie in einer kleinen Dachgeschosswohnung zusammenlebte, und den Tierarzt. Jetzt nahm sie ein Reserviert-Schildchen von einem Zweiertisch in der Ecke beim Spielautomaten und lud uns ein, Platz zu nehmen. »Was darf ich bringen?«

Sally grinste mich mit Verschwörerinnenmiene an. Ich war ihr vor einigen Jahren im Krankenhaus in die Hände gefallen. Sie hatte damals kurzerhand mein Leben gerettet, als ich mich mit Hilfe eines allergischen Schocks davonstehlen wollte. Seitdem gehörte ich zu der Menagerie streunender Viecher, die sie betreute. Als ich nach meinem Unfall nur an Krücken gehen konnte, hatte sie mir die ebenerdige Wohnung einer Freundin vermittelt und für mich eingekauft. Dafür begleitete ich sie, wann immer sie es wünschte, als Mann zu Konzerten und Partys. Sally verliebte sich gern und bevorzugt in die falschen Männer. Ich diente ihr dann als Puffer zwischen ihr und einer dauerhaften Beziehung. Dass die Männer nicht in ihre Wohnung kamen, und wenn, dann nicht blieben, dafür sorgte ihre Schäferhündin Senta.

Krk bestellte ein Hefeweizen und Maultaschen, ich einen Salat und ein Pils. Sally gab sich servil. »Kommt sofort.«

Ich bot Zigaretten an und eröffnete die Verhandlung. »Also, was haben Sie rausgekriegt.«

»Nicht viel.« Er versuchte, mir nicht ins Gesicht zu starren. »Ich kenne einen bei der Polizei. Der hat mir wenigstens ein bisschen was erzählt. Ihre Freundin Gabriele Weiß …«

Ich zog die Brauen hoch. »Freundin is' nicht.«

»Also gut. Gabi ist heute früh zur Polizei marschiert und hat erklärt, sie wolle einen Mord gestehen.«

»Es war Notwehr.«

Krk hüstelte. »Die Polizei hat das Ganze zunächst auch für Spinnerei gehalten. Es gibt immer wieder Leute, die gestehen, sobald es einen Toten gibt. Aber der Tote an der Johanneskirche war nicht sonderlich spektakulär. Und die Brille, die man am Tatort gefunden hat, passt auf Gabi. Man fertigte ein Protokoll an und übergab Gabi der Staatsanwaltschaft, die einen Antrag auf Einweisung in eine psychiatrische Klinik stellte zur Überprüfung von Gabis Schuldfähigkeit oder so ähnlich. Sie muss einen ziemlich verwirrten Eindruck gemacht haben.«

»Aber sie ermitteln doch nicht in Richtung Mord?«

Krk zuckte mit den Schultern. »Da müssten Sie bei der Staatsanwaltschaft nachfragen. Mein Gewährsmann bei der Polizei sagt, Gabi beharre auf Mord, wenn sie auch nicht genau beschreiben konnte, was wirklich passiert ist.«

»Vermutlich ist Gabi mit den juristischen Begriffen nicht vertraut«, sagte ich. »Oder sie ist realistisch. Frauen werden nicht wegen Totschlags angeklagt, sondern immer wegen Mordes.«

»Soso.« Ein Lächeln zuckte in Krks Mundwinkeln. »Oder es war Mord.«

»Unsinn. Sie ist angegriffen worden und hat sich verteidigt.«

»Waren Sie dabei? Die Polizei hat jedenfalls das von Ihnen erwähnte Messer nicht gefunden. Gabi soll auch der Polizei gegenüber das Messer nicht erwähnt haben. Sie soll erklärt haben: ›Ich habe den Jungen ermordet, weil die Männer alle Schweine sind.‹«

Sally brachte das Bier. »Recht hat sie!« Sie legte die Bierdeckel aus und stellte die beschlagenen Gläser darauf. Dann eilte sie geschäftsmäßig weiter. Sie hatte straffe, runde Waden. Leider schämte sie sich ihres großflächigen Hinterns, auch wenn sie Röcke trug, und bedeckte ihn stets mit Hemdblusen.

Krks Fackelaugen gingen denselben Weg. Dann sah er mich an. Es war ihm peinlich. Gleichzeitig erschien ein streitsüchtiges Grinsen auf seinem Gesicht.

»Was wissen wir denn über die Leiche?«, erkundigte ich mich friedlich.

»Er wurde von hinten mit einem Stein erschlagen und lag auf dem Bauch neben dem Sandhaufen einer Baustelle nahe dem Eingang zur U-Bahn. Die Stadt gräbt da Kabel aus. Ein Obdachloser hat die Leiche gefunden. Aber die Obdachlosen, die in der Toilette an der Kirche übernachteten, wollen nichts bemerkt haben. Übrigens kein Grund zum Misstrauen. Die Penner sind der Polizei bekannt. Man nimmt nicht an, dass sie die Mithilfe böswillig verweigern. Sie müssen vielmehr ein Interesse daran haben, dass der Verdacht nicht auf sie fällt.«

»Weiß man inzwischen, wer der Tote ist?«

»Nein.«

»Hatte er denn nichts bei sich?«

»Zumindest keinen Ausweis, falls Sie das meinen. Übrigens auch keinen Geldbeutel. Ein paar Münzen und Scheine trug er in der Jackentasche, außerdem eine Fahrkarte der Straßenbahn, abgestempelt am Schillerplatz in Vaihingen, ein Päckchen Taschentücher und eine abgerissene Kinokarte vom *Palast*. Er hat den Film *Die dreizehn Kammern der Schaolin* gesehen. Das ist kein Porno, sondern ein Kung-Fu-Film …«

»Karate«, sagte ich.

Krk blinzelte. Wahrscheinlich befürchtete er, dass ich zu den Weibern gehörte, die den Lotuskick beherrschten. Die meisten Männer dachten an ihre Eier, wenn das Thema Selbstverteidigung aufkam.

»Der Film war Viertel vor elf zu Ende«, sagte er.

»Gabi hat gegen elf das Sarah verlassen. Der Junge muss sich allerdings ganz schön beeilt haben, um vom Kino in der Bolzstraße durch die Innenstadt bis zum Feuersee zu wetzen. Und was wollte er da?«

Krk zog die Schultern hoch. »Übrigens hatte er außerdem noch einen Draht in der Jackentasche ...«

»Ah«, machte ich hoffnungsvoll. »Draht taugt immerhin dazu, jemanden umzubringen.«

»Leider«, sagte Krk, »ist er der Tote, nicht der Mörder, oder nicht? Außerdem hatte er Kaugummi bei sich und einen Rasierapparat.«

»Was?«

»Richtige Männer müssen sich zuweilen rasieren.«

»Haben Sie auch Ihren Apparat dabei?«

Krk fuhr sich übers Kinn. Das schabende Geräusch erinnerte mich an Sallys letzten Liebhaber, zumindest an das, was sie mir im Brustton der Entrüstung über seine Morgenlatte und sein stachliges Gesicht erzählt hatte. Krk dagegen zog den Rotz durch die Nasenhöhle. Vermutlich schnarchte er fürchterlich. Außerdem kratzte er sich hin und wieder irgendwo, brachte bei jeder Positionsänderung sein Gemächt wieder in Stellung und zog, als er aufstand, um zum Pinkeln zu gehen, die Jeans hoch. Es war unübersehbar, dass der Mann ein biologisches Gebilde war, das mehr als die Frau den tierischen Bedürfnissen nach Nahrungsaufnahme, Ausscheidung, Fortpflanzung und sich zu flöhen unterworfen war. Krk trug Jeans mit der Patina echten Alters, die an sämtlichen Ausbuchtungen blank und in den faltigen Vertiefungen grau waren, dazu ein grünbraunes Hemd und ein dunkelgraues Sakko.

Während er auf dem Klo war, brachte Sally Maultaschen in der Brühe und den Salat. »Woher kennst du den denn?«

»Beruflich«, beschwichtigte ich.

Krk kam wieder. Sally kniff die Lippen zusammen und warf ihm einen Blick zu, der mir als Warnung dienen sollte.

Krk grinste. »Und was haben Sie nachher noch vor?«

»Bevor wir zum privaten Teil kommen: Was weiß die Polizei über Gabi?«

»Vermutlich weniger als Sie?«

»Ich kenne Gabi praktisch nicht«, sagte ich, »von einer kurzen, für sie enttäuschenden Begegnung im *Sarah* abgesehen.«

»Ach so.« Krk schlürfte die Brühe. Es war der Moment, wo er sich für die ganze Geschichte zu interessieren begann. »Gabi«, sagte er, »ist zwanzig. Abitur, studiert Germanistik und Anglistik, nachdem sie eine Lehre als KfZ-Mechaniker abgebrochen hat.«

»Mechaniker-in!«

Krks Augen blendeten auf. »Na, Bruder, unter uns Männern: Das mit dem weiblichen Genus ist doch reine Emanzenhysterie, ein Nebenschauplatz gelangweilter Hausfrauen, die lieber Hausmänner wären.«

Ich gab meinem Bierglas einen Schubs. Es schäumte über den Holztisch auf ihn zu. Er glitt schnell vom Stuhl. Das Getränk tropfte eher kümmerlich über die Kante. Während die Nachbarn im Lokal mit verrenkten Hälsen lauschten, sagte er: »Bier, Wein, Wasser, das sind die typischen Waffen der Frau, der der Saft ausgeht. Heutzutage vergeht kaum noch eine Talkshow, ohne dass ein Mann mit triefendem Gesicht und nassen Hosen dasitzt.«

Er weichte eine Serviette ein und tupfte das Bier von der Platte, ehe er sich wieder setzte. Wenigstens hatten seine Zigaretten etwas abgekriegt. Er knüllte die halb volle Schachtel in der Faust. Die Stängel knackten. Er schob sich ein Bonbon in den Mund, eines von diesen Vitamin-C-haltigen mit flüssigem Kern. Wir bezahlten dann getrennt, was Sally mit Befriedigung zur Kenntnis nahm. Krk ging grußlos, das Bonbon zerbeißend.

Ich setzte mich zu Sally an die Theke und bestellte Kaffee. Sie servierte mir dazu die Sätze: »Was willst du mit dem? Der stinkt, wenn du mich fragst.«

Sally konnte Männer im Allgemeinen nicht riechen.

»Kennst du ihn näher?«, fragte ich.

»Gott bewahre. Er kam erst zum *Anzeiger*, als ich schon fast weg war. Er ist eigentlich Fotograf, aber wir brauchten damals keinen Fotografen. Ich glaube, er kam über persönliche Beziehungen zum Chef rein. Ein Sozialfall. Er soll Lehrer gewesen sein.« Sie transportierte mit starken Armen ein Tablett mit Bier in den Gastraum. »Da gab es irgendeine Geschichte«, fuhr Sally fort, als sie wieder am Zapfhahn stand. »Aber das musst du für dich behalten, ja? Es heißt, er soll was mit einer Schülerin gehabt haben. Es gab sogar einen Prozess, glaube ich. Danach musste er scheint's den Schuldienst quittieren.«

Ich blähte meine Lungen. »Wann war das?«

Sally zuckte mit den hübschen runden Schultern. »Vor einigen Jahren. Übrigens nicht in Stuttgart. Er kommt, soviel ich weiß, aus Hamburg oder Hannover.«

Na bitte!

5

Zum Morgenkaffee die Schlagzeile: »Lesbe erschlägt jungen Mann«. Darunter: »Im Fall des Toten an der Johanneskirche (wir berichteten davon) hat die Polizei gestern eine junge Frau festgenommen. Die 20-jährige Gabi W. (Name von der Redaktion geändert) legte nach Angaben der Polizei ein Geständnis ab und bezichtigte sich selbst des Mordes. Als Motiv gab sie an, aus Männerhass gehandelt zu haben. Gabi kam am Abend der Tat aus dem nahe gelegenen Frauencafé *Sarah*. Sie wurde inzwischen in psychiatrische Behandlung überwiesen. Die Stuttgarter Staatsanwaltschaft hat noch keine Anklage erhoben. Die Identität des etwa 20- bis 25-jährigen Toten ist noch nicht geklärt. Krk.«

Ich schleuderte die Zeitung gegen die Wand. Die Blätter spreizten sich und welkten über meinen Fernseher. Wieder kein Knall. Da passte alles: Feminismus, Männerhass, Mord und Psychiatrie. Emanzen morden unschuldige Jungs vom Land. Ich horchte auf. Was hatte ich da eben gedacht? Ein unschuldiger Junge vom Land? Wieso vom Land? Aber ja: der Rasierapparat. Ein Junge Anfang zwanzig hatte noch nicht den strotzenden Bartwuchs eines Krk. Wenn er einen Rasierer bei sich trug, dann, um zu übernachten. Also kam er von außerhalb. Aber nicht von weit weg, sonst hätte er Gepäck bei sich haben müssen und eine größere Summe Geldes. Dass er sein Gepäck nicht im Zimmer einer Freundin gelassen hatte, dafür sprach wiederum der Rasierer in der Tasche. Außerdem hatte er wahrscheinlich keine Freundin, sonst wäre er kaum allein im Kino gewesen. Kinokarten wurden in der Regel doppelt gezogen und doppelt an der Schranke dem Abreißer hingehalten. Außerdem hätte eine Freundin ihn doch wohl inzwischen vermisst. Dass noch keine Vermisstenanzeige die Polizei auf die Spur seiner Identität gebracht hatte, sprach ebenfalls dafür, dass er von außerhalb kam. Seine Eltern wähnten ihn vermutlich noch in der Stadt. Vielleicht hatte der Junge noch gar nicht gewusst, wo er übernachten wollte. Dass er bei den frostigen Temperaturen die Kumpanei der an der Johanneskirche ansässigen Penner gesucht hatte, hielt ich für unwahrscheinlich. Aber das musste man feststellen. Typisch Mann, dass er zwar an den Rasierapparat gedacht hatte, nicht aber an eine Unterhose zum Wechseln. Ich sammelte die Zeitung wieder ein und begab mich damit aufs Klo.

An Marthas mütterlichem, von banger Erwartung gefärbtem Kondolenzgesicht sah ich gleich, dass Louise noch nicht eingetroffen war, aber ihr Erscheinen unmittelbar bevorstand. Martha kam gerade aus Maries Büro. »Ihr Kaffee kommt auch gleich.«

Ich überlegte, ob ich mein Büro aufräumen sollte, und repetierte die Argumente für eine große Geschichte über Gewalt auf der Straße und Vorverurteilung durch die Männerpresse. Marthas Kaffee wurde von weiß gepuderten Vanillekipferln begleitet.

»Wie geht es Ihrer Tochter Gabi?«

Marthas Blick bekam einen devoten Schimmer. »Es muss halt.«

»Wir holen sie da wieder raus«, sagte ich generös. »Es wird schon nicht zum Prozess kommen.«

Martha knickte den Kopf zur Seite und zog die Schulter hoch.

»Sonst beschaffen wir ihr die beste Anwältin«, sagte ich.

»Ich hoffe, sie lernt was draus«, sagte Martha und zog sich zurück. Sie hatte etwas von einer Zugehfrau, die um volle Schreibtische und intellektuellen Dampf einen respektvollen Bogen machte, heimlich aber alles für Käse hielt.

Wieder einmal fragte ich mich, warum manche Mütter so hart wurden, wenn es um ihre Töchter ging. Meine Mutter hatte erbitterte Kämpfe mit mir ausgetragen, um zu verhindern, dass ich eines Nachts schwanger heimkam, im Grunde aber nichts sehnlicher gewünscht, als dass ich endlich genau wie sie die ganze Kinderscheiße am Hals hatte. Dass ich mich vom Dorf in die Stadt abgeseilt hatte, nahm sie mir bis heute übel.

Marie kam in mein Büro, den *Stuttgarter Anzeiger* in der Hand. Irritiert musterte sie mein schmuddeliges Chaos.

»Ich weiß«, sagte ich. »Ich hab's auch gelesen.«

Marie blickte mit halbem Lächeln auf mich herab. Sie wusste

genau wie ich, dass Louise auf Leder stand, weshalb ich an Louises Tagen bevorzugt in schwarzer Lederhose kam.

»Was ist das nur für ein Schmierfink?«, bemerkte Marie. »Ist das nicht dieser Karl Kraus?«

Ich verschwieg, dass ich den Verfasser des Artikels gestern Abend getroffen hatte.

»Und wieder«, sagte Marie druckreif, »wird eine Frau, die ihr Leben verteidigt, psychiatrisiert. Hysterie oder Heimtücke, dazwischen gibt es für die Männerjustiz nichts. Auf Totschlag wird bei Frauen nicht plädiert, nur auf Mord oder Irrsinn.«

»Sie hat sich selbst als Mörderin bezeichnet«, gab ich zu bedenken. »Und dass der Junge ihr ans Leben wollte, ist durch nichts bewiesen.«

Marie sah mich mit dem Du-nicht-auch-noch-Blick an. »In Deutschland werden, soweit der Polizei bekannt, jedes Jahr gut dreitausend Menschen von anderen gewaltsam getötet, und in neunzig Prozent aller Fälle sind Männer die Täter. Mit an Sicherheit grenzender Wahrscheinlichkeit war Gabi eigentlich das Opfer.«

Marie war studierte Juristin.

»Die an Sicherheit grenzende Wahrscheinlichkeit«, bemerkte ich, »beginnt erst bei 99,8 Prozent. Der vernünftige Zweifel schweigt erst dann, wenn unter tausend Fällen der Sachverhalt nur zweimal falsch beurteilt wird. Objektiv ist der Tote ein Mann.«

Marie lächelte. »Auch das spricht dafür, dass sein Mörder ein Mann war. Opfer männlicher Mordlust sind zu sechzig Prozent Männer. Nur im Sexualbereich sind Frauen und Mädchen zu achtzig Prozent diejenigen, die sterben. In Deutschland wird hochgerechnet alle drei Minuten eine Frau von einem Vater, Ehemann oder Freund verprügelt. Das Risiko, durch den eigenen Mann zu Schaden zu kommen, ist für eine Frau größer, als Opfer eines Autounfalls zu werden.«

Ich seufzte.

»Wir müssen der Männerpresse immer einen Schritt voraus sein«, sagte Marie.

»Journalistisch gesehen«, sagte ich, »haben wir immer das Nachsehen. Der *Anzeiger* erscheint täglich. Wir nur monatlich. Wir sehen noch nicht mal den Schwanz unseres Gegners von der Männerpresse. Er hat Kontakte zur Polizei, wir nicht.«

Auf Maries klarer Stirn entstand eine steile Falte. Sie schätzte schmutzige Assoziationen nicht. Sie war auch keine Lesbe, soviel ich wusste. Ihr Leben verlief ordentlich und zielbewusst. Wir hatten nichts gemeinsam, außer dass ich sie anhimmelte, was sie unter dem ihr zustehenden Respekt in der Rubrik Selbstbewusstsein einordnete. Im Gegensatz zu ihr hatte ich nichts studiert und nicht einmal Abitur. Die Ausbildung zur Fremdsprachensekretärin war die einzige Wohltat, die meine Eltern für mich geplant hatten.

»Aber soviel ich weiß«, sagte Marie, »wissen wir bereits einiges über diesen Kraus. Louise hat, wenn ich mich recht erinnere, bei irgendeiner Gelegenheit schon einmal mit ihm zu tun gehabt.«

»Ich weiß«, sagte ich. »Er soll mal was mit einer Schülerin gehabt haben.«

»Na bitte«, sagte Marie.

»Aber wenn wir aus Kraus einen Vergewaltiger machen, ändert das auch nichts daran, dass der Tote diesmal ein Bub ist«, sagte ich. »Außerdem ist Gabi wirklich lesbisch. Jedenfalls hat sie mich im *Sarah* wüst angemacht. Und ob es Martha so recht ist, wenn wir diesen Fall in der *Amazone* öffentlich austappen, scheint mir auch fraglich. Ferner hat Gabi früher wohl mal für die *Glamour* geschrieben, und ich bezweifle, dass Louise davon begeistert ist, etwas über eine Sarah in der *Amazone* zu lesen, die früher mal für dieses Lesbenhetzblatt geschrieben hat und jetzt aus Männerhass Buben auf der Straße erschlägt.«

»Wenn du dich der Geschichte nicht gewachsen fühlst …«

»Doch, doch!«

Marie lächelte ein wenig. Ich blieb mit der Frage allein, was um alles in der Welt sie bewog, mit dieser eigensinnigen redaktionellen Entscheidung eine heimliche Revolte gegen Louises Linie anzuzetteln, die in letzter Zeit auf einen moderateren Dialog mit den Elementen der Männerwelt zielte. Louise kam mit Männern durchaus zurecht. Ihre Kommentare über Hängebrüste, Schildkrötenhälse und Nuttenärsche übertrafen an Bösartigkeit die der Männer um Längen. Louise bekam lange Zähne bei ungepflegten Burschen wie Gabi. Eierschalen, Komplexe und körperliche Verzweiflung entbehrten jeglicher Erotik.

Ich benutzte meine Recherchepflichten, um mich nach dem Morgenkaffee zu absentieren, ehe Louise kam. Maries Segen hatte ich. Martha nahm es zur Kenntnis.

Der Morgen war trocken, südwindig und so warm, dass man sich fühlte wie nach langer Krankheit aufgestanden. Die großen Kaufhäuser hatten seit einer halben Stunde offen. Alte Frauen waren unterwegs. Aus der damals noch erlaubten Peepshow kamen Dickbäuche, deren Blicke sich von der Hoseninnenschau auf die Konfrontation mit der Außenwelt umstellten. Der Rotebühlplatz bildete eine riesige, von McDonalds, einem kürzlich nach Plänen aus den sechziger Jahren erbauten Bürgertreffpunkt und der Kaserne des Finanzamts beherrschte Verkehrsscheide für die sechsspurigen Ströme von Süden nach Norden und Westen nach Osten. Die Fußgängerfurten waren weiträumig verteilt. Die Rotebühlstraße schlug ihre Schneise ziemlich gerade durch die Häuser gen Westen zu den Hängen, die Stuttgart allseits umfangen. Einen halben Kilometer vom Finanzamt entfernt lag der Feuersee tief unter dem Bürgersteig und der Apsis der filigranen neugotischen Johanneskirche, die mit Streben, Wimpergen und Filialen dem pietistischen Trutzburgenkonzept spottete. Stadtwärts stand ein Steakhaus, das im Sommer seine Gartenwirtschaft am Seeufer betrieb.

Auf der anderen Seeseite lag der Eingang zur U-Bahn. Es gab etwas Immergrün, eine Telefonzelle und einen Schutthaufen. Hier, kaum fünf Meter vom Geländer am See entfernt, kaum zwei Meter neben dem U-Bahn-Eingang und direkt neben dem Immergrün, musste die Leiche gelegen haben. Die Schwäne und Enten auf dem Teich konnten nichts gesehen haben. Dazu lag der Wasserspiegel zu tief. Die Kirche versperrte den Blick auf die von Pennern bewohnten Toiletten. Ohne Frage war es hier nachts einsam. Aber so einsam auch wieder nicht, dass ein Bub mit einem Messer genug Verschwiegenheit hätte finden können, um sich an einer Frau zu vergehen. Dazu eigneten sich Stadtpark oder -garten besser. Allerdings wurden die von Frauen gemieden.

Ich ging an der Flanke der Kirche entlang zur Westfassade, die hier nach Nordwesten zeigte. Ein Turm fehlte der katholischen Gummigotik. Unter kahlen Bäumen welkte von Hunden verschissenes Gestrüpp im Grünanlagenmaßwerk. Dazwischen Stein und Platten. Dann das Klohäuschen. Drei Obdachlose, in Jacken und Decken eingewickelt, saßen an einem Campingtisch, auf dem Weinflaschen standen. Der Pfad der Passanten, die den Platz kreuzten, hielt Abstand.

Die Kerle hatten aufmerksame Augen. Der unentschlossene Schwenk meinerseits in ihre Richtung veranlasste den Alten an der sacht besonnten Klowand, mir zuzuwinken. »He! Haste zehn Pfennig?«

Sein Gesicht war blond bewaldet und rot vernarbt, der Mantel grau, die Jacke graublau, der Schal schwarzgrau, die Hände graurot. Der Zweite war jünger, aber nicht weniger fertig. Der Dritte drehte sich im knirschenden Stoffstühlchen zu mir um. Ein zigeunerhafter Typ mit halbseitig gelähmtem Gesicht.

Zehn Pfennig taten niemandem weh. Dreimal fünf Mark auch nicht. Aber hätte ich jedem von ihnen einen Hunderter in die Hand gedrückt, sie hätten sofort die Flucht ergriffen, aus Angst, die Polizei könnte ihnen das Geld gleich wieder abnehmen. Sie bedankten sich nicht nur ordentlich und höflich, sondern geradezu überschwänglich für die fünf Mark und boten mir vom Wein an.

»Darf ich euch was fragen?«, fragte ich.

»Das isch 'ne Bullette«, sagte der Jüngere.

»Nee«, sagte der Alte. »Bullen zahlen nich. Das is 'ne Soziologiestudentin mit 'ner empirischen Untersuchung.«

»Nein«, sagte ich, »ich bin Emanze.«

Der Alte hob den Hut. »Gnädiges Fräulein, womit können wir dienen?«

»Ich will alles wissen, was mit dem Toten zusammenhängt. Die, die ihn erschlagen haben soll, ist eine Freundin von mir.«

Von denen, die vor den Toiletten die fahle Wintersonne genossen, hatte keiner den Toten gefunden. Der, der ihn gefunden hatte, hatte die Fliege gemacht. Der Alte und der Zigeuner waren Sonntagnacht bis gegen Mitternacht hier gewesen und dann zu den warmen Luftschächten in den U-Bahnhof Charlottenplatz gezogen. Bei ihnen hatte kein Junge in Jeanszeug vorgesprochen, um sich zu erkundigen, wo man am besten Platte machte. Eine junge Frau, die aussah wie ein Bursche, war ihnen auch nicht aufgefallen. Geschrei hatte es keines gegeben.

»Recht hat's gehabt, das Mädle, dass sie sich gewehrt hat«, fand der Alte. »Man muss sich doch wehren gegen die ganzen Türken. Die bringen den Stoff und nehmen uns die Arbeit.«

Ich machte mein demokratisches Gesicht. »Der Tote war wohl Deutscher.«

»Hören Sie, gnädiges Fräulein. Ich bin bestimmt nicht ausländerfeindlich. Aber wegen denen sitze ich auf der Straße. Meine Frau ist mit einem Schwarzen auf und davon.«

»Prost«, sagte der Junge. »Die gehören an die Wand gestellt, die Frauen und Nigger.«

»Was bei euch nicht nötig ist«, sagte ich. »Denn ihr sauft euch sowieso das Hirn in den Harn!«

Der Alte beugte sich vor. »Hören Sie nicht auf den«, sagte er. »Der versteht's nicht. Meine Frau ist mit allem auf und davon. Aber ich kann's ihr nicht übel nehmen. Die Schwarzen sind gut im Ficken, oder nicht?«

»Sie ficken in den Arsch«, sagte der Junge.

Ich überließ die Herren ihrem Weltschmerz und ging die Johannesstraße hinauf, die am Portal der Kirche begann. Die Johannesstraße war eine eigensinnige Straße, eine der langen Querachsen, die wie Fischgräten von den Ostwestachsen in die Nordhänge griffen, immer schmal, zuweilen eng, an manchen Stellen mit Kopfsteinpflaster. Eine Reihe von Bäumen bildete über zwei Kilometer eine Art Binnenallee. Dazwischen der Stellungskampf zwischen Grün und Parkplätzen. Die Baumstämme mussten durch hohe Bordsteinkanten und Prellstangen gegen Aufparker geschützt werden. Hinter den Bäumen lief ein breites Trottwar, wie der Schwabe sagt. Von einigen Bausünden abgesehen, besaß die Straße eine nahezu geschlossene Zeile von Bürgerhäusern aus der Gründerzeit. In so einem Haus war auch das Café *Sarah* untergebracht. Kugellampen hingen zu Seiten des Eingangs. Die Tür stand offen. Getränkelieferanten schleppten Kisten hinein. Die beiden gestandenen Blaumänner gehörten zu den wenigen Männern, die je das Innere des *Sarah* betraten. Waren sie sich des Privilegs bewusst? Fühlten sie sich als Voyeure? Sie sahen nicht so aus. Und Zilla quittierte die Rechnung ohne hexenhafte Grimassen.

»Ach, du bist's«, sagte sie. Bei der Begrüßung lächelte sie nie, darin war sie den Männern ähnlich. Stattdessen ein prüfender Blick und Vorbehalte. Sie war mindestens zehn Jahre älter als ich und genoss den Vorsprung an Erfahrung. Wir tauschten eilig die Schlagworte aus: Männerjustiz, Kinder, Kerker, Krankenhaus.

»Erstens«, sagte ich, »brauche ich Informationen über Gabi: Freundinnen, Sexualleben. Zweitens: Ich muss wissen, wes Geistes Kind sie ist. Sie hat doch früher für die *Glamour* geschrieben. Und drittens … habe ich vergessen.«

»Viertens«, sagte Zilla, »ist sie von ihrem Vater missbraucht worden. Und die Mutter hat es geduldet. Glaube ich wenigstens sehr stark.«

»Glaube ich nicht«, sagte ich. »Als Kinder vergewaltigte Frauen bringen keine Männer um.«

»Bist du da so sicher?«

»Nein.«

Zilla schloss das Lokal ab. Wir begaben uns in den ersten Stock. Petra stand mit nackten Beinen im Nachthemd in einer Türfüllung, das geweckte Entsetzen in Person. »Hallo, Lisa.«

Zilla bedachte sie mit einem spitzen Kuss und führte mich dann durch die knarrende Diele in ihr Zimmer, wo in einem Regal die in zehn Jahren pro Quartal erschienenen vierzig Ausgaben der *Glamour* standen. »Wenn du was über Gabi wissen willst, musst du Hede fragen, ihre Freundin. Irgendwo habe ich die Adresse.«

Zilla ging jedoch nicht an ihren Schreibtisch, ein stilvolles Sperrmüllexemplar, das unter dem hohen Fenster stand, dessen Blick auf die verklinkerte Seitenwand des Nachbarhauses ging, sondern verließ das Zimmer und zog die Tür in die Falle. Im Flur hörte ich hastiges Geraune, das Aufflammen eines kurzen Gezerfes, dann Türenknallen. Plötzlich brach Bach aus, ein brandenburgischer Wasserfall von apokalyptischen Ausmaßen.

In Zillas Zimmer standen auf den gewellten dunklen Dielen ferner ein altes braunes Ledersofa, ein alter Tisch, diverse alte Regale und etliche Töpfe Grünzeugs. In den Regalen und auf den Tischen häuften sich Erinnerungsstücke: vertrocknetes Gebinde, ein zerraufter Teddy, eine Porzellanpuppe in Rüschchenkleidchen, Kettchen, Glöckchen, Angehänge, Jugendstilrähmchen mit Familienbildern.

Die *Glamour* machte ihrem Namen keine Ehre. Das Papier war rau und billig, die Farben – bevorzugt Lila, Hellgrün und Traumblau – waren blass. In den alten Zeiten, da frau die Machos noch Chauvis nannte und von patriarchalischen Strukturen statt von Männergesellschaft sprach, druckte frau auch nicht senkrecht-waagrecht, sondern diagonal über Doppelseiten und machte trockene Theorie mit farbigen Dreiecken und Balken unleserlich. Frau entdeckte die Weiber und Hexen, Kräuter und Abortmassage, Mondzyklus, Mitgliederinnen und Gästinnen, das Diaphragma, den Bauchtanz und den Tango. Der Lila-Latzhosen-Feminismus kam gerade in und schon wieder aus der Mode.

In den Anfangsjahren der *Glamour*, in den aufgeregten Achtzigern, hatte es noch keine Gabi gegeben, da war sie noch in die Grundschule gegangen. Und ich war auch noch nicht mal zwanzig gewesen, hatte Dauerwellen, versuchte, mich so zu schminken und zu kleiden, dass ich wie eine Sekretärin aussah, und hoffte, dass in dem Kaff unterhalb der Schwäbischen Alb, das mein Schicksal zu sein schien, sich ein Mann für mich interessierte.

Vor vier Jahren, mit sechzehn, hatte Gabi begonnen zu schreiben. Zwei Jahre später hatte die *Glamour* den Betrieb eingestellt. Gabis erste Äußerungen geschahen in Gedichtform, die ich aus Gründen des Persönlichkeitsschutzes nicht zitiere. Im vorletzten Heft dann ein Artikel mit dem Titel: »Frauen sind die besseren Mörder«.

Ein solcher Lapsus hätte der Feministin nicht passieren dürfen. Wenn schon nicht »Frauen morden besser«, dann doch wenigstens »Frauen sind die besseren Mörderinnen«, egal, was der Germanist dazu sagte. Schließlich störte sich auch niemand an einem wortgeschlechtlichen Pleonasmus wie »Männer sind die schlechteren Mörder«. Was mir Beweis genug war, dass die auf Männer zugeschnittene Sprache für weibliche Stimmigkeit nicht taugte und dass Frauen demzufolge nicht logisch, nicht richtig denken können.

Untertitel: »Gerichtsmediziner (!) sagen, perfekte Morde gelingen fast nur Frauen.« Text: »Perfekte Morde werden immer wieder verübt, und in fast jedem dieser niemals zu klärenden Fälle ist der Täter (!) eine Frau. Zu diesem in Fachkreisen nicht überraschenden Ergebnis kamen die Gerichtsmediziner aus sechzig Ländern auf einem Kongress der belgischen Universität Gent. Wissenschaftler halten es für erwiesen, dass fast jeder Mensch schon einmal mit dem Gedanken gespielt hat, jemanden umzubringen. Dass die Zahl der Morde dennoch verhältnismäßig gering ist, führen die Fachleute hauptsächlich auf eine schwer zu überwindende psychologische Barriere, weniger auf die Angst vor der Strafe zurück. Nach Ansicht der Kriminologen geht fast jeder Täter bei einem geplanten Mord davon aus, dass ihm der perfekte Mord gelingt und ihm hinterher nichts zu beweisen ist.«

Gabi führte weiter aus, dass Frauen bevorzugt zu Gift griffen, das oft nicht nachweisbar sei. Während der Täter bei direkter Gewalt Spuren am Opfer hinterlasse und bei einem Mord mit Pistole oder Messer immer eine Waffe übrig bleibe, die eine Beziehung zwischen Täter und Opfer herstelle, sei der Giftmord gewissermaßen spurlos und anonym. In fünfundneunzig Prozent aller aufgeklärten Giftmorde seien Frauen die Täterinnen. Das sei schon seit urdenklichen Zeiten so. Nicht zuletzt wegen der langen Tradition seien die einzig denkbaren perfekten Morde mit Gift möglich und würden von Frauen begangen.

»Da haben wir es wieder mal schriftlich und wissenschaftlich erwiesen«, fuhr Gabi fort. »Im sanftmütigen Weib lauert die Heimtücke. Frauen morden planmäßig und nie aus einem spontanen Gefühl heraus. Der Giftbecher dient der feigen Intrigantin als Waffe. Doch offenbart sich hier im Mäntelchen der Wissenschaft schiere Männerangst. Seit Jahrtausenden liefert der Mann sich der Frau aus, indem er ihr die Sorge für seine Ernährung und Gesundheit überlässt. Da ein Mann zu diesem Sklavinnendienst an der Frau niemals bereit wäre, malt er sich aus, auf welchem Wege wir uns dieses Frondienstes am besten entledigen könnten. Frauen morden besser? Eine reine Männerphantasie. Denn Männer morden öfter.«

Ich leistete Abbitte. Nach dem kommentierenden Schluss war klar, dass Gabi den Anfang ironisch aus der Männerpresse zitiert hatte, mit allen Konsequenzen, vor allem der männlichen Grammatik und der Ignoranz des Weiblichen, selbst da, wo es um Frauen ging. In der *Glamour*, einer Zeitschrift von Frauen nur für Frauen, war das Herrenzitat immer symptomatisch und entlarvte stets sich selbst. Die damals Sechzehnjährige hatte das hexische Gelächter entdeckt, die Weiberheiterkeit, das Lachen der Verweigerung des logischen Arguments beim Besenritt um den Blocksberg.

Zilla kam herein. Sie gab mir einen Zettel mit Hedes Adresse und beugte sich über Gabis Artikel.

»Oder«, sagte sie, »du fütterst deinen Mann mit Butter, Eiern, Knödeln und Steaks. Und abends Wein und Chips zum Fernsehen. Nach dreißig Jahren stirbt er dann am Herzinfarkt und du machst deine Weltreise.«

6

Traubenstraße. Eine nahezu geschlossene Zeile von Gründerzeithäusern. Satyrn mit Rauschebärten, Pferdeohren, Glubschaugen und schwellendem Bizeps hielten einen Balkon. Im Suttereng – wie man hier sagte – befand sich ein türkischer Gemüsehändler, dessen Auslagen sich gegen den Advent behaupteten. Orange war die dominierende Farbe unter dem Gelb des Stuttgarter Steins, aber es fröstelten auch blaue Trauben und Erdbeeren wie aus Plastik. Hedes Haus stand im berüchtigten Westen, wo Türken, Professoren, Studenten, Schriftsteller und alteingesessene Handwerker im ständigen Clinch mit schwäbischen Hauswirtinnen lagen. Schmale Straßen ohne einen einzigen freien Parkplatz, Boutiquen, Kleinbetriebe, fünfstöckige Wohnhäuser dicht an dicht. Dazwischen dämmerten hinter Einfahrtgittern die Hinterhöfe. Die meisten Türen mit den zehn Klingeln waren auch tagsüber abgeschlossen. Wer im fünften Stock wohnte, musste spätestens ab sechs Uhr abends hinunter, um die Haustür aufzuschließen und Gäste rein- oder rauszulassen.

Hedes Haustür hatte einen Summer, der mich in ein dunkles Treppenhaus ließ. Die Stufen zur Belle Etage waren aus gepunktetem Stein. Danach ging es hölzern in den vierten Stock.

Die gute Zilla hatte mich gewarnt.

Hede war nicht groß, aber großartig. Kein Millimeter Fettgewebe beeinträchtigte das feine Spiel von Deltamuskel, Bizeps, Handwurzel-, Finger- und Zeigefingerstreckern, von Handwurzelbeuge- und langem Hohlhandmuskel, als sie mir die Hand hinstreckte.

Sie trug Langarmbody und Mini. Aus den Schlüsselbeinen wuchsen, begleitet von einem Bündel der Trapezmuskulatur, die Stränge der Kopfnicker um den Kehlkopf herum zu einem eleganten Kinn empor. Sie hatte volle rote Lippen, große braune Augen, langes dunkles Haar, aber kein Mädchengesicht, sondern ein in vierzig Jahren graviertes Kunstwerk aus Schläfen-, Jochbein- und Kaumuskeln.

»Guten Morgen.« Ihre Stimme war kräftig, aber schmeichelnd und jagte mir schon jetzt wollüstige Schauer über den Rücken. Nicht nur diese Stimme, überhaupt jeder Zentimeter an dieser Frau war ausgebildet und trainiert. Als sie einen Schritt zurücktrat, um mich in den Flur zu lassen, verguckte ich mich in den rasanten Schwung des Schneidermuskels, der von der Leiste unter dem Röckchen hervor über den Schenkel auf die Innenseite des Knies wechselte, in das Wurzelwerk von Kammmuskeln und Oberschenkelanzieher unterm Rocksaum, die gut ausgelegten Knie, und als sie sich umdrehte, um vor mir her durch den Flur zu gehen, bewunderte ich die knackigen Zwillingswadenmuskeln über der Achillessehne, das Scharnier der Kniekehlen, aus denen die zweiköpfigen Schenkel- und Halbschenkelmuskeln in die gut gerundeten Hinterbacken hinauffuhren.

Eigentlich hätte mich die Wohnung mehr irritieren müssen. Der Gang war schwarz lackiert und verspiegelt. Blaue und grüne Neonröhren waren wie ein Blitz durch den Tunnel gelegt. Die Türen waren schwarz. Die Küche leuchtete hellgrün. Auf der anderen Seite gab es eine rote Folterkammer.

Am Kopf des Ganges lag ein Zimmer, dessen Boden ganz mit blauem Gummi ausgelegt war. Am Fenster stand ein Gummibaum. Die Wände waren mit glänzendem weißem PVC beklebt. An der Wand stand eine blaue Lackkommode, über der neben einem Spiegel allerlei Masken, Lederteile, Rüstungen und Peitschen schimmerten.

»Das ist nicht mehr jugendfrei«, murmelte ich.

Hede lachte schnurrend. »Die Jugend hat längst aus den Sonntagsvideos gelernt, wie man Frauen die Brüste abschneidet und das Messer in die Scheide rammt. Leg doch ab.«

Es war ziemlich überheizt in der Wohnung. Hede zog leichthin meine Lederjacke wie einen Vorhang auseinander. Ich wich zurück und raffte meine Jacke zusammen. »Ich bin nicht zur Behandlung gekommen.«

Hede lächelte weise. »Gabi hat mir von dir erzählt. Sie hat sich ziemlich in dich vergafft. Aber du bist etwas scheu, nicht wahr? Gabi ist bei mir in die Schule gegangen. Du wärest durchaus auf deine Kosten gekommen.«

»Ich ziehe die Meisterin vor«, behauptete ich ruppig.

Hede machte einen feinen Ballettschritt durch den Raum und blieb im Kontrapost auf Spiel- und Standbein vor mir stehen.

»Gabi ist doch nur deshalb lesbisch«, sagte ich, »weil sie die Männer hasst.«

»Wo ist das Problem?«, sagte Hede. »Es gibt tausende Männer, die Frauen hassen. Und wen kümmert's? Wer fragt danach, was im Kopf eines vierzehnjährigen Jungen geschieht, der Gewaltpornos schaut? Was denkt er von den Frauen, wenn er jedes Wochenende zusieht, wie sie gefesselt, geschlagen, zerschnitten und gefickt werden. Sind Frauen überhaupt Menschen?«

Ich knurrte unzufrieden. »Wir sind unter uns. Sparen wir uns die Versicherung unseres richtigen Bewusstseins.«

Hede lachte locker. »Von welchem Bewusstsein redest du? Deine Lederhose könnte besser sitzen. Die Lederjacke ist zu schwer. In deinen Haaren ist zu viel Gel. Bist du auf der Suche nach dem Märchenprinzen, oder bist du eine Hure? Oder ein kleines Mädchen, das glaubt, die Welt zu kennen? In deinem Kopf ist doch alles bloß Theorie.«

Sie kam heran, blieb in der ersten Position vor mir stehen und schob meine Jacke beiseite. Als sie gegen meine Bauchdecke stieß, krisselte Gänsehaut bis unter meine Haarwurzeln. Sie fasste mich am Hosenbund.

»Als ich Kind war«, schnurrte sie, »spielte ich am liebsten Seeräuber. Ich zog mir eine Seeräuberhose an, die ich mir so hoch zog, wie es ging, und dann mit einem Gürtel festschnürte. Das gab immer so ein angenehmes Gefühl zwischen den Beinen.«

Ich war dortselbst bereits klitschnass.

»Und was für Spiele hast du gespielt? Ich sehe schon, du durftest nie mit den Händen unter der Bettdecke einschlafen.«

Es war ihre Stimme, die mich lähmte, diese Verheißung. Ich gierte danach, dass sie mir an den Arsch fasste. Aber sie ließ los. Ich sackte rückwärts in ein Loch bebender Enttäuschung.

Sie lachte. »Die Männer machen es dir nicht gut genug. Ist das ein Grund, sich Frauen zuzuwenden? Erotik ist eine Kunst, kein Gerangel um Selbstbefriedigung.«

Ich fragte mich, warum um Himmels willen sich Gabi an mich herangemacht hatte, wenn sie daheim eine Meisterin hatte. Stellung 69, gegenseitiges Klitorislecken, was für eine Grobheit angesichts von Hedes Versprechen. Ich musste dringend pinkeln.

»Ist Gabi deine Freundin?«, fragte ich.

»Was ist eine Freundin? Kannst du dir darunter etwas vorstellen? Schulfreundinnen kennen wir. Aber können Frauen Freunde sein? Freundinnen sind etwas völlig anderes als Freunde. Freundinnen kichern und stechen einander aus. Freunde retten einander das Leben und machen einen Dreier.«

»Seit wann wohnt Gabi hier?«, versuchte ich es erneut.

»Seit sie volljährig ist.«

»Warum ist sie von zu Hause ausgezogen?«

»Weil es Krach gab, egal ob sie einen Typ oder eine Frau anschleppte, vor allem, als es nur noch Mädchen waren. Oder kennst du einen anderen Grund, von zu Hause auszuziehen?«

Ich hatte mit achtzehn weder Jungs noch Mädels angeschleppt. Um sich zu treffen, gab es das Gemeindezentrum und das Jugendcafé. Freundinnen gab es keine. Die Idee, mit anderen Herzflattern und Samenerguss zu besprechen, war mir fremd. Nur Sally, aber schon nicht mehr Zilla wusste, dass ich bereits eine Ehe hinter mir hatte.

»Wie finanziert Gabi denn ihr Studium?«, erkundigte ich mich.

»Sie kriegt BaföG. Und sie schreibt ab und zu einen Artikel für irgendwelche Zeitungen.«

»Warum hat sie den Jungen erschlagen?«

Hede lächelte feinnervig. »Hat sie das denn?«

»Wer denn sonst?«

»Vielleicht die besorgte Mama. Mütter morden für ihre Kinder. Die Löwin, du verstehst.«

»Was hast du für eine Mutter?«, sagte ich. »Meine hätte eher mich ermordet. Sie geht so gern auf Beerdigungen. Der feierlichste Moment in ihrem Leben war, als sie meinen Vater begrub.«

»Aha«, sagte Hede. »Du glaubst, dass deine Mutter deinen Vater auf dem Gewissen hat. Das sind gleich zwei unerledigte Probleme, ein Mutterproblem und ein Vaterproblem. Darum.«

»Was, darum?« Ich schnappte sie kurzerhand an der Kragennaht des Bodys. Hedes Körper spannte sich. In der Naht rissen knacksend kleine Fäden. Aber ich hätte mich schneller entschließen, hätte sie heranziehen und küssen müssen, oder etwas dieser Art. Ihre Antwort auf meine zu zögerliche Anfrage war ein spitzer Fingerknöchelschlag in meine Magengrube.

»Ich hatte zum Beispiel eine Mutter«, sagte Hede streng, »die mir beigebracht hat, wie man sich in bestimmten Situationen verteidigt. Der Wille zur Selbstbehauptung ist entscheidend.«

»Aber …«

»Und du, mein liebes Kind, entscheide dich. Und wenn du dich entschieden hast, ob du ein Kerl bist oder ein Mädel, dann kannst du wiederkommen. Dann zeige ich dir, was du wissen willst.«

Ich drehte mich um und stakste mit ausgekühltem Höschen

durch den schwarzen Gang zur Tür. In den Spiegeln sah ich ein madengrünes Gesicht. Auf der glatten Holztreppe schossen mir die Stiefel unterm Arsch weg. Ich polterte ins Geländer gekrampft einige Stufen abwärts. Nimm dich zusammen!

Zu Fuß ging ich quer durch die Stadt. Bevor ich Louise unter die Augen trat, musste ich meine Gefühle ordnen. Aber ein Unglück bleibt manchmal doch allein. Als ich Martha sah, die mit der Kanne Kaffee mütterlich aufgelöst die Runde machte, erkannte ich gleich: Louise war nicht gekommen. Die Lage hatte sich entspannt. Aus Maries Zimmer kam Lachen.

»Ein Anruf für Sie«, sagte Martha. »Ein Mann!«

Für Marthas Männerscheu – sie war seit über zwanzig Jahren verheiratet – waren wir nicht verantwortlich. Wir fürchteten uns prinzipiell nicht vor Männern. Aber Martha schien die Redaktion der *Amazone* für ein Rückzugsgebiet aus der Männerwelt zu halten. Seit ihr Mann Frührentner war und auf der Wohnzimmercouch kränkelte, beeilte Martha sich nicht mehr, nach Dienstschluss um fünf heimzugehen. Arbeit bedeutete für sie Urlaub.

»Wer?«, fragte ich.

»Ein gewisser Karl Kraus. Zettel liegt auf Ihrem Tisch.«

»Was hast du denn mit dem zu tun?« Marie stand in der Türfüllung.

»Ich habe ihn gestern angerufen. Recherche.«

Marie missbilligte.

»Wir kriegen ja die Pressemitteilungen der Polizei nicht«, verteidigte ich mich.

Wieder mal vergeblich versuchte ich, meine Bürotür gegen den Teppich ins Schloss zu drücken. Ich knallte die Stiefel auf den Tisch. Der Aschenbecher sauste zu Boden und goss seinen Inhalt auf den grünen Teppich. Ich rief Krk an.

»Ach so, ja«, hustete er. »Der Tote ist identifiziert. Eine Vermisstenanzeige aus Böblingen. Ein gewisser Uwe Häberle.

Dreiundzwanzig Jahre. Hat hier in Stuttgart an der Hoppenlau-Schule eine Ausbildung zum Metzgermeister gemacht.«

»Vorbestraft?«

Ich hörte Krk lächeln. »Nein. Jedenfalls nicht einschlägig. Keine Sexualdelikte.«

»Und andere?«

»Überhaupt keine. Der Bub ist nicht aktenkundig, sagt die Polizei. Sonst hätte man ihn längst identifiziert.«

»Und die Familie?«

»Es lebt nur noch die Mutter. Sie ist Putzfrau im Breuningerland in Böblingen. Sie hat erst am Mittwoch gemerkt, dass ihr Sprössling nicht nach Hause gekommen ist. Donnerstag ist sie dann zur Polizei gegangen. Ob der Bub eine Freundin hatte, weiß sie nicht.«

»Der hatte keine Freundin!«, keifte ich. »Der nicht. So was traut sich an keine Frau ehrlich ran. Ein pickliger Jüngling in Jeansmontur und Sohn einer lieblosen Mutter, das ist der geborene Vergewaltiger.«

»Saudummes Geschwätz! Sie leiden wohl an feministischem Verfolgungswahn! Wir kennen Uwe nicht. Also bitte keine Vorverurteilungen!«

»Ach was?«, schnappte ich. »Und das von Ihnen, nach Ihrem infamen Artikel über Gabi. Lesbe erschlägt jungen Mann. Und von wegen Name von der Redaktion geändert! Ist das das, was Sie keine Vorverurteilung nennen?«

Krk grunzte. »Vermutlich hat doch dieser Uwe nur mal sein Wasser abschlagen müssen. Die überhitzte Phantasie einer vorbeieilenden Lesbe hat das als sexuelle Attacke ausgelegt. Ein tragisches Missverständnis.«

»Wie gut«, sagte ich, »dass man Sie nicht auch noch die Kommentare schreiben lässt.«

Krk pausierte. Das Großraumbürogeklapper übernahm die Regie. Ich hielt den Hörer mit Ekelfingern über den Papierkorb, denn Marie schob sich gerade eben schön und aufrecht zur Tür herein.

»Hallo!«, quäkte der Hörer. »Sind Sie noch dran?«

»Ja«, sagte ich, nachdem ich den Hörer zurückgeangelt hatte. »Spulen Sie das Band zurück und fangen Sie noch mal von vorn an. Aber schneiden Sie vorher was raus.«

»Es hat doch keinen Sinn, unbequeme Wahrheiten zu leugnen, nur weil sie ideologisch nicht passen.«

»Sie haben noch einen dritten und letzten Versuch.«

»Hören Sie …!«

Ich sah Marie in die blauen Augen und kurbelte an meiner Rhetorik. »Ich habe Ihnen schon viel zu lange zugehört.«

»Wenn Sie beweisen wollen«, sagte Krk gehetzt, »dass der Junge nicht ganz koscher war, dann müssen Sie nach Böblingen. Die Leiche ist schon durch die Gerichtsmedizin durch und wird heute überführt. Morgen wird er beerdigt. Da kommen sicher allerlei Leute, die Ihnen was über den Knaben erzählen können.«

Der Grund dieser Information war nicht, dass der Kerl heimlich auf meiner Seite war und im *Stuttgarter Anzeiger* den Undercoveragenten des Feminismus im Gewand des Machos spielte, sondern das Getriebe seines Autos. »Wir könnten zusammen fahren«, knurrte er. »Sie haben doch sicher eine lila Ente.«

Ich legte auf.

Marie betrachtete die Aschenkatastrophe auf meinem Teppich.

»Kommt man eigentlich in die geschlossene Abteilung des Bürgerhospitals rein?«, fragte ich, um ihre Augen in höhere Regionen zu ziehen.

Sie schaute mich an. Wo nahm sie nur diesen kühlen, abschätzigen Blick her, bei dem ich mich stets ungewaschen fühlte? »Gibt es etwas Neues?«

Ich nahm ein Blatt Papier, ging zu Boden und versuchte,

die Kippen und die Asche aufs Papier zu schippen und in den Papierkorb zu befördern. »Gabi«, sagte ich, »hat in der *Glamour* darüber nachgedacht, dass Frauen besser morden. Außerdem teilt sie die Wohnung mit einer Frau, einer von der ganz harten Sorte.«

»Und hat dich das irgendwie weitergebracht?«

Die Frage war unschuldig, aber ich war alarmiert bis in die Tiefen der Venus.

»Marie, mein Engel«, sagte ich. »Wenn du sowieso schon alles weißt, dann kannst du die Story haben. Ich habe nicht das Geringste für Gabi übrig.«

Wahrlich, dieser Bub in viel zu weiten Jeans war nicht halb so ausgegoren wie ich, und dennoch hatte Hede mich abgekanzelt wie ein Schulmädchen mit feuchten Träumen. Aber das konnte ich Marie nicht erklären.

»Ich habe keine Zeit«, antwortete Marie. »Und für dich ist es eine gute Übung, nicht wahr? Außerdem sollten wir für Gabi eine Anwältin finden.«

»Wo soll ich eine Anwältin hernehmen?«

»Du machst das schon.« Marie lächelte aufmunternd und verließ das Zimmer.

Ich zog mir das Telefon auf den Schoß. Erst mal die Pressestelle der Landespolizeidirektion. Es gab damals deren zwei, eine LPD I und eine LPD II. Es war ein Irrtum anzunehmen, dass die LPD I für Stuttgart zuständig war. Es war die andere. Ich hatte eine Pressesprecherin am Ohr. War eine Pressekonferenz zu dem Fall Uwe Häberle angesetzt? Nein. Würde es zusätzliche Informationen geben? Nein. Gab es eine Sonderkommission? Immer bei Tötungsdelikten. Wer war der ermittelnde Staatsanwalt? Eine gewisse Frau Meisner. Danke.

Frau Meisner war nicht zu sprechen und die Pressedezernentin war misstrauisch. Privatpersonen konnte keine Auskunft erteilt werden. *Amazone*? Was isch'n des? Eine Zeitschrift?

Kannte sie nicht. Man ermittle noch. Noch sei keine Anklage erhoben worden.

Mein Hirn lechzte nach Ideen. Ich konnte nicht schon wieder Krk anrufen und ihn fragen, wie man recherchierte. Wen kannte ich denn aus dem juristischen Fach außer Marie? Mir fiel eine Scheidungsanwältin ein, die sich als Gemeinderätin der Grünen einen Namen gemacht und irgendwelche Landtagsabgeordneten damit vergrätzt hatte, dass sie sich von ihnen weder in den Mantel helfen, noch die Tür aufhalten ließ. Der *Stuttgarter Anzeiger* hatte sich vor einiger Zeit darüber lustig gemacht, dass die Grünen, allen voran dieses Weib, den Karlsplatz in Klara-Zetkin-Platz hatten umtaufen wollen. Wie hieß die nur gleich? Anna Böttcher?

Ich fischte die Telefonnummer aus dem Telefonbuch. Rechtsanwältin Böttcher klang nach schwäbischem Geldgeiz. Das bedeutete immer auch Wortgeiz. Dafür kläffte im Hintergrund ein Hund. »Ich bin keine Strafverteidigerin.«

»Ich will ja auch nur wissen, ob Sie eine fähige Anwältin kennen, die Gabi verteidigen könnte.«

»Nein.«

»Meinen Recherchen zufolge wird es einen Skandal geben. Die Presse schießt sich schon jetzt auf Gabi ein. Verrückte Emanze schlägt unschuldigen jungen Mann auf der Straße nieder.«

»Ich habe nichts darüber gelesen.«

»Da wird eine Frau, die sich zur Wehr setzt, öffentlich zur Mörderin und juristisch zur Verrückten gestempelt.«

Anna Böttcher ließ nicht einmal einen Seufzer durch die Leitung. Der Hund war inzwischen still. Also gut, sie wolle sich mal umhören. Wie sie mich erreichen könne.

Ich drehte Däumchen. Meine Gedanken entglitten mir und rutschten in Hedes Folterkammer. Bizeps und vorderer Sägemuskel vexierten vor meinem inneren Auge. Ich riss das Fenster auf und nahm mir einen Artikel über Jane Austen vor. Louise hatte bei der Durchsicht vor drei Wochen »Virginia Woolf« an den Rand gekritzelt. Das bedeutete, dass es von Virginia Woolf einen Essay über Jane Austen gab, aus dem zu zitieren war. Ich blätterte in meinem Karteikasten und rief die Autorin an. Sie klang wie aus anderen Äonen herbeigebeamt. »Jane Austen, ach ja. Lang ist's her.«

»Wir wollen den Artikel im nächsten Heft drucken«, versprach ich. »Aber es gibt noch eine Kleinigkeit. Haben Sie Virginia Woolfs Essay gelesen?«

»Natürlich«, sagte sie. Natürlich gelogen. Unser Honorar stand in keinem Verhältnis zu den Ansprüchen, die wir hatten.

»Louise hätte gern noch ein Zitat daraus.«

Die Autorin seufzte.

»Soll ich mich darum kümmern?«, fragte ich.

»Wenn das geht? Ich bin gerade auf dem Sprung in den Urlaub.« Die Stimme der Autorin klang etwas weniger weit weg.

Ich überließ sie ihrem Koffer und ging in Louises Büro. Es war das größte und einsamste von allen Büros. Der Schreibtisch schaute zur Tür. Die Bücherregale hatten, obgleich Louise nie müde wurde, uns zur Lektüre einzuladen, etwas von Rührmich-nicht-an. Wenn ich Louises Heiligtum betrat, kam ich mir jedes Mal vor, als ginge ich ihr an die Wäsche. Simone de Bouvoir, Alice Schwarzer, Hannah Arendt, Rahel Varnhagen, Ingeborg Drewitz, George Sand, Senta Trömel-Plötz, Luise Pusch, Virginia Woolf. Die philosophische Basis.

»Ästhetisch kanalisierter Hass«, las ich. »Manchmal hat es den Anschein, als würden ihre Geschöpfe nur geboren, damit Jane Austen die köstliche Freude hätte, ihnen den Kopf abzuschneiden. Sie ist es zufrieden: Sie hat ihr Genüge; sie würde kein Haar auf irgendjemandes Kopf ändern, keinen einzigen Backstein oder Grashalm bewegen wollen in einer Welt, die ihr solch köstliche Freude verschafft.« Ich brauchte nicht weiterzulesen. Das war zitabel. Ich kehrte zu dem Aufsätzchen zurück und suchte eine Stelle, wo das Zitat einzuflicken war. Das Ganze hatte nicht einmal eine halbe Stunde gedauert. Was nun?

Martha saß am Schreibtisch unter dem Urwald ihrer Pflanzen und fälschte Louises Unterschrift unter einem Absagebrief für ein Rundfunkinterview. Ihre Brüste quollen auf die Tischkante. Sie schnaufte zufrieden. Unentbehrlichkeit und Selbstherrlichkeit im Zentrum der Redaktion rundeten eine einst klassisch zur Ohnmacht erzogene Hausfrauenpersönlichkeit ab. Martha steckte den Brief in den Umschlag. Sie beleckte die Gummierung. Ihre braunen Knopfaugen in dem großflächigen Gesicht lächelten nie, auch dann nicht, wenn die Lippenstiftlippen sich spreizten. In den Augenlidern hing ein bisschen brauner Lidschatten. So schminkten sich Frauen, die Wert auf Ordnung legten.

Ich duzte mich mit ihr deshalb nicht, weil ich jedes Mal, wenn ich Marthas Küchenhände sah, an meine Mutter dachte, die mit solchen Händen so manches Mal ordentlich an mich hingelangt hatte. Sofort flutschten meine Gedanken zu Hede. Das Mutterproblem. Verdammt, wenn sie von mir forderte, dass ich wusste, wer ich war, dann hatte ich nur eine Antwort. Alles, was ich tat, war Unsinn. Aber die Einsicht schrie nicht nach Konsequenzen. Ohne Job war ich verloren. Und wenn es zum Job gehörte herauszubringen, warum Martha ihre Tochter lieber in der Psychiatrie sah als auf der Straße, dann musste das eben sein. Vielleicht hatte Gabi an jenem Sonntagabend deshalb von mir wissen wollen, wer sie war, weil Hede grundsätzlich die Selbstgewissheit ins Schwanken brachte. Wahrscheinlich hätte ich als Gabis Mutter auch was dagegen gehabt, dass meine Tochter mit dieser Vollmondpsychologin zusammenlebte.

»Kann man Gabi eigentlich im Bürgerhospital besuchen?«, erkundigte ich mich.

»Das weiß ich nicht«, antwortete Martha zögerlich.

»Wie geht es ihr denn?«

Sie zuckte mit den massigen Schultern. »Sie muss wohl länger in Behandlung bleiben.« Wenn Mütter bereit waren zu akzeptieren, dass ihre Töchter in der geschlossenen Abteilung saßen, dann musste es zu Hause ordentliche Szenen gegeben haben.

»Was hat sie denn?«

»Ich verstehe nichts davon. In den letzten zwei Jahren haben wir Gabi ja kaum noch zu Gesicht bekommen. Sie hat sich völlig verändert. Ich verstehe das Kind nicht mehr. Sie ist so böse, so hasserfüllt.«

»Ist denn irgendwas vorgefallen?«

Martha schüttelte heftig den Kopf. »Ich wüsste nicht, was. Enttäuschungen gibt es immer, das ist doch normal. Ich glaube, mit ihrem Freund ist irgendetwas schief gegangen. Sie hat nie darüber geredet.«

»Wie hieß er denn?«

»Uwe. Ich glaube, er hieß Uwe.«

»Wie bitte?«

»Wir haben ihn ja nie zu Gesicht bekommen. Ich hab ihr immer gesagt, sie soll ihn uns mal vorstellen. Aber sie wollte nicht. Sie war immer so verschlossen in allem.« Martha blinzelte ein paar aufsteigende Tränen weg. »Dabei haben wir doch nur das Beste gewollt.«

In achtzig Prozent der Fälle war es nicht der unbekannte Mann auf der Straße, sondern ein guter Bekannter oder Freund, der eine Frau vergewaltigte. Aus Scham über ihre Vertrauensseligkeit gingen die Frauen oft nicht zur Polizei. Vielleicht darum hatte Gabi vehement bestritten, den jungen Mann gekannt zu haben, den sie in Notwehr erschlug. Womöglich hatte sie ihn sogar getötet, damit er sich vor Gericht nicht darauf berufen konnte, sie sei seine Freundin gewesen. Schließlich ging sie doch als Lesbe.

7

Vom Bürgerhospital, vor allem vom Dach der Schwesternschule, hatte man einen schönen Ausblick auf den Bahnhof und die Stadt. Schilder wiesen den Weg in die Psychiatrie. Im Foyer die üblichen Frauen und Männer in Bademänteln und Besucher in Winterjacken, die nach Gesprächsthemen suchten. Der Fahrstuhl war eine mit Linoleum ausgelegte Fürchterlichkeit. Die bräunlich lackierten Wände der Gänge führten direkt in die Depression. Der Gang endete an einer verschlossenen Milchglastür mit Klingel.

Dem jungen Pfleger, der aufschloss, nannte ich Gabis Namen. Er ließ mich ein. Ich erwartete irres Gelächter. Aber es war still. An den Wänden hingen Wasserfarbenbilder aus der Maltherapie. Ein Mann schlich steif den Gang entlang. Er zeigte alle Symptome der Schüttellähmung. Manche Menschen konnten nur noch wählen zwischen Schizophrenie und Parkinson. Die Behandlung mit Reserpin beseitigte das Serotonin im Hirn, aber auch das Dopamin. Und so milderten sich schizophrene Symptome erst, wenn die Parkinson'sche Lähmung eintrat. Der Mann bewegte sich zeitlupenartig und rang um Würde.

Ich war bereits bedient. Der Pfleger führte mich in ein Krankenzimmer mit vier Betten und einer Tür in ein zweites Zimmer. Er deutete auf die Tür. Im Bett daneben hatte jemand die Decke bis zum braunen Haarschopf gezogen.

»Hallo, Gabi«, sagte ich.

Aber der Pfleger hielt mich zurück. Das war nicht Gabi. Sie lag im nächsten Zimmer. Diesmal erkannte ich die Richtige.

Sie lag im Bett, hatte kleine verschlafene Augen, ein teigiges Gesicht und fettige Haare. Sie schlug die Decke auf. Ich blickte für einen Moment unter den Kittel auf schwarzes Schamhaar. Dann zerrte Gabi den Bademantel über. Sie gab sich auf halbem

Wege mit einem verwurstelten Kragen und Stoffwülsten in den Ärmeln zufrieden. Sie schien mir nicht verwirrter als ich, die ich sie in diesem Zustand ertappte. Ihr dunkler Blick bemühte sich um konventionelle Kontaktaufnahme.

»Hallo, Lisa, nett, dass du mich besuchst.«

Sie bewegte sich wie eine Kranke, langsam und unsicher auf den Beinen. Durch den Gang tappten wir in einen Aufenthaltsraum, der sich um Helligkeit bemühte und mit Kiefernholzmöbeln ausgestattet war. Zwei Frauen und der Schizophrene stierten vor sich hin. Insgeheim fürchtete ich Anfälle, Ausbrüche, Übergriffe. Sie würden jedes Wort verstehen, auch wenn wir flüsterten.

»Wie geht's?«

Gabi suchte nach der richtigen Antwort. Ihr Blick ging nach innen.

»Wir besorgen dir eine gute Anwältin«, sagte ich.

Gabi schüttelte den Kopf. »Ich stehe zu dem, was ich getan habe. Ich bin eine Mörderin. Ich habe unendliche Schuld auf mich geladen. Ich bin verdammt. Es musste so kommen.«

»Du redest wie deine Mutter«, sagte ich.

Gabi zuckte zusammen. »Meine Mutter darf davon nichts wissen, hörst du. Sonst passiert etwas ganz Schlimmes.«

»Was denn?«

Gabi hob die Schultern. Der verkrümpelte Bademantel quälte mich fast mehr.

»Kannst du mir erzählen, was am Sonntagabend genau passiert ist?«

»Du musst wissen, dass ich nicht verrückt bin. Nicht wirklich. Wenn ich verrückt wäre, dann wüsste ich ja nicht, dass ich verrückt bin.«

»Natürlich«, sagte ich. Die Entscheidung, ihr meine Zweifel vorzuenthalten, war der erste Verrat an ihrer Zurechnungsfähigkeit.

»Ich bin voll schuldfähig«, erklärte sie.

»Erzähl mir noch mal, was tatsächlich passiert ist.«

Gabi starrte auf den Boden.

»Du hattest einen Termin«, half ich. »Du warst mit ihm auf elf Uhr verabredet, nicht wahr?«

Gabi schüttelte irritiert den Kopf.

»Warum hast du mich eigentlich angemacht, wenn du dich mit Uwe treffen wolltest?«, fragte ich.

Gabi starrte mich an.

»Ich erzähle es nicht weiter«, sagte ich. »Ich verstehe das schon. Du bist einfach noch nicht fertig mit den Jungs. Das ist doch in Ordnung. Du wolltest es noch mal wissen. Aber dann ist er dir dumm gekommen. Was hat er denn gemacht oder gesagt?«

»Wenn du schreist, dann töte ich dich.«

In diesem Moment stürzte der Pfleger in den Aufenthaltsraum. Der Schock seiner Pflichtvergessenheit machte seine Stimme laut. »Sie dürfen nicht mit ihr reden«, sagte er. »Oder sind Sie mit Frau Weiß verwandt? Wer sind Sie überhaupt? Ich muss das der Polizei melden.«

Im nächsten Moment stand ich wieder draußen vor der Milchglastür. Der Pfleger war ziemlich energisch geworden. Der Schlüssel knackte im Schloss.

Nur Unschuldige beharrten auf ihrer Schuld, und das nur dann, wenn sie die Schuld eines anderen decken zu müssen glaubten. Hatte der Bub aus Böblingen Gabi wirklich mit dem Tod bedroht? Oder stammte der Satz »Wenn du schreist, töte ich dich« aus anderen Regionen von Gabis Erinnerungen? War doch etwas dran an Zillas schnellfertigem Verdacht, Gabi sei in ihrer Kindheit vom Vater misshandelt worden? Heutzutage waren immer alle Frauen misshandelt worden – oder missbraucht, wie man das so schön formulierte, als ob es einen richtigen Gebrauch von Mädchen gäbe.

Ich irrte mich in den Stockwerken. Als die Fahrstuhltür aufging, fand ich mich in den Katakomben des Krankenhauses wieder. Es roch nach gedünsteten Möhren. Essenswagen standen herum, außerdem Tüten mit Wäsche, Gerät. Röhren liefen den Gang entlang. Ich war bereits ein paar Meter gegangen, als mir der Irrtum klar wurde. Ein Mann in weißem Kittel kam mir entgegen. Er kam direkt auf mich zu. Sein Blick war okkupierend.

»Wohin wollen Sie denn?«

»Raus«, sagte ich.

Er nahm mich sanft am Ellbogen. »Da sind Sie falsch. Kommen Sie. Ich zeige Ihnen den Weg.« Seine Stimme schwang in den sonoren Regionen begütigender Lüge.

»Das ist ja das reinste Labyrinth hier«, bemerkte ich.

»Da haben Sie Recht.«

Die Leuchte im Fahrstuhl sprang über das Erdgeschoss hinaus.

»Ich will hier raus«, sagte ich.

»Selbstverständlich.«

Vermutlich war meine Narbe schuld. Ich sah einfach nicht aus wie ein normaler Mensch. Der Fahrstuhl öffnete sich für mich erst im vierten Stock. Unser Weg endete wieder an der Milchglastür. Der Krankenhausangestellte klingelte. Der Pfleger öffnete.

»Was wollen Sie denn schon wieder? Ich habe Ihnen doch gesagt …«

8

Kaum war ich wieder in der Redaktion, kam Marie in mein Zimmer. »Wir haben eine Anwältin für Gabi. Schreib dir das auf: Karin Beltz. Hier ist die Telefonnummer.«

Marie reichte mir einen Zettel. Wozu hatte ich eigentlich Anna Böttcher heiß gemacht, eine Anwältin zu finden, wenn Marie mir so wenig zutraute, dass sie dieselbe Arbeit machte?

»Am besten, du setzt dich gleich mit ihr in Verbindung.«

»In Ordnung.« Ich nahm das Telefon. Hatte eigentlich irgendwer Louise gefragt? Oder würde sie morgen alles, was wir begonnen hatten, wieder umwerfen? Egal.

Die Sekretärin in der Anwaltskanzlei Kaiser und Beltz teilte mit, dass Frau Beltz erst morgen früh ab neun wieder zu erreichen sei. Jetzt war es fünf Uhr. Ich könne aber eine Nachricht hinterlassen. Ihre Privatnummer wollte sie mir nicht geben. Dafür musste ich Verständnis haben.

Im Telefonbuch gab es nur dreimal Beltz. Beim zweiten Mal hatte ich die Anwältin am Ohr.

»Ich habe mit Ihrem Anruf gerechnet«, sagte sie. Es klang ergeben. Im Hintergrund kreischten Kinder.

»Kann ich gleich mal zu Ihnen kommen?«

»Gleich?« Beltz seufzte. »Kommen Sie um acht. Dann sind die Kinder im Bett.«

Ich fuhr nach Hause. Auf den Treppen begegnete mir die Alte, die ständig im Treppenhaus herumwuselte. Sie wohnte im ersten Stock und hieß Scheible. Aber sie kam aus dem dritten. Ihre Augen glänzten wie fettige Aalsuppe. Sie sah aus wie ein Kind, das aus der Speisekammer kam.

»Grüß Gott.«

»Grüß Gott, Frau Nerz. Soo, hend Se Dienschtschluss? Hat ma Sie heut ä bissle früher schpringe lasse?«

Seit Monaten versuchte Oma Scheible herauszubekommen,

was ich beruflich machte. Ich hatte den Verdacht, dass sie sich in meiner Abwesenheit in meiner Wohnung umschaute.

Für den Besuch bei der Anwältin kleidete ich mich stinkbürgerlich: Jeans, Pullover, Halbschuhe, Armbanduhr, Mantel und Schal. Gegen halb acht ging ich mein Auto suchen. In den Seitenstraßen der Neckarstraße war alles Baustelle. Gelbe Lampen blitzten an Schranken. Zunächst wähnte ich meinen Wagen eingebaggert oder abtransportiert. Die Parkplätze hatten sich in Rohrschächte verwandelt. Aber dann entdeckte ich das gute Stück. Es schlief, die Augen dunkel, den Kühler gesenkt, über einem Abgrund. Noch einen Tag länger, und die Polizei wäre bei mir erschienen oder hätte das Auto abschleppen lassen. Verbotsschilder meldeten, dass das Parken hier schon seit Tagen nicht mehr gestattet war. Ich streichelte Emma über die Flanke. Ein Golf Cabrio, grün metallic, Alufelgen, rote Ledersitze.

In der Hasenbergsteige wohnten die besseren Leute. Es war eine Gegend für Theaterabonnements. Darum vermutete ich um diese Zeit Parkplätze. Man kurvte von Mitte nach West über den Schwabtunnel auf einen Bergrücken. Die Nobelkontore und Im- und Export GmbHs, die in einzeln stehenden Jugendstilvillen am Fuß des Anstiegs hockten, mussten die Post vor zehn bekommen. Darum musste der Postbote von unten nach oben steigen. Die Verhältnisse in Stuttgart waren ganz einfach. Die teuren Halbhöhen kesselten die namhaften alten Talviertel ein, die vom Verkehr stranguliert wurden. Immer mal wieder tunnelte man Umgehungen in die Berge und jagte den Verkehr durch die Waldgebiete auf die Fildern hinauf. Dann stiegen die Wohnungspreise in den alten Vierteln. Die Hasenbergsteige blieb von solchen Schwankungen unberührt. Im Süden glitzerten die Lichter von Heslach. Auf der anderen Seite blickte man über den Westen auf den Killesberg. Die Beltzens wohnten ganz oben am Waldrand.

Der Garten war gekennzeichnet von Kindervandalismus. Die

Angeln des Törchens waren ausgeleiert, die Beleuchtung war zerdeppert. Ein Roller lag quer über dem Plattenweg zur Haustür. Ein Sandkasten, eine Schaukelanlage, zerbuddelte Rosenbeete. Ein Kläffer schlug an, als ich klingelte. Ein Mann öffnete. Der Terrier schoss mir an die Knöchel.

»Keine Angst, der tut nichts.«

Es hatte Rosenkohl gegeben. Der Mann war jung, aber deutlich ausgeapert, mager, halb kahl, blass. Er trug eine Strickjacke und Birkenstockpantoffeln.

»Guten Abend. Sie sind Frau Nerz? Kommen Sie rein. Aber bitte leise. Die Kinder schlafen.«

Und das, obgleich der Terrier tobte wie nicht gescheit. Der Mann versetzte dem Vieh einen flinken Tritt. Der Hund verschluckte sich und schwieg. Der Mann lächelte und streckte mir eine weiche Hand hin.

»Ich heiße Beltz, aber das haben Sie sich wahrscheinlich schon gedacht.« Er schlappte durch den Gang und öffnete die Wohnzimmertür. »Besuch für dich.«

Frau Beltz hing klein und malad in einem Sessel, die Beine hochgelegt, eine Wärmflasche auf dem Unterleib. »Entschuldigen Sie. Ich fühle mich nicht so wohl. Sie verstehen?« Aber wie sie mir ihre schmale, gepflegte Hand hinstreckte, das war kühl und geschäftsmäßig. »Bitte nehmen Sie Platz.«

Auf dem Eichentisch stand ein Adventskranz. Ein halb gepellter Schokoladennikolaus ohne Kopf lag zwischen Apfelsinenschalen, Malstiften und Teilen eines Mickymauspuzzles. Der Ehemann gab den Versuch, die Spuren des Zubettbringkampfes mit den Kindern zu beseitigen, schnell auf und verschwand. Aus der Küche drang Geschirrgeklirr.

»Tut mir leid«, sagte ich, »dass ich Sie so überfalle.«

Karin Beltz winkte ab. Sie hatte prächtiges aschblondes Haar, das glatt nach hinten gekämmt war und dort üppig und lang hinabfiel. Um die spitze Nase war sie ein wenig blass.

»Wenn die Männer ihre Tage hätten«, sagte ich, »dann hätte man schon längst ein wirksames Mittel gegen die Schmerzen gefunden.«

Beltz lächelte dünn. »Sie arbeiten für die *Amazone*?« Sie richtete einen strengen Blick in ihre Stirnhöhlen. Vermutlich überlegte sie, ob sie vorgeben sollte, das Blatt zu lesen, oder ob ehrliche Unkenntnis, gepaart mit einem Hinweis auf Zeitmangel angesagt war.

»Mir liegt vor allem Gabis Wohl am Herzen«, behauptete ich. »Haben Sie schon mit ihr gesprochen?«

»Nein.«

»Aber Sie wissen Bescheid?«

»Ich habe Akteneinsicht beantragt.«

Also wusste sie nicht mehr als ich. Warum hatte Marie mich dann hierher gescheucht? »Werden Sie Gabi vertreten?«

»Ich denke schon.«

»Wer trägt die Anwaltskosten? Wir oder die Familie Weiß?«

»Soweit Marie mich unterrichtet hat, ist die Familie nicht so wohlhabend. Aber da erzähle ich Ihnen sicher nichts Neues.«

Ob Louise damit einverstanden war, dass sie einer *Sarah*-Lesbe die Anwältin spendierte?

»Sie kennen Marie?«

»Wir haben zusammen studiert. Jammerschade, dass sie nicht dabeigeblieben ist. Aber das ist jetzt nicht das Thema.«

»Haben Sie denn Erfahrung mit Strafsachen?«

Das hätte ich nicht sagen dürfen! Beltz lächelte sehr säuerlich. »Sie sind noch nicht lang im Journalismus tätig, nicht wahr?«

Ich beschloss, das Thema zu wechseln. »Ich habe Gabi heute besucht.«

Beltz riss die grauen Augen auf. »Wie haben Sie denn das angestellt?«

»Der Pfleger hat zu spät geschaltet. Gabi beharrt darauf, dass ihre Tat Mord war. Wird ihr das schaden?«

»Im juristischen Sinne nicht. Soweit ich informiert bin, ermittelt die Staatsanwaltschaft auf Totschlag.«

»Hat Marie Ihnen auch gesagt, dass wir davon ausgehen, dass Gabi mit hoher Wahrscheinlichkeit von dem jungen Mann bedrängt worden sein muss?«

»Dafür fehlt jeglicher Beweis, soweit ich weiß«, sagte die Anwältin kühl.

»Uwe ist zwar nicht einschlägig vorbestraft«, sagte ich. »Aber das muss ja nichts heißen. Man müsste herausbekommen, ob er früher schon mal Frauen sexuell belästigt hat.«

»Das würde aber immer noch nicht beweisen, dass Uwe auch im Fall Gabi versucht hat, zudringlich zu werden. Das Gericht befindet nicht über Uwe, sondern über Gabi. Und wie es aussieht, ist sie nicht vergewaltigt worden.«

»Sie müsste wohl mindestens eine aufgeschlitzte Möse haben, damit man ihr glaubt«, sagte ich.

»Solange sie selbst von einem Mord redet, können wir nicht von einer Notwehrsituation ausgehen.«

Also doch! Gabi schadete sich selbst. Blieb nur verminderte Zurechnungsfähigkeit.

»Wenn Sie Gabis Mutter befragen«, sagte ich, »dann kann es sein, dass sie Ihnen erzählt, dass Gabi mal einen Freund namens Uwe hatte. Ich habe von Gabi keine Bestätigung erhalten, dass er mit dem Toten identisch ist. Ich vermute, sie wird aus Angst vor ihrer Freundin Hede nie zugeben, dass sie den Angreifer kannte. Aber es erklärt, warum sie auf Mord besteht. Sie hat einen Zeugen ihres heterosexuellen Seitensprungs beseitigt.«

»Danke für den Hinweis«, sagte Beltz kühl. »Sie und Marie, Sie täten gut daran, keine große Geschichte daraus zu machen. Sonst wird das Gericht ein Exempel statuieren. Je weniger darüber geredet und geschrieben wird, desto besser. Auch und vor allem für Gabi.«

»Ich werde es Marie ausrichten.«

9

Draußen war es schattig, wie der Schwabe sagt, also kalt. Das Wetter hatte sich auf die Jahreszeit besonnen. Um die Straßenlaternen leuchtete ein Hof. Der Nachthimmel über Stuttgart smogte orangefarben, als wüteten in den Wäldern Großbrände. Hustenwetter.

Freitagabend war der *Taube Spitz* rammelvoll. Sally wies mich auf die Prominenz hin. Die Starmoderatoren des SDR im Gespräch mit einem Volksmusikproduzenten aus München, der zum Nadelstreifen einen weißen Schal trug. »Die Menschen ham auf Gott vergessen, früher ist das anders gwesen.« Die Herren lachten heillos. Das war kein Ort für mich. Ich versprach Sally, sie um eins vor der Kneipe abzuholen und heimzufahren, und machte mich davon.

Im *Sarah* gab es einen Vortrag über die »weise Wunde Menstruation«. Zilla und Petra werkelten hinter der Theke. Petras Augen waren leer, tot und rot, als habe sie geweint. Zilla stand wie die personifizierte Vernunft neben ihr. Jeder Handgriff ein Nimm-dich-zusammen. Eifersucht schwelte. An den Tischen saßen jede Menge Frauen, quatschten, rauchten, süffelten Drinks. Aus dem Nachbarzimmer drangen Fetzen des Vortrags über die dreizehn Zyklen der Mondin, Schmerzerfahrung, Naturverbundenheit und die unendliche Weisheit der Mütter. Die meisten Frauen an den Tischen waren weit entfernt von Mutterschaft. Indische Tücher um lange Hälse, kurze Matten auf den Schädeln, große Augen, dünne lange Arme mit qualmenden Zigaretten zwischen vielfach beringten Fingern, baumelndes Ohrgehänge. Ich war falsch angezogen. Aber ich war sowieso immer falsch, das gibt einem eine gewisse Sicherheit.

»Sag mal«, fragte ich Zilla. »Was ist denn diese Hede für eine?«

Zilla lächelte weise. »Eine Sappho.«

Petra stellte die Ohren.

Eine Rothaarige kam an die Bar. Es war die Rothaarige vom Sonntag. Sie hatte Querfalten auf der Stirn und dadurch ein altes Gesicht auf einem jungen Körper. Vermutlich eine Studentin. Sie bestellte eine Bloody Mary.

Ich ging in meinem Kopf den Katalog der Anmache durch und erwiderte ihren kurzen Seitenblick lächelnd. »Kennen wir uns nicht von irgendwoher?«

In Schwaben ging man nicht in Kneipen, um fremde Leute kennen zu lernen. Einwürfe von dritter Seite in die Kommunikation mit Freunden und Kellnern wurden in der Regel als Einmischung gewertet. Auf dem Dorf, wo jeder jeden kannte, saßen die Männer jeder für sich allein an seinem Tisch und hielten sich am Viertele fest. Die wenigsten Frauen im *Sarah* waren auf Brautschau. Die Rothaarige kehrte mit ihrer Bloody Mary zu einem Tisch zurück, an dem eine unscheinbare, völlig konventionelle Frau saß, die offensichtlich noch nicht wusste, ob sie sich hier wohl fühlen sollte. Doch die grünlichen Augen der Rothaarigen rutschten noch einmal in meine Richtung. Ich hob das Glas. Sie schaute weg.

»Musst du dich wie ein Macho benehmen?«, fragte Zilla.

»Weiß jemand was von heterosexuellen Beziehungen Gabis?«, erkundigte ich mich.

»Ist das wichtig?«, hielt Zilla gegen.

»Gabi ist sowieso keine richtige Lesbe«, sagte Petra plötzlich. »Alles bloß Schau.«

»Woher willst du das so genau wissen?«, fragte Zilla leicht genervt.

»So was seh ich.« Petra linste unter den Locken hervor, die eine Neigung hatten, ihr in die Augen zu baumeln. Das Erkennen war eine Frage des Blicks.

»Für dich ist ja sowieso keine echt genug«, bemerkte Zilla gereizt.

»Wenn dir das nicht passt, dann geh doch!«, fauchte Petra, ließ alles fallen, was sie gerade in den Händen hatte, und rannte aus dem Lokal.

Zilla zuckte mit den Schultern. »Sie kann sich einfach nicht vorstellen, dass frau im Laufe ihres Lebens eine Entwicklung durchmacht.«

»Sie ist sehr jung.«

Zilla seufzte. »Jung und kompromisslos.«

Ich hatte wirklich nur vor, aufs Klo zu gehen, das man übers Treppenhaus erreichte. Aber auf der Treppe zum ersten Stock saß Petra und schluchzte. Ich setzte mich neben sie und legte den Arm um die mageren Schultern. Sie flatterte wie ein Vögelchen.

»Was regst du dich so darüber auf, dass Gabi sich für Jungs interessiert«, fragte ich. »Das kann dir doch scheißegal sein. Und bei Zilla kannst du absolut sicher sein, dass es vorbei ist mit den Männern. Du musst ihr auch in bisschen vertrauen.«

Petra schluchzte auf. »Wie denn?«

»Du kannst deiner Freundin nicht immer vorwerfen, dass sie dich betrügt und dann verlassen will. Sonst schmeißt sie den Bettel eines Tages wirklich entnervt hin.«

Petra funkelte unter den Locken hervor. »Das wär dir dann vielleicht ganz recht.«

»Ich stehe nicht auf Mütter«, sagte ich.

Petra funkelte weiter. Ich musste Distanz gewinnen und stand auf. Petra griff nach meiner Hand und zog sich hoch. Sie wischte sich die Tränen aus dem Gesicht und lächelte verschämt. »Du bist immer so … so gemein. Du hast so was Skrupelloses.«

Ich schnappte mir die nächsten Worte direkt von ihren Lippen. Sie waren weich und salzig. Petras kleines Becken drängelte sich an meines.

Eine Horde Frauen trampelte durchs Treppenhaus. »Hach, muss Liebe schön sein.«

Ich schubste Petra die Treppe hinauf. Als wir in dem knarzenden Wohnungsflur standen, kam sie wieder etwas zur Vernunft. »Das geht doch nicht. Was würde Zilla dazu sagen!«

»Typisch Weiber.«

Petras kindlich überraschtes Lächeln machte mich toll. Wo nahmen diese hübschen Gören nur immer diese reizende Unerfahrenheit her? Ich hatte sie schon fast in einem salonähnlichen Zimmer, in dem Licht und Schatten von Möbeln und Straßenlaternen herumgeisterten, als mir klar wurde, dass ich mich in den Trieben vergriffen hatte. Ich war im Begriff, einem Mädchen die Unschuld zu rauben, einfach nur deshalb, weil ich es für mein gutes Recht, sogar für meine Pflicht hielt, der Krabbe beizubringen, dass man nicht ungestraft so herumkokettierte.

Was würde Zilla dazu sagen? Sie war meine Freundin.

»Was ist?«, flüsterte Petra großäugig. »Vergiss Zilla, ja? Ich bin es. Ich will es.«

Ich ließ sie los. »Das kann ich Zilla nicht antun.«

Petra wechselte jäh die Farbe. »Du Schwein!«

Ich zog mich ins Treppenhaus zurück. Das war knapp gewesen.

Zilla hantierte hinter der Bar und warf mir einen kurzen Blick zu. Die Frauen, die vorhin hereingekommen waren, bevölkerten jetzt einen Tisch. Ich war mir nicht sicher, ob sie mich und Petra erkannt hatten, als wir auf der Treppe knutschten. Und wenn sie es Zilla gesagt hatten …? Und wenn nicht, Petra würde es ihr um die Ohren hauen wie ein nasses Handtuch.

10

Immer samstags kurz vor Fertigstellung des Blattes hatten alle in der Redaktion zu erscheinen. Der Konferenztisch im Tagungsraum war noch leer, aber schon mit Tassen und Keksen bestückt.

Martha hatte die Zeitungen gekauft und mir auf den Tisch gelegt, die einschlägigen Artikel rot angestrichen. »Frau tötet vermeintlichen Vergewaltiger« war noch das Harmloseste. Die BILD-Zeitung titelte unverblümt: »Lesbe erschlägt Mann: Rache«. Dem Reporter war es sogar irgendwie gelungen, Gabi zu Gesicht zu kriegen. Er beschrieb sie als dicklich, hässlich, unzufrieden und psychisch krank. Was dachte eine Mutter, wenn sie so was über ihre Tochter las?

Marie rief zur Konferenz. Sie legte die aus den Nähten quellende Textmappe auf den Tisch. Heute fielen die Entscheidungen. Aus irgendeinem Grund schaute Kollegin Helga mich nie an. Bettina, die Cartoonistin dagegen musterte immer alle verträumt. Karola süffelte Kaffee, rieb sich die Augen und musste erst einmal wach werden.

»Hast wieder zu viel gekifft«, bemerkte Marion lauthals.

Die Grafikerin Brigitte war schon genervt, ehe es losging. Louises Platz blieb leer.

»Ich habe mit Louise telefoniert«, eröffnete Marie. »Die Geschichte von Gabi soll noch in dieses Heft. Louise wird kommentieren.«

Das bedeutete, dass ich meinen Artikel, wenn ich ihn denn fertig hatte, wieder umschreiben musste, nachdem Louise ihn für ihren Kommentar ausgeschlachtet hatte, um die Dubletten in den Formulierungen zu eliminieren.

»Uwe«, sagte ich, »wird heute beerdigt. Ich muss nachher gleich weg.«

Wenn Helga mich anschaute, dann sah sie immer so aus,

als überreizte ich meine privilegierte Stellung. »Was geht uns ein toter Typ an? Wenn Frauen ermordet werden, interessiert immer nur der Täter. Und wenn ein Mann stirbt, dann interessiert das Opfer. Scheiße.«

»Uwe war höchstwahrscheinlich ein Sexualtäter«, sagte ich bissig. »Also interessiert er, und zwar doppelt.«

»Gibt es dafür denn irgendwelche Anhaltspunkte?«, erkundigte sich Marie.

»Ja«, log ich. Ich weiß nicht, was mich bewog, so hoch zu pokern.

Marie runzelte die Stirn. »Welche?«

»Eines ist doch völlig klar«, sagte ich. »Diese Anwältin Beltz, die du besorgt hast, wird auf Unzurechnungsfähigkeit plädieren und nicht auf Notwehr. Gabi wird in der Psychiatrie verschwinden. Selbst dann, wenn wir beweisen könnten, dass Uwe schon früher Frauen auf der Straße bedroht hat.«

Marie senkte die Augen. Helga stierte vor sich hin. Bettina kritzelte Figuren auf den Deckel ihrer Mappe. Brigitte starrte mich an. Marion blinzelte zwischen uns und Martha hin und her und fragte stumm, ob wir das denn ausgerechnet jetzt besprechen mussten. Martha stellte frischen Kaffee hin. Plötzlich hatte ich die Vorstellung, dass Gabi verschwinden sollte. Niemand wollte sie zurückhaben. Am wenigsten die Mutter. Aber auch Marie nicht, denn nur so blieb Gabi eine Story über Männerjustiz, die Marie mir über kurz oder lang wegnehmen würde. Ich wünschte mir Louise herbei. Wenn die Katze aus dem Haus ist, tanzen die Mäuse.

»Na denn«, sagte ich und stand auf. »Meine Herren, die Beerdigung ruft. Bleibt nur noch festzuhalten: Lieber doof sein als Gabi heißen.«

Die Damen blickten mich an, als hätte ich auf den Tisch gekackt.

Ich befreite Emma aus dem Parkverbot in der Eberhardstraße.

Das Gediesel ins Stadtzentrum am verkaufsoffenen Samstag war enorm. Sie stauten sich die Weinsteige herab. Krk wartete auf dem Parkplatz vor dem Gebäude des *Stuttgarter Anzeigers* oben auf dem platten Land. Er staunte nicht schlecht, als er zu mir aufs rote Leder rutschte. Oder ich bildete mir das nur ein. Wortlosigkeit war nicht immer ein Zeichen von Verblüffung. Krk schleppte schwer an einer Kameraausrüstung.

»Kann sich der *Anzeiger* keinen richtigen Fotografen leisten?«, erkundigte ich mich.

»Ich bin der Fotograf.«

»Dafür schreiben Sie aber zu viel.«

»Ich bin eben ein Allroundtalent.«

Die Fahrt zum *Anzeiger* hinauf, der hinter dem Fernsehturm auf den Fildern mit Ausblick auf den Flughafen und ein verregnetes Nichts von Landschaft, das sich bis zur Schwäbischen Alb hinzog, seine Pressefreiheit sicherte, hatte mich zwanzig Minuten gekostet. Ich bretterte durch Möhringen, auch so ein Kuhdorf mit Ladenstraße, nach Vaihingen, dessen Kern von der Obstsaftfertigung und einer Brauerei beherrscht wurde, auf die Autobahn nach Böblingen. Ein nicht mehr ganz frisches Cabrio war im Winter etwas zugig. Krk zerbiss Vitamin-C-Bonbons.

»Haben Sie heute schon Zeitung gelesen?«, fragte ich.

»Wird ’ne ganze Menge Presse auf der Beerdigung sein, schätze ich«, sagte er. »Müssen Sie so rasen?«

»Schreiben Sie den Artikel?«

»Vermutlich. Vorsicht! Da vorn …« Krk rammte den Fuß auf eine imaginäre Bremse, als ich hupend auf der Mittelspur zwischen einer Kolonne Limousinen auf der linken und einem Konvoi Lastwagen auf der rechten Spur hindurchpreschte.

»Was haben Sie denn noch groß zu verlieren«, sagte ich, während ich Emma unters Heck eines Sattelschleppers abbremste. Der Truckerkapitän hinter mir ließ die Lichthupe springen. »Als Alkoholiker schonen Sie sich ja auch nicht.«

»Aber dann bin ich wenigstens selbst schuld, wenn ...«

»Keine Angst«, sagte ich. »Frauen bringen selten Männer um. Und sie fahren besser: weniger Risiko, weniger Unfälle.«

Krk versuchte, sarkastisch zu lachen.

Ich quietschte bei Böblingen Ost auf die Abfahrt und überrundete rechts einen ortsunkundigen Opel, der sich auf der linken Spur entlangzögerte. An der nächsten Ampel bog ich in die Panzerstraße ab, die reif- und laubglatt durch einen grauen Wald schnürte. Einst war der Kopfsteinpflasterdamm zur amerikanischen Kaserne Zentrum schönster Schauergeschichten gewesen. Frauen, die in finsterer Nacht angehalten hatten, um nach einer heruntergefallenen Zigarette zu suchen, und dabei die Tür geöffnet hatten, fanden heimgekehrt eine abgeschlagene Männerhand unterm Sitz und so weiter.

Kurz vor der Panzerkaserne wies ein Schild zum Alten Friedhof. Die Straße sauste steil in den Ort, geflankt von Geschwindigkeitsblitzern. Der Friedhof lag an der Martin-Luther-Kirche mitten im Wohngebiet. Er besaß eine klassizistische Kapelle und einige trauernde Engel. Entlang der Straße parkten Autos. Ich witterte die Journaille, ehe ich sie sah. Es war ein gutes Dutzend junger Männer und Frauen, die die Trauergemeinde aufmischten, die sich aus einer Gruppe undefinierbarer Verwandter und Bekannter und einem Trupp Berufsschüler zusammensetzte. An der Peripherie wartete jene Sorte alter Frauen, die wie meine Mutter auf jede Beerdigung ging, wohlorganisiert mit Gebinden und Beileidsworten. Die Journaille hatte Uwes Mutter bereits identifiziert, eine dickbeinige Putze in kamelfarbenem Wintermantel, die sich emotionslos anzoomen ließ. Ihr Gesicht war grob zusammengehauen von Last und Leid eines ärmlichen Lebens und hatte für den Trauerfall keinen besonderen Ausdruck mehr übrig. In der Kapelle saß sie dann allein in der ersten Bank. Dann folgte sie schwerfällig dem Sarg. Hinter den Schwarzgekleideten und den Berufsschulschülern der Schwarm von Journalisten auf den feuchten Kieswegen. Einige, unter ihnen Krk, stiegen durchs Gebüsch über Grabplatten, um den Pfarrer und die Mutter zusammen aufs Bild zu bekommen.

Als sich die Reporter nach vollzogenem »Asche zu Asche, Staub zu Staub« an sie ranmachten, um Gefühle zu erfragen, gab sie achselzuckend Auskunft über den lieben, hilfsbereiten Jungen, der stets folgsam und häuslich gewesen war. Sie leider immer auf Arbeit, vor allem nach dem Tod ihres Mannes. »'s schenkt einem ja keiner was.«

Frau Häberle hatte ihren ostpreußischen Zungenschlag auch nach vierzig Jahren im Schwäbischen noch nicht abgelegt. Sie war bis heute Flüchtling. Ihr Mann hatte bei den Amis in der Kaserne gearbeitet. Dann ein Arbeitsunfall. Uwe, ein Nachschrabsel, wie die Ostpreußen sagten, ein Spätling, immer fleißig und lieb, vor allem mit den Tieren. Nie ein böses Wort gegen die Mutter. Sogar das Auto habe er abschaffen wollen, damit sie nicht mehr so viel arbeiten müsse. »'s schenkt einem ja keiner was. Und den Asylanten schiebt man's noch hinten rein.«

Die Schüler aus dem Fleischereimeisterkurs der Hoppenlau-Schule drucksten herum. Keiner wollte so recht raus mit der Meinung. Der Lehrer diktierte den Journalisten, dass Uwe ein fleißiger, begabter und anstelliger Schüler gewesen war, ein rechter schwäbischer Tüftler, der es wie kein anderer verstanden hatte, Brät zu würzen, Brühwürste herzustellen, Fleischplatten anzurichten und Rinderhälften zu zerlegen. »Der hatte ein Gefühl fürs Fleisch.«

»Die Frau, die den auf dem Gewissen hat«, brach es aus einem Schüler, »die muss weg!«

Auf der Rückfahrt diktierte ich Krk den Artikel: »Trauernde Mutter versteht die Welt nicht mehr. Friedliebendes Muttersöhnchen fällt blindem Männerhass zum Opfer. Kollegen bestätigen: Angehender Metzgermeister konnte keiner Fliege was zuleide tun. Aber wieso um Himmels willen verlangt ein junger Mann von seiner Mutter, dass sie das Auto abschafft?«

»Die jungen Leute sind doch heutzutage alle so umweltbewusst.«

»Aber doch kein Halbstarker aus Böblingen, der immer auf den letzten Bus rennen muss, wenn er in Stuttgart im Kino war.«

»Oder die Mutter hat geschwindelt«, mutmaßte Krk. »Sie konnte das Auto nicht mehr bezahlen und es war ihr peinlich, das zuzugeben.«

»Aber doch nicht, wenn sie gerade Wert darauf legt, sich als benachteiligt hinzustellen.«

»Und was schließen wir daraus?«, fragte Krk.

Ein Panda wechselte plötzlich die Spur. Ich musste mit ganzer Kraft in die Eisen steigen. Krk bremste mit.

»Vielleicht hat Uwe Nachbars Katzen erwürgt, um sie hinterher fachgerecht zu zerlegen«, sagte ich. »Wir sollten uns mal sein Zimmer ansehen.«

»Hm.«

Krk igelte sich ein und brütete. »Was halten Sie von der Mutter?«, fragte er nach einer Weile.

»Ich halte nichts von Müttern.«

»Sie glauben doch nicht, dass die Mutter daran schuld ist, dass Uwe – wie Sie vermuten – sexuell anomal war.«

»Mütter sind an allem schuld. Außerdem ist Uwe als Vergewaltiger nicht anomal. Er übt nur sein gutes Recht aus.«

»Ach, hören Sie doch auf mit diesem Quatsch! Es gibt nicht den geringsten Anhaltspunkt, dass der Junge ein Vergewaltiger war.«

»Jeder Mann ist ein potenzieller –«

»Jaja! Aber das heißt nur, dass er es rein biologisch könnte, nicht, dass er auch seelisch dazu imstande wäre.«

»Sie müssen es ja wissen«, sagte ich und zielte in den Vaihinger Stadtverkehr zwischen Brauerei und Obstsäften.

»Was wollen Sie damit sagen?«

Ich war etwas irritiert. Keiner, der die Wahrheit fürchtete, bat darum. Womöglich war das mit der Schülerin etwas anders gelaufen, als Sally es mir kolportiert hatte. »Oder sind Sie kein Mann?«, fragte ich.

Krk kniff die großen Augen zusammen.

Ich war ans Lenkrad gefesselt, an den Verkehr gebunden. Meine physischen Reaktionsmöglichkeiten waren beschränkt. Aber auch Krk wollte ja nicht im Straßenverkehr sterben. Also mussten wir da durch.

»Nehmen wir an«, sagte er, »Gabi hat einen jungen Mann ermordet, weil sie früher mal vergewaltigt worden ist. Das verstehe ich ...«

»Das können auch nur Sie zu verstehen glauben, weil Sie wie ein Mann denken. Eine Frau tötet ihren Vergewaltiger nicht. Sie fürchtet ihn. Sie hofft auf Liebe statt Gewalt. Das ist wie mit dem geprügelten Hund, der seinem Herrn die Hände ableckt. Rache, das passt nicht. Nein, wenn Gabi den Bub getötet hat, dann in Notwehr. Und nun sieht sie sich als Mörderin, weil sie nicht damit fertig wird, gegen einen Herrn der Schöpfung die Hand erhoben zu haben. Das erscheint ihr als unverzeihliche Sünde.«

Krk keuchte. Trotz des Zuges im Auto stand ihm der Schweiß auf der Stirn. Das konnte nicht nur mit meiner Fahrweise zusammenhängen. »Menschen sind so schnell abgeurteilt«, sagte er. »Heutzutage fühlt sich eine Frau schon vergewaltigt, wenn der Mann die Einladung zum Sex annimmt. Natürlich haben Frauen das Recht, Nein zu sagen. Aber nicht jedes Nein ist auch so gemeint. Und wenn man sie dann in ihrem Nein schmoren lässt, ist sie gekränkt und hängt einem eine Unsittlichkeit an ...«

Genau das würde Petra mit mir tun, wenn sie Zilla beichtete.

»Sie sprechen wohl aus Erfahrung?«, erkundigte ich mich. »Aber Sie sind doch freigesprochen worden. Oder nicht?«

Er schnaubte. »Sie haben doch keine Ahnung!«

»Dann klären Sie mich auf.«

Krk schüttelte den Kopf und starrte durch die Frontscheibe. »Das verstehen Sie nie.«

Der Verkehr spülte uns über den Schillerplatz auf die Möhringer Landstraße, die in Möhringen zur Vaihinger Landstraße wurde.

»Jedenfalls«, sagte ich, als wir auf den Fernsehturm zuhielten, »es muss eine Frauenleiche her.«

11

Auf meinem Schreibtisch lag die Einladung der Stuttgarter Frauenbeauftragten zu einer Information über die Arbeit mit verurteilten Vergewaltigern. Marie hatte mir das hingelegt, weil ich ja gerade mit diesen Dingen beschäftigt war, wie sie meinte. Ihre feinsinnige Pädagogik machte mich kribbelig, als hätte ich mich eine Woche lang nicht gewaschen. Überdies hatte ich das Wochenende mit Sally zu viel gesoffen und geraucht. Sally wurde immer dann aktiv und aushäusig, wenn sie sich in einen Mann verliebt hatte, dem sie nun unter keinen Umständen begegnen wollte. Da sie seinen verliebten Anruf fürchtete, musste sie raus. Und da sie nie etwas allein machte, musste ich her, um sie zu begleiten. Dann galt es, diverse Freundinnen zu besuchen, bei denen man herumhing und über Männer im Allgemeinen und den einen, in den Sally sich verguckt hatte, im Besonderen zu reden. Sally näherte sich der Idee, mit dem Kerl ins Bett zu steigen, indem sie zunächst Diätpläne entwarf. Bevor es so weit war, musste sie mindestens fünf Kilo abnehmen. Da sie darin nicht sehr konsequent war, kam es nie so weit. Aber die Motorradtour mit ihm an den Bodensee, die konnte schon mal angedacht werden.

Wenn ich ins Rathaus musste, fuhr ich, egal wo die Pressekonferenz stattfand, immer erst einmal mit dem Paternoster. Wenn der Fahrstuhl oben herumknirschte, dachte ich an Dr. Murkes gesammeltes Schweigen, Bölls Geschichte über die unschuldige Welt aus Kirchenfunkzeiten. Im kirschholzgetäfelten Konferenzsaal standen Inseln aus Getränkeflaschen und Gläsern auf den Tischen. Einige Leute saßen schon da. Ein SDR-Mikrophon stand am mutmaßlichen Platz der Rednerinnen. Den Mann von *dpa* kannte ich. *Reuters* hatte keinen Korrespondenten geschickt. Der Alte vom *Esslinger Boten* bereitete sich innerlich auf seine Frage vor, die wieder niemand verstehen würde, weil er so leise sprach. Krk brütete über der Pressemappe.

Die Frauenbeauftragte kam in Begleitung zweier Frauen. Es ging um ein Programm für verurteilte Vergewaltiger, das auch den Opfern irgendwie nutzen sollte. In Therapiegruppen wurden die Täter mit Opfern konfrontiert, die ihnen erzählten, dass die Tat ihr Leben zerstört habe. Die Pressemappe und die Rednerinnen wiesen das Projekt als erfolgreich aus. Es wurden Vergewaltiger zitiert, die eingesehen haben wollten, dass sie den Frauen Entsetzliches angetan hatten, weil sie deren erklärten Willen ignorierten. Das pädagogische Ziel lautete: Vergewaltigungen haben nichts mit Trieben zu tun, sondern sind Ausdruck der Herrschaft des Mannes über die Frau.

»Das ist doch was«, raunte Krk und strich sich in seiner Mappe die einschlägigen Sätze an.

Natürlich bekamen die Laientherapeutinnen keine Löhnung. Dafür fehlte dem Frauenreferat das Geld.

»Sie haben doch selber den Gewinn«, sagte Krk. »Weniger Vergewaltiger, weniger Gefahr.«

»Umnieten«, sagte ich.

»Die einzige politische Handlung, die Sie sich vorstellen können, ist der Amoklauf, hm?«

»Irrtum. Die Idee des Amoklaufs ist männlich. Es gibt keine Frauen, die herumballern.«

»Da ist Gift die bessere Methode«, sagte Krk. »Frauen sind die besseren Mörder.«

»Aha.«

Krk grinste. »Man muss doch was in der Hinterhand haben, falls Sie anfangen sollten, Redakteure des *Stuttgarter Anzeigers* als Vergewaltiger zu denunzieren.«

Das war deutlich. Dabei wusste ich nicht einmal, was Krk sich in seiner Vergangenheit als Lehrer eigentlich hatte zuschulden kommen lassen. Sein heutiger Artikel im *Anzeiger* war eher moderat gewesen:

»Am Samstag wurde Uwe H. auf dem Alten Friedhof begraben. Die Leiche des 23-jährigen Fleischereimeisterschülers war am Montag früh in den Grünanlagen an der Johanneskirche in Stuttgart gefunden worden. Einen Tag später hatte sich eine junge Frau aus Lesbenkreisen bei der Polizei gemeldet und angegeben, Uwe ermordet zu haben. Zugleich hatte sie ausgesagt, der junge Mann sei zudringlich geworden und sie habe sich bedroht gefühlt. Die Staatsanwaltschaft ermittelt auf Totschlag. Uwes Mutter erklärte am offenen Grab, ihr Sohn sei ein unauffälliger, friedlicher und tierlieber Junge gewesen, der keiner Fliege habe etwas zuleide tun können. Krk.«

Als Fotograf war Krk nach meiner bescheidenen Einschätzung wirklich gut. Er hatte die Mutter erwischt, wie sie mit verbissenem Unterkiefer Sand ins Grab schaufelte, während der Pfarrer die Augen gen Wolkenhimmel verdrehte. Auf dem Zeitungsfoto sah sie aus, als bereite es ihr grimmige Befriedigung, ihren Sprössling zu überleben.

Nach der Pressekonferenz bot ich ihm an, ihn zum *Anzeiger*

hinaufzufahren. Das mit dem Getriebe seines Autos war offensichtlich eine langwierigere Angelegenheit. Krk nahm erfreut und misstrauisch an. Kaum saß er auf dem Copilotensitz, erinnerte er sich meiner Fahrweise, dröselte Vitamin-C-Bonbons auf und krampfte sich ein.

»Haben Sie denn nichts Besseres zu tun«, erkundigte er sich tapfer, »als die Journalisten der Konkurrenz herumzufahren?«

»Ich will was von Ihnen«, sagte ich. »Ich suche eine Leiche.«

»In meinem Schreibtisch?«

»Dort würde ich wohl höchstens Schnapsflaschen finden.«

Krk grunzte verkrätzt.

Im Pressehaus auf den Fildern arbeiteten die Redakteure in einem Großraumbüro, das mit Hilfe von Stellwänden in Kabäuschen unterteilt war. Die Fensterwand war fern. Über dem Labyrinth der Stellwände hing ein Hauch von Arbeitsdunst, vermischt mit Telefonjaulen, Computertastaturgeklapper und raunenden Stimmen. Krk winkelte sich in den Irrgarten. Soweit ich im Vorbeihasten sehen konnte, versuchten die meisten Kollegen, ihren Klausen mit Fotos, Plakaten und Pin-ups Persönlichkeit zu verleihen. Nicht so Krk. Die grünen Wände seines Kabuffs in der dunkelsten, hintersten Ecke waren bis auf einen Übersichtskalender nackt. Keine persönlichen Kennzeichen. Auf dem Tisch stand ein Computer. Krk war augenscheinlich ein sehr ordentlicher Mensch. Er hängte seinen dunkelgrauen Sakko über den Stuhl, leierte den Film aus seiner Kamera und verschwand kommentarlos.

Ich setzte mich auf seinen Stuhl. In den Schreibtischschränken befanden sich keine Schnapsflaschen. Der Computer war in Ruhestellung. Ein Druck auf eine Taste genügte, um den Monitor anzustellen. Ich war gerade so weit, dass ich den Weg in die Agenturmeldungen gefunden hatte, da kam Krk wieder. Seine viel zu großen Augen waren leicht entzündet. »Finger weg.«

Ich lehnte mich gegen den Sakkokragen. »Hier gibt es doch sicher ein Pressearchiv?«

Vermutlich hätte er sich auf alles eingelassen, was mich aus seinem Schreibtischstuhl brachte. Er drehte sich wortlos um. Ich folgte ihm eilig. Er hatte einen hübschen runden Arsch, dem die abgescheuerten Jeans gut passten. Und er hatte offensichtlich niemanden, der ihm die Hemden bügelte.

Das Archiv lag, wie es sich gehörte, im Keller, praktisch bombensicher. Hier wirkte eine gewisse Karin Becker, eine Dame in Faltenrock und Bluse. Ihre nussbraunen Augen hatten schon nassere Tage gesehen. Sie war vermutlich geschieden, verlassen, hatte, Gott sei Dank, diese Stelle gefunden und nichts anderes mehr auf der Welt als einen Kater daheim. An der Art, wie sie Krk anschaute, der den Unkonzentrierten spielte, sah ich, dass sie begonnen hatte, sich zu fragen, warum die Männer so selbstverständlich Zugriff auf jüngere Frauen hatten, sie aber für den Rest ihres versteinerten Lebens allein bleiben musste. Um jüngere Kerle anzusprechen war sie zu prüde, aber nicht so frigide, ihre Erziehung zu bedauern. Sie arbeitete jetzt neue bittere Erkenntnisse aus.

»Ich suche Frauenleichen«, erklärte ich.

Sie sah Krk zweifelnd an.

»Sie kommen zurecht, wie ich sehe«, sagte er, »ich gehe dann. Ich habe noch zu tun.«

Um so eine wunderbar strenge Dame zu erweichen, musste man den Hilflosen spielen, den charmanten Burschen mit dem zartfühlenden Blick und der sanften Intelligenz. Sie liebte das Archiv. Und wenn ich sie liebte, dann öffneten sich mir die Karteien. Frau Becker und ich schworen uns auf ein Ziel ein, das wichtiger war als alles andere in diesem Haus, dieser Stadt, dieser Welt. Und so häufte sich bald die in Zeitungsausschnitten dokumentierte Chronologie der letzten vier Jahre vor mir auf dem Tisch.

12.6.92: An der Endhaltestelle Stammheim im Osten wird eine 17-Jährige auf dem Heimweg vergewaltigt und erwürgt. Täter unbekannt.

23.6.92: In Zuffenhausen, auch im Osten, findet man eine Tote, vergewaltigt und erwürgt. Die Fahndung ergibt sechzig Hinweise aus der Bevölkerung. Der Täter wird nicht ermittelt.

27.6.92: Der Würger schlägt in Feuerbach zu. Diesmal trifft es eine 15-Jährige im Wald auf dem Weg zur Jugendfarm. Der Täter bleibt unbekannt.

21.11.93: Mord an einer Prostituierten.

12.12.93: Man findet die Leiche einer 57-Jährigen in der Tiefkühltruhe eines Rentners. Er hat sie aus Eifersucht erschossen.

6.1.94: Aufsehen erregende Suche nach einem vermissten Mädchen. Sie verschwand an der Endhaltestelle Echterdingen im Südwesten. Zeugen wollen zwei junge Männer in einem grünen Auto gesehen haben. Zwei Jungen aus Waiblingen werden festgenommen, aber wieder laufen gelassen. Die Leiche der 15-Jährigen wird samt Geigenkasten in einem Bach gefunden.

4.3.94: An der Endhaltestelle Botnang, im Westen hinter dem Killesberg, sehen Zeugen, wie eine junge Frau von einem jungen Mann bedrängt, geschlagen und herumgezerrt wird. Anwohner hören Schreie. Weder Täter noch Opfer werden gefunden oder ermittelt.

1.8.94: Tod eines Callgirls in einer Penthousewohnung. Raubmord. Ein Freier wird verhaftet.

7.9.94: 28-jährige Frau wird erstochen im Stadtpark bei der Universität gefunden. Drogenszene. Der Täter wird nicht ermittelt.

4.10.94: Tote Obdachlose im Stadtpark. Erstochen. Täter wird ermittelt.

6.10.94: Bei den Hochhäusern in Sindelfingen, einer Vorstadt zwischen Böblingen und Vaihingen, wird eine Frauenleiche gefunden. Spuren einer Vergewaltigung, Schnittwunden, ein abgesägter Arm. Mehrere Wochen tot.

24.12.94: Ein siebenjähriges Mädchen, das an Heiligabend vom Vater Bier holen geschickt wurde, wird noch am selben Abend erwürgt im Dachswald gefunden. Das Kind wurde sexuell misshandelt. Erinnerungen an den Würger von Stammheim erwachen. Der Dachswald liegt allerdings im Südwesten. Der Täter wird nicht ermittelt.

3.7.95: Eine 20-Jährige entgeht knapp einer mutmaßlichen Vergewaltigung an der S-Bahn-Haltestelle Rohr im Südwesten. Sie erstattet Anzeige gegen unbekannt. In der Zeitung wird ein Phantombild abgedruckt.

August 95: Gleich drei Tote innerhalb weniger Tage. Eine Prostituierte. Eine 34-jährige Frau in ihrer Wohnung vergewaltigt und erschossen. Täter wird als Kneipenbekanntschaft ermittelt, flieht aber. In Kemnat auf den Fildern wird eine junge Reiterin vergewaltigt und erschlagen.

»Und nun zu den Vermissten«, sagte Becker. »Konzentrieren wir uns weiterhin auf den Südwesten.«

Ich raufte mir die Haare.

6.8.94: In Böblingen verschwindet eine junge Frau praktisch über Nacht. Sie gilt bis heute als vermisst.

Ende August desselben Jahres verschwindet eine Musikstudentin auf dem Heimweg nach Neugereut im Norden der Stadt. Sie taucht nicht wieder auf. An einem Straßenrand wird ein blutiges Messer gefunden.

Seit dem 9.11.95 wird in Herrenberg hinter Böblingen eine 17-jährige Übergangsheimbewohnerin aus Rumänien vermisst. Bis heute nicht aufgetaucht.

Aus den nach hinten gebundenen Haaren der Archivarin hatte sich eine Strähne in die Stirn gestohlen. Sie lächelte. »Ich hoffe, das hilft Ihnen weiter.«

Ich stöhnte.

»Soll ich Ihnen Kopien machen?«

»Danke.«

Gegen halb sieben kam Krk in unseren Kerker. Als echter Journalist war er neugierig auf meine Fundstücke. Als Mann von gesellschaftlicher Erziehung lud er mich zum Essen ein.

»Gehen wir danach zu mir oder zu dir?«, fragte ich.

Er schob irritiert das Kinn vor.

Karin Becker schaute auf meinen obersten Blusenknopf, als sie mir den Packen Kopien überreichte. Ich hätte sie gern umarmt.

Auf dem Parkplatz hinter dem Pressehaus baumelte ich Krk den Autoschlüssel zu. »Wollen Sie fahren?«

Er winkte so erschrocken ab, dass er sich verriet. Es lag nicht am Getriebe, sondern am Führerschein. Vermutlich Trunkenheit am Steuer. Ich fuhr die Weinsteige hinab. Eine Kette von Rasern schwänzelte durch die Kurven an den Weinhängen. Über uns der Schein des Scheinwerfers vom Fernsehturm. Unter uns das Geglitzer der ins Tal gegossenen Stadt. Immer wieder schön.

»Wonach steht Ihnen der Sinn?«, erkundigte ich mich.

»Das überlasse ich Ihnen.« Krk sah aus wie ein Mann, der übermüdet war und Hunger hatte. Bösartig wie ich war, entschied ich mich gegen italienisch oder jugoslawisch und für eritreisch. Das *Samhar* lag in der Immenhoferstraße. Zunächst lernten wir die Seitenstraßen kennen. Ich verfuhr mich im Verhau der Anwohnerschranken und parkte schließlich auf einer Wendeplatte. Wie immer um diese Zeit war die afrikanische Kneipe leer. An der Bar saßen ein paar Schwarze. Im Fernseher tobte ein Videobericht über Krieg und Frieden in Eritrea.

Salem, ein mächtiger Neger, mit dem ich seit einem Jahr flirtete, nahm meine Bestellung sanft lächelnd entgegen. Zweimal Injera verschiedener Farbe auf einer Platte, außerdem ein Weizen und ein Pils. Krk schien nicht zu wissen, was auf ihn zukam. Er zündete sich eine Zigarette an und fächerte meine Kopien über den Tisch. »Was wollen Sie damit beweisen?«

»Man müsste an die Polizeiakten rankommen«, sagte ich. »Man bräuchte Tathergänge, Adressen, Spuren.«

»Aussichtslos«, sagte er.

»Ich hatte eigentlich auf Ihre Kontakte zur Polizei gehofft.«

Krk schüttelte den Kopf. »Beschränken wir uns erst einmal auf die Toten im Zusammenhang mit Straßenbahnhaltestellen. Uwe hatte ja kein Auto.«

»Deshalb!«, schrie ich. Ein Ruck ging durchs kahle Lokal. »Aber klar doch«, flüsterte ich. »Deshalb wollte Uwe kein Auto mehr haben. Er wollte nicht mehr auf Mordtouren gehen. Er stand unter Zwang. Er hat dagegen angekämpft. Er hoffte, ohne Auto käme er nicht mehr in Versuchung. Seine ersten Aktionen muss er mit einem Auto gemacht haben. Opfer auf dunklen Landstraßen. Zum Beispiel die vermisste Rumänin.«

Krk schüttelte immer noch sachte den Schädel. »Sie haben eine absurde Phantasie.«

»Aber es klingt doch plausibel. Uwe fährt nachts mit dem Auto herum. Er gabelt Frauen auf. Er tötet sie. Zerschneidet sie, was weiß ich. Versteckt die Leichen. Dann schafft er das Auto ab, weil er hofft, damit das Ritual zu durchbrechen. Es funktioniert nicht. Er sucht sich seine Opfer nun per Straßenbahn an den Endhaltestellen.«

»Ein Sexualmörder variiert sein Ritual nicht. Sonst stellt sich die Befriedigung nicht ein.«

»Wenn Sie es sagen …«, sagte ich.

Krk zuckte zusammen und ließ die Zigarette fallen. Die Kippe kullerte über den Holztisch.

Salem brachte das Bier, legte mir die Pranke auf die Schulter und ging dann wieder.

»Sie meinen doch nicht im Ernst«, sagte Krk, »dass Uwe nur

deshalb ein Sexualverbrecher ist, weil er seine Mutter bat, das Auto abzuschaffen.«

»Leichen lassen sich am besten im Kofferraum beiseite schaffen.«

»Haben Sie da Erfahrung?«

Ich grinste ihn an. Mich erschreckten solche Anspielungen nicht.

»Jedenfalls«, sagte er, »wird Ihnen diese Sammlung nicht viel weiterhelfen.«

Das Essen kam. Krks Augen glitten suchend über den Tisch. Kein Besteck? So einer tat sich am liebsten an Schnitzel mit Pommes gütlich. Männer aßen überhaupt gern einfache Dinge, Breie, Gulasch und Suppen, Dinge, die man reinschaufeln konnte.

»Das isst man mit der Hand«, erklärte ich, riss ein Stück von den kalten Maisfladen ab, die die Unterlage für das Fleisch mit Soße bildeten, und nahm etwas von dem Injera mit dem Maisfladen auf. Im Grunde und je länger man pantschte, desto mehr war es eine kindliche Schweinerei. Krk war pikiert wie eine schwäbische Oma, die nie ausländisch essen geht. Wahrscheinlich war es ihm auch zu scharf. Andererseits hatte er Hunger. Und er war doch nicht schleckig, wie man in Schwaben sagte. Er aß.

»Also nehmen wir mal an«, sagte er kauend, »Uwe hat das Auto abgeschafft, um nicht mehr morden zu müssen.«

»Dann hat er wenigstens einen Mord hinter sich, für den er das Auto brauchte.«

Krk wischte sich die öligen Finger an der Serviette ab und schob die Zeitungsausschnitte auseinander. Es gab kleine rotbraune Fingerabdrücke auf dem Papier.

»Die Prostituierten können wir wegschmeißen«, sagte er. »Ebenso die Drogentoten und Obdachlosen. Lassen wir den Würger von Stammheim auch mal außen vor. Was haben wir dann? Die Siebenjährige im Dachswald.« Er starrte einen Moment bestürzt auf den Zeitungsausschnitt: Die Straße, an der die Kleine den Tod gefunden hatte, hieß Im Himmel. »Da kommt man praktisch nur mit dem Auto hin«, sagte er. »Und es ist das einzige Kind. Das passt nicht ins Schema. Also weg damit. Was haben wir noch? Die Tote von Sindelfingen. Ein Wohngebiet und dicht bei Böblingen. Dann natürlich die Vermisste von Böblingen, ganz heiß.«

»Falls er direkt in seiner Heimatstadt mordete. Damals dürfte er noch sein Auto gehabt haben. Also eher unwahrscheinlich«, warf ich ein.

»Also dann die Vermisste von Herrenberg, die Rumänin.«

»Sag ich doch!«, sagte ich.

Krk lächelte. »Aber keine Leiche. Da gibt es nicht einmal einen Hinweis auf ein Verbrechen. Allerdings ...« Er grinste böse. »Das würde gut zu Gabis Geschichte passen. Auch hier gibt es keinen Hinweis auf ein Verbrechen vonseiten des Jungen.« Er griff nach dem Phantombild. »Hier haben wir noch so einen Fall. Die S-Bahn-Haltestelle in Rohr. Eine Frau fühlt sich von einem Jungen bedroht und setzt sich erfolgreich zur Wehr. Das war letztes Jahr. Sie geht zur Polizei. Und sieh an. Hier ist die Rede von einem Messer.«

»Wissen Sie, wie Uwe aussah?«

Krk schüttelte den Kopf. »Diese Phantombilder sehen zwar immer so aus, als hätte der Zeichner seinen Beruf verfehlt, aber sie sollen sehr erfolgreich sein. Jemand, der Uwe kannte, hätte ihn vermutlich erkannt. Wir könnten das Bild ja mal der Mutter zeigen.«

Ich wäre am liebsten sofort aufgebrochen.

Krk schob die Blätter zusammen und wandte sich wieder dem Essen zu. Er vertilgte den Rest. Salem räumte ab. Ein Sprung Schwarzer kam in das Lokal, bei ihnen eine Weiße mit einem Mischlingskind. Krks große graublaue Augen folgten der

Gruppe. Salem schlug sich durch die Leute zu uns durch mit zwei Cognac in den Händen, die er zwischen uns stellte. Mein Blick traf sich mit Krks Scheinwerfern. Er schmunzelte und schob die gefalteten Hände auf den Tisch, ohne das Glas anzurühren. Am Mittelhandknochen hatte er eine kleine Narbe. Sein Mittelfinger berührte meine Handkante. Ich zog die Tentakel zurück. Er blies den Zigarettenrauch in den Raum und schaute auf die Bilder an den Wänden.

Ich kippte meinen Cognac. Als ich nach seinem langte, sagte er: »Sie müssen noch fahren.«

Es war vertrackt. Ich hatte eben – typisch weiblich – ein Problem zu lösen versucht, das mich nichts anging. Das größte Manko der Frauen war nicht das kleinere Gewicht des Gehirns, was bei der generellen Minimalauslastung des Organs ohnehin keine Rolle spielte, sondern die geringere Kapazität der Leber, was bei unseren Promillegrenzen entscheidend war.

»Haben Sie solche Angst«, fragte er und kippte seinen Cognac, »dass ich aus der Rolle falle?«

»Wir sollten die Frau finden, die letztes Jahr im Juli in Rohr angegriffen wurde und davonkam.«

»Also gut. Ich werde sehen, was ich tun kann.«

12

Der Morgen war so diesig und dunkel, dass ich dachte, die Erde sei über Nacht stehen geblieben. Marie wartete mit der Nachricht auf, dass Louise meine Artikel über Gabi haben wollte und dazu noch sämtliche Rechercheunterlagen, um den Kommentar schreiben zu können. Ich mühte mich mit der Liste der vermissten und getöteten Frauen ab und gestand mir ein, dass ich überhaupt nichts Konkretes hatte, das auch nur den Gedanken an einen Artikel wert war. Über Gabis Elternhaus konnte ich nicht spekulieren, denn wir hatten die Mutter in der Redaktion. Und Hedes Folterkabinett irritierte die rechtschaffene Emanze mit politischem Bewusstsein nur. Warum bloß hatte ich am Samstag behauptet, ich hätte irgendwelche Anhaltspunkte? Gabi hatte in einem Anfall von Paranoia einen jungen Mann auf der Straße erschlagen, basta. Womöglich sogar ihren langjährigen Freund. Das Motiv? Misshandlung durch den Vater, diffuser Männerhass und Schuldkomplexe gegenüber Männern. Streit mit der Mutter wegen lesbischer Konsequenzen. Martha hielt ihrer Tochter vor, dass sie in die Klapsmühle gehörte. Und das Kind manövrierte sich nach Art zerstörter Persönlichkeiten in die Situation, in der Vater und Mutter sie haben wollten: hilflos, böse, schuldig. Da gab es keinen Ausweg. Gabi war nicht zu helfen.

Ich rief Hede an.

Die Stimme fuhr mir in die Weichteile.

»Wir müssen über Gabi reden«, sagte ich. »Es sieht bös aus.«

»Dann komm!«, schnurrte Hede.

Ich durchquerte zügig das Sekretariat. »Ich bin auf Recherche.«

Martha schaute nur auf. Aber Marie stürzte aus der Küche. »Lisa, Moment, du kannst doch jetzt nicht … Dein Artikel … Louise …«

»Liegt alles auf meinem Schreibtisch«, sagte ich, während die Redaktionstür zufiel. Nach mir die Sintflut.

So wie ich war, konnte ich nicht zu Hede. Also fuhr ich erst mal heim, um den Kleiderschrank zu besichtigen. Leder hatte Hede das letzte Mal schon missfallen. Schwarzes Mini mit Netzstrümpfen? Nuttig. Langer Rock? Wie eine Musikstudentin. Jeans mit Longbluse? Als hätte ich Figurprobleme. Oder Jeans mit Schlag und gestreiftem Polyesterpulli? Als wäre ich siebzehn. Oder die Trash-Kombi aus Handstrickweste und Lederjacke vom Ibiza-Mercadillo, made in China?

Ich war nicht eitel. Bei der Narbe im Gesicht erübrigte sich mancher Hader mit meinem Äußeren. Meine Mutter hatte mir beigebracht, nett und sauber auszusehen. Das wollte ich vermeiden. Früher hatte ich einfach nur ungepflegt gewirkt, jetzt hatte die Verkleidung System. Für den Kulturbürgermeister hatte ich auch ein Kostüm. Meine Kurzhaarbürste hatte ich als Emanzenausweis und meinen Nadelstreifendreiteiler, um Verwirrung zu stiften. Eines Tages hatte ich begriffen, dass ich zu den Frauen gehörte, die – egal, wie sie sich ausstaffierten – immer für Ärger sorgten. Ich hatte nämlich nicht gelernt, meinen Blick zu kontrollieren. Ob ich mich schmal und unsichtbar zu machen versuchte oder breitbeinig herumlungerte, solange mein Blick nicht auswich, blieb ich Zielscheibe von allerlei Attacken. Louise nannte meinen Blick einen Nuttenblick, aber nicht einen von der modernen dummen Sorte, sondern von der alten Kokotten-Art.

Um mich für Hede unmöglich zu machen, taugte nur etwas, das nicht richtig passte und saß, etwas, das erotische Signale abtötete, zum Beispiel der Mutter-Look: ausgebeulte Leggins und zwei Sweatshirts übereinander in Rosa und Hellblau mit Wäscheklammerzipfeln und Flecken, dazu ein hellgrünes indisches Tuch als Schal und bequeme Schweißstiefel.

Hede trug ein arabisches Hauskleid, das ihre Muskulatur bedeckte. Nur der Tänzerinnenhals und das eherne Gesicht blühten orchideenhaft rein über dem gemusterten Stoff. Als sie sich umdrehte, um vor mir her durch den schwarzen Tunnel zu gehen, sah ich mich zu der Vermutung veranlasst, dass sie keine Unterwäsche anhatte: Das Kleid knitterte zuweilen in die Pofalte. Meine Männerphantasien erwachten.

Diesmal führte sie mich in ein Zimmer mit ordentlichen Sofas, Hifi-Turm und gläsernen Regalen mit afrikanischen Fruchtbarkeitsstatuetten. Hede hatte offenbar nichts anderes zu tun, als Leute zu empfangen. Sie bot Drinks an und lächelte. Ihr Blick war von der modernen Sorte, von einer ganz modernen, einer intellektuell kultivierten und aufgeklärten Schamlosigkeit. Sie saß aufrecht neben mir auf dem Leder, Flankenatmung, frei schwingendes Zwerchfell, die Füße flach auf dem Teppich, das Becken in der Assiette – wie man im Gymnasium des Reiters sagte –, wie auf dem Teller, flexibel auf den Sitzbeinhöckern platziert.

»Warum«, fragte ich, »will Gabis Mutter ihre Tochter im Irrenhaus haben? Warum sucht Marie eine Anwältin, die auf Unzurechnungsfähigkeit plädiert? Warum muss ich den Minenhund spielen? Oder besser den Dackel, den man statt in den Dachsbau in die Kanalisation hetzt.«

Hede lächelte immer noch. »Das ist ziemlich intim.«

Ich konnte mir nicht vorstellen, dass für sie irgendetwas intim war. Ihre nervigen Hände lagen ruhig auf den Schenkeln.

»Gefalle ich dir?«, fragte sie.

»Das tut nichts zur Sache. Oder war es Gabis Aufgabe, dir die Kundinnen zuzuführen?«

Sie gurrte und schmiegte die Hand auf meinen Unterarm. »Warum etwas geschieht, ist ohne jegliche Bedeutung. Hauptsache, es geschieht.«

»Für mich ist entscheidend, warum Gabi den Jungen erschlagen hat.«

Hede zog die Hand wieder zurück. »Also gut. Es kommt mir zwar nicht richtig vor, dass ich dir das erzähle, aber es muss wohl sein. Gabi ist als Mädchen von ihrem Vater –«

»Ach, hör bloß auf!«

»Sie ist eine sogenannte multiple Persönlichkeit. Du bist dem Burschen begegnet. Ich kenne die Lolita, die Masochistin, das Opferlämmchen, die Eremitin, die Asketin, die Göttin, die Studentin und die Jungfrau. Sie ist neun Personen. Wenn Gabi von sich spricht, dann sagt sie wir.«

»Nein. Sie sagt: Ich bin schuldig.«

»Im Moment ist sie die Mörderin. Vielleicht eine neue Figur. Die Figuren spalten sich plötzlich in Krisensituationen ab. Und dann sind sie da, für immer.«

»Quatsch.«

Hede stand auf, agil wie ein Gummiball, und streckte die Hand nach mir aus wie eine Mutter nach dem Kind. »Komm mit. Ich zeig dir was.«

Ich versteckte meine Hände. »Geheimnisse sind immer der Beginn einer Vergewaltigung.«

Sie lächelte und verschwand hinter einer Tür, hinter der ich die Folterkammer vermutete. Dann erschien sie wieder mit einem Weckglas in der Hand, in dem in einer gelblichen Flüssigkeit etwas Wurmartiges schwamm. Eigentlich waren es zwei Würmer, die einen gemeinsamen Kopf zu haben schienen, ausgefranst an den Rändern.

»Ein Entwicklungshelfer«, sagte Hede, »hat mir das aus Nordafrika mitgebracht. Dort ist es noch allgemein üblich, dass die Mädchen beschnitten werden, wenn sie ungefähr acht bis zehn Jahre alt sind. Und das geht so: Die Mädchen kriegen ein schönes Kleidchen. Dann führt man sie in ein Zimmer. Die Mutter nimmt die Kleine auf den Schoß. Die Tanten halten ihr die Beine auseinander. Eine Alte nimmt ein rostiges Messer und schneidet dem Kind die Klitoris heraus, ohne Betäubung. Das Mädchen schreit. Wenn es ohnmächtig wird, wecken die Mütter und Tanten es wieder auf. Die Alte wühlt und schneidet so lange herum, bis alles weg ist. Dann näht sie die Haut zu. Nur ein kleines Loch bleibt offen, damit das Menstruationsblut abfließen kann. Vor der Hochzeitsnacht benutzen die Männer ihren Anus zum Geschlechtsverkehr. In der Hochzeitsnacht durchstößt der Mann das Loch und reißt die Naht auf. Ihr ganzes Leben hat die Frau Schmerzen und Probleme mit Entzündungen.«

Mir wurde schwarz vor Augen. Das Zimmer kippte. Der Boden buckelte. Die Tür wich mir aus. Jemand half mir in ein schneeweißes Klo.

»Wusstest du das nicht?«, sagte Hede, als die Möbel wieder senkrecht standen. »Frauen brauchen gute Nerven. Gabi hatte ihre eigene Art, die Augen zu verschließen. Ihr Vater kam stets zum Gute-Nacht-Sagen. Er nahm seine Vaterpflichten ernst. Er begutachtete das Wachstum ihrer Brüste, zählte die Schamhaare auf den blanken Venuslippen, bürstete sie, rasierte sie ab. Das Püppchen wurde geboren. Eines Abends nahm er ein Messer... Seitdem existiert das Opferlämmchen.«

Meine Gefühle blockierten.

»Du musst dir das so vorstellen«, sagte Hede. »Wenn etwas passierte, was Gabi mit klarem Verstand nicht aushalten konnte, dann schaltete sie sich ab und flüchtete – schwupps – in eine andere Person, die weit weg in ihrer Phantasie ihr eigenes symbolisches Leben führte. Das Opferlamm war gottergeben, schmerzunempfindlich.«

»Und die Mutter? Martha?«

»Keine der neun Personen, die Gabi sind, weiß, ob die Mutter etwas wusste. Aber die Mehrheit vermutet es, weil es nicht sein kann, dass der Mutter auf die Dauer so etwas entgeht. Der Bursche versuchte, der Mutter den Sohn zu geben. Mit Söhnen haben Mütter weniger Probleme. Sie werden nie zur erotischen Konkurrenz. Aber der Bursche konnte einfach nicht verstehen, warum die Mutter über seinen Affären mit Mädchen schier hysterisch wurde. Er vermutete, dass die Mutter ihn als Ersatz für den Ehemann missbrauchen wollte, und zog aus. Zu mir. Übrigens hat der Vater das Interesse an Gabi verloren, seitdem sie sich als Lesbe geoutet hat. Der Bursche in Gabi hat nach dem Eklat mit dem Vater monatelang mit der Masochistin gestritten, die von Gewalt und Schmerzen träumte und argumentativen Beistand vom Opferlämmchen erhielt. Allerdings war der Konflikt zwischen masochistischer Unzucht und religiöser Askese nicht zu lösen. Darum blieb Gabi letzten Endes bei mir.«

»Und nun wird sie den Rest ihres Lebens in der Psychiatrie verbringen.«

»Dazu gibt es keinen Grund. Gabi kann sich nicht umbringen, denn sie wüsste nicht, welche Person sterben müsste. Und es gibt in ihr keine Person, die tötet.«

»Der Bursche?«

»Der ist gerade mal siebzehn Jahre alt, etwas verklemmt, aber gutartig und verträumt. Gabi hat die Personen, die sie sind, gut im Griff. Sie studiert mit Erfolg. Heulkrämpfe hat sie nur bei mir. Sie ist nie auffällig geworden.«

Das Entscheidende: Der Bursche hätte sich auf der Straße kaum von einem anderen Jungen sexuell bedroht gefühlt. Und als Opferlamm oder Masochistin, als Jungfrau oder Asketin hätte Gabi nicht getötet. »Aber wenn nun wirklich im Moment der Todesangst eine neue Figur entstanden ist: die Mörderin?«, sagte ich.

Hede zuckte mit den schönen Schultern. »Es wäre immer noch kein Mord, sondern Notwehr.«

Womit ich wieder so weit war wie zuvor, wenn auch auf höherem Niveau.

»Und mit welcher Gabi schläfst du? Mit der Jungfrau?«

Hede lächelte nachsichtig. »Ich schlafe nicht –«

»Dann eben Arbeit. Wie viel nimmst du?«

Hede schüttelte den Kopf. Das lange Haar bewegte sich fließend auf der Schulter. »Wenn es dich antörnt, Liebe zu kaufen …«

»Was heißt hier Liebe?« Ich zog meine Geldbörse und legte zwei große Blaue in eines der Plexiglasregale unter den Fuß einer der Fruchtbarkeitsstatuen. Hedes dunkle Augen wurden hart, oder nannte man das geschäftsmäßig?

»Du bist doch wirklich ein mieser kleiner Kerl«, sagte sie und langte mir unter die beiden Sweatshirts. »Also sag mir, wie du es haben willst. Wer Liebe kauft, der muss auch ordern.«

Ich legte noch einen Hunderter drauf.

13

Marthas Kaffee holte mich in die Welt der Sittlichkeit zurück. Mit angeschmolzenen Schokostücken versetzte Vanillekekse schafften mich zurück in Zeiten, in denen das braune Pulver der Kakaobohne einziger Glücksbringer gewesen war. Frauen, sagten die Ärzte, sollten ab und zu Schokolade essen. Das hilft gegen nervöse Erschöpfung. Doch gegen meine physische Erschöpfung halfen weder Kaffee noch Schokoladenplätzchen. Sie war weltumspannend. Dass der Kater nach sexuellem Kraftsport so schnell kam, lag wohl daran, dass Hedes Liebeskunst nichts mit Liebe zu tun hatte und mir erhebliche Anstrengungen der Schamverdrängung abverlangt hatte. Ich hatte mich übernommen.

Die Buchstabenreihen flossen runter von den Papieren auf meinem Schreibtisch. Die Nummern auf der Tastatur meines Telefons spielten Reise nach Jerusalem. Sie waren nie dort, wo ich sie vermutete. Als Marie mich unterm Tisch erwischte, wo ich versuchte, einen Kugelschreiber zu haschen, der sich schlangengleich davonmachte, dämmerte mir, dass extreme Erlebnisse bei labilen Menschen – oder bei solchen, die nicht wahrhaben wollten, dass ihnen die Dinge außer Kontrolle gerieten – durchaus Bewusstseinsstörungen hervorrufen konnten. Ich schaute zu Marie auf und fühlte mich wie Gabi. Ein unangenehmer Gedanke.

»Ich kann leider nicht verhehlen«, sagte Marie in einer Aura von Sauberkeit und Kühle, »dass ich etwas enttäuscht bin von dem, was du in der Sache Gabi zustande gebracht hast. Ich denke, auf längere Sicht müssen wir uns einmal überlegen, wo wir dich deinen Begabungen gemäß am besten einsetzen können.«

Ein feiner Ausdruck für Niete.

»Ich bin ganz dicht dran«, nuschelte ich. »Ich habe heute was rausgekriegt …«

Maries Augen bekamen einen besorgten Ausdruck. »Ist dir nicht gut?«

Ich winkte ab. »Hat Louise angerufen?«

»Du kannst dich nicht immer hinter Louise verstecken.«

Das war ein neuer Ton. Der Puffer, den Louise zwischen mir und der Redaktion bildete, begann zu bröckeln. Aufstand zeichnete sich ab.

Ich raffte mich auf. »Wir suchen jetzt nach Frauenleichen, die auf Uwes Konto gehen können.«

»Wer ist wir?«

»Ein Journalist vom *Anzeiger* und ich.«

»Doch nicht dieser Kraus?«

»Er hat immerhin gute Kontakte zur Polizei. Und ich brauche Einzelheiten.«

»Ich denke«, sagte Marie, »wir sollten uns mehr auf die argumentative Verteidigung konzentrieren. Es gibt die reale Bedrohung in U-Bahnen, auf dunklen Straßen für alle Frauen. Was Gabi passiert ist, kann jeder passieren. Frau wehrt sich gegen einen vermeintlichen oder realen Angreifer. Denn eine Frau, die sich nicht wehrt – das zeigt deine eindrucksvolle Liste ermordeter Frauen immerhin –, wird allzu schnell Opfer.«

»Aber wenn erst einmal bekannt ist, was mit Gabi wirklich los ist«, widersprach ich, »dann wird niemand mehr danach fragen, wie Uwe sich verhalten hat. Dann heißt es nur noch Männerphobie.«

»Wenn du deine Informationen von Hede hast, dann vergiss es. Sie ist ein Callgirl. Sie empfängt Männer und Frauen. Sie hat auf Gabi einen verheerenden Einfluss ausgeübt.«

»Sagt Martha das? Dann vergiss es.«

»Ich verlasse mich in meinen Urteilen lieber auf mich selbst. Glaub mir, Hede ist eine Hetäre. Ihre Anschauungen sind im Kern frauenfeindlich. Sie glaubt, dass Frauen vergewaltigt werden wollen. Ich habe sie mal interviewt.«

Wie hatte die schöne Marie sich wohl gegen Hedes Avancen zur Wehr gesetzt? Mein Grinsen schien der großen Kühlen entschieden zu missfallen.

»Jedenfalls«, sagte sie, »die Sexualpraktiken überlassen wir der Männerpresse und den Rotlichtbezirk dem deutschen *Tatort*, verstanden?«

»Ich möchte mit Louise reden!«

»Du wirst jede Menge Gelegenheit haben, mit Louise zu reden. Aber sie wird dir nichts anderes sagen als ich. Wir sind uns über unser Vorgehen völlig einig. Wir werden Gabi helfen, so gut wir können. Das sind wir schon Martha schuldig. Aber wir werden nicht irgendeinem Jungen posthum eine Mörderkarriere anhängen. Damit machen wir uns lächerlich.«

Vor meinen Augen drehte sich alles. Es war nur ein kurzer Schwenk, der das Zimmer auf den Kopf stellte, aber es reichte, um mich zu alarmieren. Der Schock trieb den Kreislauf wieder in die Höhe. Das Nächste, was ich in Angriff nahm, war der Teppich vor der Tür. Ich hackte die Beule mit der Schere auf, damit sich die Tür endlich schließen ließ. Die Falle knackte erlösend.

Dann rief ich Krk im *Anzeiger* an. Er war nicht da.

Schluss für heute. Marie hatte mir das Thema weggenommen. Was sollte ich also noch hier?

14

»Göttin im Himmel«, sagte Zilla, »wie siehst du denn aus?«

Ich verlangte nach einem Doppelten, egal was.

Das *Sarah* war gut voll.

»Du siehst wirklich krank aus«, sagte die gute Zilla. »Ist alles in Ordnung?«

Ich kippte den Doppelten.

»Und mit dir und Petra?«, fragte ich.

Zilla lächelte fein. »Petra hat da wohl einiges falsch verstanden, oder nicht?«

»Ich fürchte, sie hat es völlig richtig verstanden.«

Zilla wurde ernst. »Na, wenigstens hast du es mir gesagt.«

Die Rothaarige mit dem jungen Körper und dem alten Gesicht war wieder da. Ich gab mich der Idee hin, dass ihr mein Blick keine Ruhe gelassen hatte. Manchmal war man von den Leuten besonders fasziniert, die einen abschreckten. Vermutlich kannte sie sich als stramme Heterofrau, aber jetzt wollte sie es wissen. Manchmal musste man Leute wiedersehen, um zu überprüfen, ob sie die Macht hatten, die innere Unruhe noch ein zweites Mal auszulösen. In den wenigen Minuten, die ich an der Theke hing, war ich ihrem Blick schon dreimal begegnet. Und jedes Mal zuckte er in die Bloody Mary zurück. Jetzt musste ich lange Leine lassen. Kein Zwinkern, kein Zuprosten.

Zilla schob mir das Telefon hin. »Für dich.«

Es war Martha. »Entschuldigung, dass ich Sie störe.«

»Och.«

»Aber ich glaube, es ist dringend. Dieser Typ hat wieder angerufen, dieser Journalist. Er wollte Sie unbedingt sprechen. Er wollte sogar Ihre Privatnummer haben. Aber das geht natürlich nicht. Ich dachte mir, dass Sie vielleicht im *Sarah* wären …«

»Stimmt.«

»Er hat mir seine Nummer gegeben. Haben Sie was zu schreiben?«

Ich winkte Zilla. Zilla suchte. Ich notierte. Eine Privatnummer offensichtlich. Martha entschuldigte sich noch mal. Das gute Stück. Ich tippte die Nummer. Niemand ging ran. Also, was sollte das? Die mondgesichtige Uhr über der Theke zeigte halb neun.

»Gibt's Probleme?«, erkundigte sich Zilla.

Ich tippte nur, um nichts unversucht gelassen zu haben, Krks Redaktionsnummer in die Tastatur. Währenddessen kam die Rothaarige an die Theke. Sie streifte mich fast, vermied es aber, mich anzusehen, und bat Zilla um Streichhölzer. Ich ließ sofort die Flamme meines Feuerzeugs springen. Sie äugte. Jetzt hatte es genug geklingelt in Krks Kabäuschen. Ich konnte den Telefonhörer loswerden und mich der Rothaarigen zuwenden. Mir wurde wieder schwindlig.

Die Rothaarige ließ sich Feuer geben.

»Hast du eben Karl Kraus gesagt?«, fragte Zilla.

»Warum?«

»Das ist doch der von der Zeitung? Von dem habe ich schon gehört. Louise hatte mal was mit dem, ich meine geschäftlich. Er fotografiert ziemlich viel herum. Das muss ein ziemlich perverses Schwein sein.«

Ich hatte genug von Perversionen.

»Pervers sind sie doch alle«, bemerkte die Rothaarige. Ihre Haare waren kurz wie ein Rattenfell. Ihre Fingernägel waren zwar lackiert, aber abgefressen. »Ist doch wahr. Kriegführen, Töten, Vergewaltigen.« Sie musterte mich jetzt neugierig. »Wer hat dir denn …?« Sie fasste sich ins eigene Gesicht.

»Ein Autounfall.«

»Ein Mann saß am Steuer, was? Der Beifahrerinnensitz ist ein Todessitz. Er natürlich unverletzt, nicht wahr?«

»Nein, tot.«

Ich sah Zillas forschende Mutteraugen und erinnerte mich der weichen Kusslippen Petras, der schamlosen Griffe Hedes. Nach Todt Gallions Tod waren mir keinerlei Beziehungen mehr möglich erschienen. Schlagartig wurde mir klar, dass ich das frühe Märchen meines Lebens nicht an Frauen verraten würde, die mit Frauen anbändelten, obgleich sie Frauen hassten, weil sie von den Männern nicht loskamen.

»Nun ja«, sagte die Rothaarige, »Männer haben einen Todestrieb. Da hatte Freud ausnahmsweise mal Recht.«

Da ging die Tür auf und – ich musste zweimal hinschauen – Krk kam herein.

Zillas Gesicht zerfiel.

»Typen unerwünscht«, rief eine der Frauen an den Tischen.

»Raus!«, schrie eine andere.

Zilla setzte sich in Marsch.

Krk hob die Hände. »Entschuldigung, ich wollte nur ... ich suche ...«

Jetzt hatte er mich entdeckt.

Die Rothaarige nahm ihre Bloody Mary, ging zu ihm hin und goss ihm das Getränk übers Hemd. »So.« Dann zog sie ihren Geldbeutel und steckte Krk einen kleinen Blauen in die Brusttasche. »Für die Reinigung.«

Vereinzeltes Gekicher flackerte.

In den Augen der Rothaarigen stand knitzer Triumph. Sie hatte es für mich und meine Schlägervisage getan, nicht wissend, dass ich jetzt aufstehen und zu dem Typen hingehen würde, um ihn aus dem Lokal ins Treppenhaus zu schieben.

»Musste das sein?«

Er räusperte sich. »Ich dachte ...«

»Sie hätten anrufen können. An der Johanneskirche gibt es Telefonzellen.«

»Ich dachte, umbringen würdet ihr mich schon nicht gleich.«

»Was sind Sie doch für ein Held. In Männerclubs würde nie

eine Frau reingehen, abgesehen davon, dass es da auch nichts zu sehen gibt. Aber die Bannmeile der Frauen zu verletzen ist nur ein Kavaliersdelikt.«

»Hier ist kein Schild, das den Zutritt für meinesgleichen verbietet.«

»Mann!«, schrie ich. »Aber Sie wissen es!«

In der Tür zum Café erschienen einige Frauen als Rückendeckung.

»Mein Gott«, sagte Krk. »Nun werden Sie doch nicht gleich hysterisch! Sie haben doch auch sonst keine Angst vor Männern.«

»Sie müssen mir nicht sagen, wovor ich Angst habe«, keifte ich. »In dieser verdammten Stadt wird es doch wohl einen Ort geben dürfen, wo ihr uns nicht hinterhersteigt.«

Krk wandte sich ab und ging die ausgetretenen Stufen hinab, zur Haustür hinaus. Zilla zog mich in die klopfenden, streichelnden Hände der Zuschauerinnen hinein. Man geleitete mich an die Bar und spendierte mir einen weiteren Doppelten. Die Nacht der falschen Helden.

Aber ich sah wieder Krk vor mir, wie er sich, nass bis auf den Hosenstall, abwandte. Schließlich hatte er mir irgendetwas Wichtiges mitteilen wollen. Ich löste mich aus der Feier, ignorierte den saugenden Blick der Rothaarigen und huschte hinaus. Vor der Tür, auf einer der Prellstangen um die Bäume, saß Krk und rauchte. Die Hände hatte er in den Hosentaschen, denn es war eisig.

»Ich habe immerhin versucht, Sie anzurufen«, sagte ich.

»Ich habe Namen und Adresse der Frau, die im Juli vergangenen Jahres in Rohr dem Messerstecher entkommen ist. Eigentlich wollte ich …« Er schaute auf die Uhr.

»Gehen wir«, sagte ich.

Emma stand eine Querstraße weiter. Ich dachte an die doppelten Doppelten, aber sei's drum. Wir mussten längs durch die Stadt, am Neckar entlang, unter der Müllverbrennung hindurch, deren Umweltschutzbauten sich hellgrün, türkis, blau und pink über die Straße in den alten Steinbruch schoben, und weiter am Neckar entlang über die Aubrücke am Max-Eyth-See ins Wohngebiet dahinter bis nach Mühlhausen. Ohne den Stadtplan im Handschuhfach hätten wir den dunklen Fronhof ein Gässchen hinter der Schleuse nicht gefunden. Kleinbetriebe, Mehrfamilienhäuser, Satellitenschüsseln und bösartige Rentner hinter den Gardinen. Krk ordnete sich Hemd und Hose. Seine Tarnfarbenkleidung hatte die Bloody Mary spurlos eingesogen.

Susanne Schäufele wohnte im dritten Stock unterm Dach. Es stand nur ihr Name an der Tür. Der Türlautsprecher quäkte: »Ja bitte?«

»Wir sind von *Stuttgarter Anzeiger*«, sagte ich, »Lisa Nerz und Karl Kraus.«

»Moment.«

Doch nichts rührte sich. Die einbruchssichere Massivleichtmetalltür mit Panzerglas verharrte wie festgeschweißt. Nach einer Weile knackte die Gegensprechanlage wieder.

»Was wellet Sie denn?«

»Es geht um den Vorfall im Juli an der Straßenbahnhaltestelle in Rohr.«

Es knackte erneut, aber die Tür blieb zu. Dann kam es vom Dach: »Hallo!«

Wir traten drei Schritte zurück. Susanne hängte sich gefährlich weit aus der Dachgaupe, um uns in Augenschein zu nehmen. Die nächste Straßenlaterne war weit. Krk winkte mit einem Presseausweis.

»Könnet Sie net morge komme?«, schrie Susanne.

»Schon, aber es eilt ein bisschen«, schrie ich hinauf. »Übrigens, ich bin von der *Amazone.*«

Jetzt zog der Nachbar seinen Rollladen hoch. Susanne verschwand. Der Türsummer summte. Krk stürzte vorwärts, kam aber nicht mehr rechtzeitig an. Er klingelte noch mal.

Die Wohnung bestand aus schrägen Wänden und aus Ikeamöbeln. Im Wohnzimmer, das gerade mal ein Sofa breit war, saß ein junger Mann breitbeinig und angezogen mit einem Gesicht, als sei nichts gewesen. Susanne bat uns in die Sessel.

»Und Sie send wirklich von der *Amazone*?«

Bislang hatte mir die *Amazone* noch nie Türen geöffnet.

»Wie isch sie denn so, die Louise Peters. Ich kenn sie ja nur aus dem Fernsehe.«

»Ich schlage vor, Sie besuchen uns mal.«

»Echt? Des würd gehe? Hansi, hasch ghört?«

Hansi hatte es gehört. Er pflanzte die Bierflasche zwischen die Beine.

»Und Sie?« Susanne fixierte Krk.

»Er ist vom *Anzeiger*. Wir arbeiten in dieser Sache zusammen. Eine Freundin von mir …«

Krk unterdrückte ein Feixen.

»… ist kürzlich von einem jungen Kerl auf der Straße angegriffen worden. Er hatte ein Messer …«

»Und Sie moinet, des isch derselbe?« Susanne war eine knubbelige Frau mit lustigen braunen Augen im Plattgesicht, eine von der tatkräftigen, temperamentvollen Sorte, die in jeder Lage geistesgegenwärtig den eigenen Vorteil erkennt. So hatte sie damals, als der Junge nachts um halb elf vom Bahndamm her auf den Hochbahnsteig der S-Bahn-Haltestelle Rohr kam, instinktiv – wie sie meinte – Gefahr gewittert.

»Was hatte er an?«

»Jeans und eine braune Lederjack. Wildleder. Sonderangebot vom Kaufhof.«

Und jung war er gewesen, um die zwanzig, ein wenig linkisch, irgendwie steif. Pickel im Gesicht, blond, die Haare wie ausgerissen oder abgefressen, als hätte er sie sich selber vorm Spiegel verschnipfelt. Erst hatte er eine Weile herumgestanden, dann hatte er plötzlich ein Messer in der Hand und packte sie am Arm. »Wenn du schreist, bring ich dich um«, zitierte Susanne. »Und ich hab gsagt: Was willsch'n nachher mit der Leich?« Sie kicherte. »Mir isch nix Bessres eigfalle.«

Offenbar hatte es genügt, um den Jungen zu irritieren. Sie riss sich los, trat, schrie und fäustelte. Der Kerl rannte weg. Das Ganze ging schnell und war auch nicht sonderlich erschreckend. Erst hinterher war ihr die Sache doch gefährlich vorgekommen, und sie war anderntags zur Polizei gegangen. Dort hatte man ein Phantombild erstellt.

Ich bedauerte, dass wir kein Foto von Uwe hatten. Susanne versprach, noch mal zur Polizei zu gehen und sich ein Foto von Uwe vorlegen zu lassen.

15

»Könnte sein«, sagte ich, als wir wieder im Auto saßen. »Aber ich glaub's eigentlich nicht.«

»Warum denn nicht?«

»Ein Junge von ärmlichem Format besitzt keine zwei Jacken. Das müssten Sie doch verstehen.«

»Gefällt Ihnen mein Anzug nicht?«

Ich startete den Wagen.

»Uwe könnte doch«, sagte Krk, »die Jeansjacke erst später gekauft haben, zum Beispiel weil Susanne ihn in Wildleder gesehen und beschrieben hatte.«

»Ich sehe schon«, sagte ich, »Sie hätten Uwe lieber als verklemmten Trottel ohne Erfolg, denn als versierten Frauenmörder.«

»Ich wollte nur nett sein.«

Ich steuerte die Neckartalstraße entlang unter der Müllverbrennung hindurch. »Glauben Sie denn immer noch, dass eine Frau einen ihr völlig unbekannten jungen Mann ohne Not auf der Straße erschlägt?«

In diesem Moment durchfuhr es mich: Gabi war ja keine Frau mehr, falls es stimmte, dass es in Deutschland einen Vater gab, der seine Tochter beschnitt. Aber jede sadistische Männerphantasie wurde an irgendeiner Frau Wirklichkeit. Und Beschneidung war das falsche Wort. Kastration auch. Es war etwas dazwischen. Sie war nicht mal ein Eunuch, kein Zwitter, nicht impotent, auch nicht steril. Gabi kannte – wenn das stimmte – keine Geilheit, keine Lust, keinen Orgasmus. Vielleicht hatte sie in Uwe einen Kumpel gesucht, einen Freund zum Pferdestehlen, keinen Mann, sondern einen Jungen. Vielleicht hatten sie sich im Kino getroffen und eine gemeinsame Vorliebe für Kung-Fu entdeckt. Uwe war zu unbeleckt, um das Mädel hinter dem Burschen Gabi zu erkennen. Doch plötzlich gewann eine andere Figur die Oberhand. Falls es stimmte, was Hede über die multiple Persönlichkeit erzählt hatte, dann konnte der Wechsel plötzlich eintreten. Und der harmlose Bub, der keiner Fliege was zuleide tat, hatte plötzlich als Stellvertreter seines mörderischen Geschlechts herhalten müssen. Eine rote Zora hatte zugeschlagen.

»Ich denke«, sagte Krk, »wir sollten eine Struktur in die Frauenleichen bringen. Susanne gehört zu den Endhaltestellenfällen. Die haben nichts mit dem Würger zu tun. Der im Übrigen seit zwei Jahren nicht mehr tätig ist. Was haben Sie denn? Ist Ihnen nicht gut?«

»Nichts«, räusperte ich. »Ich habe nur etwas über Gabi erfahren …«

»Und jetzt zweifeln Sie, ob sie Uwe nicht doch ermordet hat? He! Vorsicht!«

Ich konnte das Lenkrad gerade noch herumreißen, ehe ich auf

ein geparktes Auto prallte. Ich trat auf die Bremse. Hinter mir quietschten Reifen. Ich lenkte Emma in die nächste Parklücke. Der Autofahrer hinter mir tippte sich an die Schläfe.

»Hören Sie«, sagte Krk ruhig. »Sie brauchen mir nicht zu erzählen, was es ist. Aber ich werde auch nichts mehr über diese Geschichte schreiben.«

Wir standen am Straßenrand unter schwarzem Himmel. Es wurde schnell kalt im Auto. Verkrätzte Häuserfronten mit Satellitenschüsseln blickten auf den Neckar, der unsichtbar und dunkel hinter einer Mauer dahinzog. Keine Frau würde sich um diese Zeit noch auf den Uferweg wagen.

»Gabi muss mildernde Umstände bekommen«, sagte ich. »Drei Jahre, dreieinhalb. Aber auch der Vater wird, falls er überhaupt angezeigt wird und die Sache nicht verjährt ist, höchstens drei Jahre bekommen. Er hat ja nicht getötet, jedenfalls nicht leiblich.«

Krk starrte mich an.

»Gabi wurde verstümmelt.«

Mit einer präziseren Aussage hätte ich kaum größere Betroffenheit auslösen können. Krk blinzelte weg und versicherte sich unwillkürlich, dass bei ihm noch alles dran war.

»Wenn Sie meinen«, sagte er schließlich, »dass Gabi sich für erlittene Qualen gerächt hat … Aber warum gerade an Uwe und warum erst jetzt?«

»Ich glaube nicht einmal, dass Gabi imstande gewesen wäre, sich zu wehren, geschweige denn, sich zu rächen.«

»Was Sie mir da erzählen, ist doch nicht logisch. Hat sie nun oder hat sie nicht?«

»Wie kommt es eigentlich, dass Männer immer von Logik reden?«

»Uwe ist immerhin tot. Das ist eine Tatsache. Ich finde es durchaus in Ordnung, dass Frauen sich wehren. Es macht zwar unser Leben riskanter …«

»Immerhin«, resümierte ich, »haben die weltweite Hochrüstung und das Prinzip der Abschreckung uns nach landläufiger Meinung vor dem dritten Weltkrieg bewahrt und den Ostblock in die Knie gezwungen.«

Krk sah mich mit dem Was-hat-das-eine-mit-anderen-zu-tun-Blick an.

Ich startete den Wagen. »Ist Ihnen schon mal aufgefallen, dass Männer sich immer nur schwächere Gegner suchen? Oder eine überlegene Bewaffnung?«

»Jedenfalls«, sagte er, »ist mir schon aufgefallen, dass ich ein Schwein bin, weil ich ein Mann bin. Mein Schicksal.«

Ich hielt auf die Wilhelma zu. In den alten Bäumen des Zoos nächtigten die Reiher. Ihre Silhouetten zeichneten sich gegen den Nachthimmel ab.

»Übrigens«, sagte Krk. »Ich habe noch ein paar Adressen, zum Beispiel die der Vermissten aus Böblingen und die der Leiche aus Sindelfingen. Ich wollte vorhin sagen, dass wir uns, meiner Meinung nach, auf die Fälle konzentrieren sollten, wo die Opfer entweder gar nicht oder nicht gleich gefunden wurden.«

»Wie sollen wir das jetzt noch rekonstruieren? Wie kriegen wir raus, wo sich Uwe an einem bestimmten Tag vor zwei Jahren befand? Wir bräuchten wenigstens einen Verbündeten bei der Polizei.«

»Haben wir nicht.«

»Und wo haben Sie diese Adressen her?«

»Ein einmaliger Freundschaftsdienst.« Krk rieb Daumen und Zeigefinger.

»Na gut«, sagte ich. »Mir haben sie die Story auch weggenommen.«

»Warum denn?«

Ich zuckte mit den Schultern. »Vermutlich wegen Unfähigkeit.«

Krk schüttelte den Kopf. »Ich vermute, das läuft so, wie wir das früher in den Kommunistischen Gruppen gemacht haben. Ein Märtyrer vor Gericht ist allemal besser, um das imperialistische – sprich patriarchalische – System zu entlarven und Proteste zu provozieren, als ein zu allseitiger Zufriedenheit aufgeklärtes Verbrechen und ein gerechter Urteilsspruch.«

Ich lenkte Emma in den Schwanentunnel Richtung Stadtmitte. Wir überquerten die Grenze zwischen Cannstatt und Stuttgart. Krk studierte seine Adressenliste.

»Ich schlage vor«, sagte er nach einer Weile, »wir schauen uns mal die Leiche in Sindelfingen genauer an. Da war ein Messer im Spiel. Das war im Oktober vor zwei Jahren. Im August vor zwei Jahren verschwand die Frau in Böblingen und im November vor einem Jahr die Rumänin in Herrenberg. Und dann gibt es noch die Botnanger Geschichte, wo vor zwei Jahren eine Siebzehnjährige herumgezerrt wurde und Anwohner Schreie hörten. Die Leiche wurde auch nie gefunden. Alle diese Orte liegen im Umfeld von Böblingen und sind mit Auto oder Straßenbahn leicht erreichbar.«

»Dann fangen wir doch in Böblingen an«, schlug ich vor. »Wo wohnte die Vermisste?«

»Lerchenstraße 1. Dabei könnten wir auch gleich Uwes Mutter besuchen. Aber heute Abend nicht mehr!«

Wir kamen am Neckartor heraus. ADAC und Arbeitsamt. Links wohnte ich in der Neckarstraße. Krk war nach der Telefonnummer zu schließen oben in Degerloch zu Hause. Vom Neckartor aus, einer reinen Asphaltwüste für sich kreuzende Verkehrsströme, schwuppte die Stadtautobahn zwischen Staatsgalerie und Landtag und unter den großen Kreuzungen hindurch in den Westen. Ich fädelte am Charlottenplatz heraus. Nach den Häuserschluchten zum Bobser hin gewann die Neue Weinsteige freien Blick über die Stadt. Immer noch und immer wieder schön.

Krk dagegen stierte auf seine Liste und brütete. Ich dachte an Sally. Der erotische Höhepunkt ihrer verzwickten Beziehungen zu Männern war nicht der Moment, wo man sich ansah, sondern der, wo beide in dieselbe Richtung blickten. Für Thomas Mann war's der fließende Blick aus törichten Weiberaugen. Für Hedwig Courts-Mahler die stahlblaue Schärfe unter Männerstirnen. Und wenn die Frau erblickte, was der Mann an ihrer Seite mit den Augen suchte, dann stimmte die Ehe. Eigentlich machte der Blick den kleinen Unterschied.

Krk schaute hoch. »Wohin fahren wir eigentlich?«

»Sie müssen mir nur noch sagen, wo Sie wohnen.«

»Felix-Dahn-Straße.«

Ich latschte auf die Bremse und wechselte auf die Linksabbiegespur. Krk krampfte sich zusammen. Die Ampel war rot. Krk atmete aus. Die Ampel sprang auf Grün, und ich ließ Emma hüpfen, die steile Pfaffstraße hinauf in den alten Kern von Degerloch. »Links oder rechts?«

»Rechts. Aber das wäre wirklich nicht nötig gewesen. Stopp!«

Ich setzte den Blinker und hielt auf einem freien Parkplatz an einer Parkuhr. Es war eine Gegend, wo man, wenn man einen Parkplatz brauchte, am besten nachts einkaufen ging. Vor uns die Mündung zur Hauptstraße. Rechts ein paar schummrig erleuchtete Ladenbaracken. Links ein Ärztehaus. Ein Betrunkener torkelte zwischen Parkuhren und Schaufenstern und warf sich beherzt zwischen zwei parkende Autos, kroch auf die Straße hinaus und richtete sich zwei Autos vor uns wieder auf. Ich checkte seine Zielrichtung ab. Demnächst würde er über Emma stolpern. Krk, der nicht gewohnt war, die Wege Entgegenkommender abzuschätzen, griff nach dem Türhebel, hielt aber plötzlich inne und holte Luft: »Ich…«

Da prallte der Besoffene auf meinen Kühler. Er glotzte. Er hangelte sich weiter und patschte mit der Hand auf mein Seitenfenster. Krk flutschte aus dem Auto, hechtete um den Kühler und pflückte den Betrunkenen vom Lack. Der gurgelte und schüttelte die Fäuste.

Ich stieg aus.

Krk drehte den Besoffenen die Straße abwärts. Doch der war obstinat und wankte zum Gegenangriff. Krk, der wohl fürchtete, ich könnte ihm zu Hilfe eilen, fing den Kerl ab und transportierte ihn auf die andere Straßenseite, wo er ihn gegen die Hauswand lehnte. Von dort trollte sich der Mensch dann. Krk kam zurück. Ich schmunzelte über seine Fürsorge. Vermutlich hatte er sich gelegentlich in einer ähnlich misslichen Lage befunden.

Krk wischte sich die Hände am Gesäß ab, fuhr sich durch die Haare und holte erneut Luft. »Lisa, ich muss Ihnen etwas sagen.«

»Lieber nicht.«

»Hören Sie, ich glaube, ich … ich habe mich in Sie verliebt. Nein, sagen Sie nichts! Ich wollte nur, dass Sie es wissen, bevor es zu Missverständnissen kommt. Ich musste Sie heute Abend sehen … Der Besuch bei Susanne Schäufele hätte ja durchaus bis morgen Zeit gehabt. Ich wollte einfach nur … ich wollte Sie bitten …«

Es war schwieriger, als er es sich vorgestellt hatte.

»Ja?«, ermunterte ich ihn.

Er ächzte. »Ich weiß ja, dass Sie … dass du …?«

Ich nickte.

Er drückte ein schiefes Lächeln in seine verlebte Mimik. Die Eroberung des Du schien ihm zu genügen. »Jedenfalls, was ich noch sagen wollte: Ich werde dir helfen. Ich bin auf deiner Seite und auf Gabis. Wir werden deine Freundin da raushauen. Wir finden eine passende Leiche.«

»Schön.«

Krk blickte zu Boden und trat zurück. »Ja dann … gute Nacht.« Er drehte sich um und ging schräg über die Straße auf das Ärztehaus zu. An der Haustür blieb er stehen, und als ich vorbeifuhr, hob er die Hand. Armer Kerl.

Ich bog in die Epplestraße, die sich menschenleer unter hellen Weihnachtsgirlanden zwischen festlichen Schaufenstern zur Weinsteige streckte.

16

Ich schlief aus verschiedenen Gründen schlecht. Oma Scheible passte mich im Treppenhaus ab. »Sie kennet's ja net wisse, 's hot Ihne wahrscheinlich niemand gsacht ...« Es ging um das am besten geeignete Bohnerwachs für die Holztreppen. Oma Scheible betrachtete es als ihre Aufgabe, die Hausbewohner daran zu erinnern, dass man sich vor Weihnachten in Sachen Treppenhaussauberkeit und Glanz gegenseitig zu übertreffen hatte.

Die Büros waren noch still und leer, als ich halb neun in der Redaktion eintraf. Martha füllte die Kaffeemaschine in der Küche. Ich schaute in Maries Zimmer. Sie kam manchmal schon um acht, aber heute offenbar nicht.

Auf ihrem Schreibtisch lag ein Fax. Vier Seiten Schreibmaschine. Überschrift: »Geschlechterkrieg auf den Straßen«. Text: »Während im Iran Frauen ein verrutschter Schleier mit Nägeln ins Haupt geschlagen wird, in Algerien intellektuelle Frauen geschächtet werden und in Deutschland dem Kopf der iranischen Widerstandsbewegung, Maryam Radschawi, die Einreise aus dem französischen Exil verwehrt wird, weil es den außenpolitischen Interessen schadet, währenddessen geht der Femizid in deutschen Eigenheimen, in Parks und auf den Straßen weiter, und niemand regt sich darüber auf. Da muss es erst so weit kommen, dass eine junge Frau einen jungen Mann erschlägt, und schon schlagen die Wellen hoch, aber wiederum den Frauen ins Gesicht.«

Drüber stand die Fax-Nummer mit der Vorwahl der Gegend um Reutlingen. Daneben der Name Peters, dann ein paar Zahlen, dann das Datum vom heutigen Mittwoch und die Uhrzeit: 01:38. Louise hatte, nachdem Marie ihr mein kümmerliches Material gefaxt hatte, ihren Kommentar offenbar im Affenzahn geschrieben und ihn dann heute Nacht von ihrem Monrepos auf der Schwäbischen Alb an die Redaktion geschickt.

Zum ersten Mal bekam ich damit eine Nummer in die Fänge, mit der ich Louise auf ihrem Monrepos erreichen konnte. Die Telefonnummer hatte Martha unter Verschluss. Ich spielte ernsthaft mit dem Gedanken, Louise per Fax zu bitten, mich anzurufen, um ihr zu sagen, dass in der Redaktion meinem Gefühl nach etwas verkehrt lief. Andererseits hatte Louise so prompt mit ihrem Kommentar reagiert, dass ich davon ausgehen musste, dass sie mit Maries Strategie einverstanden war.

Um in mein Büro zu gelangen, musste ich das Sekretariat kreuzen und Martha, die soeben aus der Küche kam und mich verwundert, fast erschrocken ansah, fest in die Augen blicken. Auf ihrem Schreibtisch lag in Alufolie verpackt ein Paket mit Keksen.

»Wann backen Sie das alles nur?«, sagte ich munter.

»Der Kaffee ist gleich fertig.«

»Sie sind ein Schatz!«

Martha platzierte ihre Massen am Schreibtisch und schälte die Plätzchen zärtlich aus der Folie. Es waren rombenförmige Blätterteigschnitten mit einem Guss aus Honig und Nüssen.

»Hat das gestern noch geklappt? Haben Sie diesen Kraus noch erreicht?«, erkundigte sie sich, während sie das Gebäck auf kleine Teller verteilte.

»Ja, vielen Dank«, sagte ich überrascht, dass sie von sich aus auf das Thema kam. »Aber erzählen Sie es nicht weiter. Marie ist dagegen, dass ich zu beweisen suche, dass Uwe Ihre Tochter tatsächlich angegriffen hat.«

Martha schob mir einen Teller mit Plätzchen hin. »Nehmen Sie. Sie haben es verdient.«

Ich war gerührt.

»Ich habe meine Gabi nie verstanden. Das klingt für Sie vielleicht schlimm. Aber sie war immer so verschlossen. Sie wirft mir etwas vor, aber ich weiß nicht, was. Natürlich habe ich Fehler gemacht. Ich glaube, alle Eltern machen Fehler. Ich hätte ihr vielleicht mehr vertrauen sollen. Junge Menschen haben nun mal andere Ideen als die alten Eltern. Und trotzdem sind sie nicht schlecht.«

Der Blätterteig schmeckte nach karamellisiertem Zucker, Zimt und Nelken. »Seit fünfzehn Jahren«, sagte ich, »kochen Sie den Kaffee für die Amazonen und versorgen sie mit Gebäck. Wie können Sie das eigentlich vor Ihrem Gewissen verantworten?«

Martha starrte mich verständnislos an.

»Ich meine, wir zerstören die Ehe, diffamieren die Väter, verprügeln die Männer, verachten Heterofrauen, treiben widernatürlichen Sex und haben Ihre Tochter verführt. Ist es nicht so?«

Martha glättete die Alufolie.

»Und wir sind gegen weibliche Dienstbarkeit, gegen das Plätzchenbacken und – aus Umweltschutzgründen – gegen Alufolie.«

Martha lächelte verkniffen.

»Unter uns«, sagte ich. »Ich bin auch nicht mit allem einverstanden. Sie wollten nie, dass Gabi für uns schreibt, nicht? Dabei hat sie für die *Glamour* ganz hübsche Sachen verfasst.«

»Ja, sie kann schreiben. In der Schule hatte sie in Deutsch immer eine Eins. Ein paarmal ist von ihr auch was im *Anzeiger* erschienen. Schon als Kind hat sie sich in ihrem Zimmer eingeschlossen und geschrieben. Aber sie hat alles vor uns versteckt.

Dann habe ich zu ihr gesagt, du kannst Schriftstellerin werden, aber zuerst lernst du kochen und dann machst du eine Ausbildung. Wer nimmt denn sonst so eine.«

»Wir glauben, dass der Wert einer Frau nicht von dem Mann abhängt, der sie nimmt.«

»Theoretisch mag das stimmen«, sagte Martha, »aber die Realität sieht doch ganz anders aus. So wie Gabi rumläuft – ich meine, wie sie sich anzieht und gibt –, kriegt sie nie einen richtigen Job. Und wovon soll sie denn leben, wenn sie mal fünfzig ist? Außerdem, niemand gibt seine Wohnung an zwei Frauen. Schon wegen der Nachbarn. Und immer bloß in dieser Szene – Sie wissen schon – herumhängen, das hat doch keine Zukunft. Und diese Beziehungen unter den Frauen, die dauern ja nie lang. Mein Gott, dann sind die zwanzig und haben schon ein halbes Dutzend Trennungen hinter sich. Das ist doch auch nicht gut.«

»Erstaunlich«, sagte ich, »wie wenig Mütter ihren Töchtern zutrauen.«

Martha wandte den Blick ab und starrte auf den Computerbildschirm. Jeder Text, der in der Zeitung erschien, und damit die gesamte Weltanschauung, ging durch Marthas Wurstfinger in den bislang einzigen Redaktionscomputer. Dann machte Marie damit den Satz und die Grafikerin das Layout. Martha musste sich vorkommen, als schaufle sie das Grab ihrer Tochter.

»Vielleicht haben Sie Recht«, sagte sie und schaute mich wieder an. »Ich weiß es nicht. Ich will doch nur, dass Gabi glücklich ist. Aber sie war schon immer anders. Immer so in sich gekehrt und verträumt. Und dann diese Wutanfälle. In der Schule haben sie mir gesagt, sie soll in eine Therapie. Aber ich hab damals gesagt, meine Tochter ist nicht verrückt. Heutzutage heißt es dann immer gleich, sie seien sexuell missbraucht worden. Und das geht dann immer gegen die Mütter. Egal, was ich sage, keiner glaubt mir mehr. Und für unsere Kinder sind wir plötzlich Monster. Ist doch wahr, oder nicht?«

»Was glauben Sie«, fragte ich, »warum hat Gabi Uwe erschlagen?«

»Ich glaube nicht, dass sie das wollte. Sie hat Gewalt immer abgelehnt. Sie war schon als Kind immer furchtbar außer sich und verzweifelt, wenn jemand böse zu ihr war. Das hat sie nie kapiert. Warum tun Menschen ihr was Böses? Warum sind sie böse? Sie ist oft reingefallen, weil sie an das Gute glaubte. Und dann waren die Freundinnen gar keine Freundinnen. Und Uwe, der war dann wohl auch nicht so ein Freund, wie sie gedacht hat, nicht wahr?«

»Haben Sie mit Louise gesprochen?«, erkundigte ich mich.

»Ich erreiche sie nicht. Seit Tagen schon nicht.«

»Aber heute Nacht kam ein Fax von ihr.«

»Na, vermutlich geht sie nur nicht ans Telefon. Sie geht manchmal nicht ans Telefon.«

Marie kam zur Tür herein. »Guten Morgen.« Sie wirkte frisch und ausgeschlafen. Sie ging in ihr Büro und kam mit dem Fax wieder. »Louise hat den Kommentar gefaxt. Martha, können Sie ihn gleich in den Computer tippen?«

Ungelesen?! Ich stand auf und tappte Marie hinterher in ihr Büro. Sie saß mit glänzenden blauen Augen hinter ihrem aufgeräumten Schreibtisch. Marie gehörte zu den wenigen blonden Frauen, die rote Blusen tragen konnten und dabei noch kühl und abwartend wirkten. Ich machte die Tür zu. Marie blickte erstaunt auf.

»Wir machen einen Fehler«, sagte ich. »Gabi ist keine Märtyrerin des patriarchalischen Hexentreibens. Sie hat ihren Freund erschlagen. Wir wissen nicht, warum. Aber wir können nicht behaupten, sie sei Opfer eines Überfalls gewesen.«

»Ich dachte, du könntest beweisen, dass Uwe ein Triebtäter war?«

»Du weißt ganz genau, dass ich das nicht kann. Und selbst wenn. Gabi ging als Bursche. Wenn wir ehrlich sind, müssen wir sagen, dass Gabi von ihrem Vater sexuell misshandelt wurde. Wenn Martha das in den Computer tippen muss, ist es wie eine Selbsthinrichtung. Im Fall Gabi sind uns die Hände gebunden.«

»Dann hat Hede dir also auch ihr Einweckglas gezeigt«, bemerkte Marie. »Meiner Ansicht nach handelt es sich um einen Hundebandwurm. Prostituierte sind oft in ihrer Kindheit von männlichen Verwandten sexualisiert worden. Was auch immer Hede dir über Gabi erzählt hat, es ist eine Ausgeburt ihrer schmutzigen Phantasie und hat nichts mit Gabi zu tun.«

»Was auch immer die Wahrheit ist«, sagte ich, »sie könnte ganz anders aussehen, als wir eigentlich wollen. Darum machen wir einen Fehler, wenn wir jetzt schon irgendetwas über diesen Fall in der *Amazone* veröffentlichen.«

Marie zeigte blankes Erstaunen. »Du warst doch ganz wild darauf, dass wir was machen. Ich war schon immer dagegen.«

»Aha.«

»Na gut«, sagte Marie, »dann lassen wir es.« Sie stand auf, stürmte ins Sekretariat, nahm Louises Fax von Marthas Tisch, zerriss es und ließ die Schnipsel in den Papierkorb rieseln. Martha staunte nicht einmal. Sie war kurz entschlossene Korrekturen am Inhalt der Zeitung gewöhnt.

Ich begab mich in mein Büro, rammelte die Tür ins Schloss und rief im *Anzeiger* an.

»Hallo, Krk«, sagte ich.

Er hüstelte. »Hallo, Lisa.«

»Wann fahren wir nach Böblingen?«

Er hustete. »Ich weiß nicht.«

»Wir müssen was tun.«

»Ich bin im Augenblick total zugeschissen mit Arbeit.«

»Okay«, sagte ich beleidigt und legte auf.

Zehn Sekunden später klingelte mein Apparat. Martha stellte mit Verschwörerinnenstimme durch. »Wieder dieser Kraus.«

»Heute Nachmittag«, sagte er. »Gegen vier. Wenn du mich abholst.«

Ich schob meine Papiere auf dem Schreibtisch hin und her. Das Aufsätzchen einer Gymnasiastin fiel mir in die Hände. Sie hatte am Kiosk die *Amazone* entdeckt und ein Buch in der Bibliothek. Das hatte ihren Verstand zum Sprudeln gebracht. Intelligenz ohne Erfahrung. Das Buch handelte von Lydia, einem Unschuldsengel, der einem Lüstling in die Hände fällt. Der Lüstling glaubt, dass Siebzehnjährige nichts von Sexualität wissen, und will ein Experiment machen. Er heiratet Lydia, rührt sie aber nicht an. Sie soll ein Engel bleiben. Doch das Mädchen kümmert dahin, weil die sexuelle Erlösung nicht stattfindet. Schließlich wird der Lüstling von seinen Trieben übermannt und vergewaltigt Lydia. Daraufhin wird sie verrückt. Er erschießt sich aus Reue über dem tot geborenen Kind. Lydia erwacht aus ihrer geistigen Umnachtung und begibt sich mit einer Emanze auf Reisen. Die Autorin des Buchs lebte Anfang des neunzehnten Jahrhunderts, hieß Louise Aston, trug Männerkleider und rauchte Zigarren.

Dass die Gymnasiastin das Fehlen des klassischen Happy Ends in Astons Roman begrüßte, war vorzeitige Resignation und Lüge. Von emanzipatorischer Frauenfreundschaft und Freiheit träumte keine Siebzehnjährige. Aber sie wollte etwas kapieren, an das sie sich zwanzig Jahre später erinnern würde, wenn sie ihren Mann um des lieben Friedens willen über sich ließ: Liebe ist, wenn man Sex zulässt, ohne Lust zu haben.

Louise hätte gesagt, jede Generation wiederhole die alten Entdeckungen. Und katholische Mütter, unerfahrene Mädchen und Feministinnen einigte die Überzeugung, dass von den Fortpflanzungsorganen eine große Gefahr ausging.

17

»Wie gesagt, Böblingen scheidet eigentlich aus«, behauptete ich, als Krk und ich zusammen mit seinem Fotokoffer durch den Berufsverkehr über die Autobahn nach Böblingen rasten. »Da hat Uwe gewohnt. Und wir glauben doch, dass er seine Opfer mit dem Auto suchte, also in der Ferne.«

»Das muss gar nichts heißen. Du fährst ja auch mit dem Auto in die Stadt.«

»Ungern«, sagte ich. »Frauen können nicht einparken.«

»Darum war Uwe ja auch ein Mann. So viel steht wenigstens fest. Musst du so schnell fahren?«

Ich bremste etwas.

»Außerdem wissen wir noch gar nicht«, sagte Krk, »wo die Frau aus Böblingen verschwand. Uwe könnte sie an irgendeiner Bushaltestelle, zum Beispiel in Vaihingen, aufgelesen haben. Dann fuhr er mit ihr in irgendeinen Wald. Zufall, dass die Frau aus Böblingen war. Und auch wieder kein Zufall, denn sie stieg als Tramperin zu ihm ins Auto. Sindelfingen, Böblingen, Herrenberg, alles heimatliche Gegend. Und die anderen, das sind Haltestellenangriffe: die Frau in Botnang vor zwei Jahren, und im vergangenen Jahr versucht er sich in Rohr an Susanne Schäufele. Und jetzt, nach dem Kino, auf dem Weg zur S-Bahn-Haltestelle, Gabi. Das passt doch.«

»Wo wohnte Uwe denn?«

Krk zog seinen Zettel hervor. »Berggraben 103.«

Ich kannte mich in Böblingen nur unvollkommen aus und musste ein paarmal fragen, bis wir auf dem Berggraben waren, einer Straße, die auf der Halbhöhe unterhalb der Panzerkaserne um den Berg führte. Sie endete mit sehr hohen Hausnummern im Wald. Es war bereits dunkel, als wir begannen, die Nummer 103 zu suchen. Auf der linken Seite hörten die Häuser auf einmal auf. Da war eine Mauer, dahinter Bäume, ein Friedhof.

Plötzlich wurde mir klar, dass Uwe praktisch mit Blick auf den Friedhof gewohnt hatte, auf dem er jetzt beerdigt worden war. 103 war ein Eckhaus, dreistöckig, ein wenig kasernenhaft, ockerfarben mit zwei Eingängen, einem im Berggraben und einem, der vermutlich zum nächsten Teil des Reihenkonstrukts gehörte, in der Lerchenstraße, genauer gesagt in der Lärchenstraße. Das jedenfalls stand in Fraktur auf dem Straßenschild. Ich grübelte über den Lesefehler nach, als ich begriff, worüber ich tatsächlich nachdachte: Lärchenstraße oder Lerchenstraße? Im Schwäbischen kann man akustisch ä von e nicht unterscheiden. Kurzum: Lärchenstraße 1, dort hatte die Vermisste aus Böblingen gewohnt. Im Eckhaus, genau gegenüber den Häberles.

Krk war bereits ausgestiegen und hatte sich die Fototasche auf die Schulter geschwungen. Er marschierte auf den Eingang Berggraben zu. Ich eilte ihm hinterher und hielt ihn am Arm zurück. Er fuhr jesusmäßig zusammen.

»Schau«, sagte ich. »Lärchenstraße. Da hat sie gewohnt.«

Krks viel zu große graue Augen musterten die Fassade, wie man eine Frau abcheckt: zu viel Masse, ungeschickt das grüne Kleid, hässlich.

»Wetten«, sagte ich, »Uwes Kinderzimmer geht nach hier heraus.«

Krk klingelte energisch bei Häberle, zweiter Stock. Er hatte sein abgewracktes Gesicht zu einem gewichtigen Reporterballon aufgeblasen und seine Hand mit einer Kamera bewaffnet. Ich folgte ihm als schwuler Volontär. Wir rumpelten das Treppenhaus hinauf. Die Alte stand in geblümter Schürze auf dem Treppenabsatz. Sobald er sie sah, fing Krk an zu reden: »Guten Abend, Frau Häberle. Noch einmal herzliches Beileid. Wie geht es Ihnen heute? Ich komme vom *Stuttgarter Anzeiger*. Erinnern Sie sich? Wir hatten schon mal das Vergnügen …« Er lachte dümmlich. »… das traurige Vergnügen, will ich meinen.

Auf dem Friedhof. Sie erinnern sich? Ich heiße Karl Kraus und das hier ist ...« Er musterte mich ratlos. Ich beeilte mich, die Faust in die Hosentasche zu stopfen und mit dem charakteristischen Hüftschwung einen Sack vorzutäuschen.

»... darf ich Ihnen meinen jungen Kollegen vorstellen.« Krk nuschelte meinen Namen.

Die Alte wich in einen trüben Wohnungsflur zurück. Krk schnüffelte. Einen Moment später wusste ich, warum. Nicht, weil es nach Zwiebeln stank – das aber im ganzen Treppenhaus –, sondern weil in der Küche auf dem Wachstuch eine Flasche Korn stand.

»Entschuldigen Sie«, plapperte er weiter, während er seine Augen durch die enge Dreizimmerwohnung flitzen ließ, »dass wir einfach so hereinplatzen. Aber wir wollen die Menschen in ihrem Unglück nicht allein lassen. ›Nachgefragt‹ heißt unsere Rubrik. Sie sind doch das eigentliche Opfer, will ich meinen.«

Frau Häberle, die stumm mit den Kiefern malmte, fiel nichts Besseres ein, als die Flasche Korn im Küchenschrank verschwinden zu lassen. Ich hatte den Verdacht, dass sie bereits hackezu war. Krk legte die Kamera an. Die Alte strich sich die Schürze glatt. »Ist aber nicht aufgeräumt.«

Im Spülstein türmte sich Geschirr. Der Gasofen war verdreckt. Auf dem PVC-Boden gab es Lachen und Flecke.

»Bin gerade erst heimgekommen«, sagte sie.

»Aber das ist doch selbstverständlich«, sagte Krk. »Man muss ja auch mal die Beine hochlegen. Und nach Ihrem schweren Verlust.« Der Reporter leckte dem Weib ums Maul, dass mir schlecht wurde. Unterwürfigkeit war die wahre Unverschämtheit. Devote Köter krochen so durch den Staub und leckten dem bissigen Rudelführer die Lefzen, bis er ihnen den Knochen überließ. Frau Häberle war nicht einmal bissig. Im Gegenteil. Krks Verbeugungen vor ihrem schweren Schicksal brachten sie in aufgeräumte Stimmung.

Das Bubenzimmer wurde besichtigt. Bett, Tisch, geschnitzte Holztiere auf einer Leiste überm Bett. Ein Plakat mit zerlegten Rinderrücken und Schweinehälften an der gelben Tapete. Wie erwartet, ging der Blick aus dem Fenster über die Lärchenstraße auf das Haus Nummer 1.

Krk brachte es fertig, dass die Alte von sich aus vom Verschwinden der Kleinen von gegenüber erzählte. Man habe sich gekannt. Eine Hübsche, ein bisschen arrogant. Aber im Grund war sie auch ganz nett gewesen, obgleich studiert, sogar hilfsbereit. Aber der Bub, erklärte sie, während die Flasche Korn wieder auf dem Küchentisch erschien, habe sich noch nicht für Mädchen interessiert mit seinen siebzehn Jahren. Außerdem hatte sie ja einen Freund. »Schäpschen gefällig?«

Krk wehrte ab.

Sie habe dann mal mit eigenen Augen gesehen, wie die von gegenüber sich auszog, bei erleuchtetem Fenster und offenen Vorhängen. Die Jugend von heute war zu freizügig für ihren Geschmack. Der Bub habe sich auch ordentlich geschämt, weil er sie doch kannte. Er habe immer die Vorhänge in seinem Zimmer zugezogen. »Hat sich auch nie mit diesen Fotos – Sie wissen schon – beschäftigt.« Immer nur Tiere. Die Tiere waren sein Ein und Alles. Ganze Nachmittage habe er am Damhirschgehege verbracht, draußen im Wald. Immer habe er sich einen Schäferhund gewünscht, aber leider hätten sie keinen Hund halten dürfen. Als die von drüben verschwand, sei sie ja nicht zu Hause gewesen. Der Bub habe ihr erzählt, dass der Freund geklingelt und gefragt habe, ob er was wisse. Sie sei über Nacht verschwunden. »Weggelaufen, wenn Sie mich fragen.« Es war an einem Wochenende, als ihr Freund mit dem Motorrad auf Tour war. »Die haben schon auch viel Streit gehabt. Er war jünger als sie. Und sie wollte hoch hinaus.« Uwe habe sich ein bisschen angefreundet mit beiden, aber mehr mit dem Freund. Es habe den Bub mitgenommen, die Untreue von ihr. Er habe so ein starkes Gerechtigkeitsempfinden gehabt und immer so viel Mitleid. Dann sei der Freund weggezogen.

Das Auto hatten sie tatsächlich erst kurz vor Weihnachten voriges Jahr verkauft.

Dann mussten wir uns noch allerlei Geschichten der näheren und ferneren Vergangenheit Frau Häberles, geborene Marek, gefallen lassen. Es gab vor allem eine schmutzige Flucht mit den Eltern auf einem Leiterwagen aus Ostpreußen, zahllose Vergewaltigungen durch Russen und die Geburt eines Schwesterchens, an der die Mutter starb. Kurz darauf auch das Schwesterchen. »Seitdem«, sagte die Alte einfach, »habe ich keine Tränen mehr.«

Ich entschuldigte mich aufs Klo und spickte in die gute Stube. Deutsche Eiche, unbenutzt. Auf der Anrichte standen zwei Fotos, ein Alter und ein Junger. Uwes Bild hatte eine gewisse, geglättete Ähnlichkeit mit dem Phantombild von Susanne. In der Küche hielt Krk wieder längere Reden. Ich hatte Zeit, auch noch einmal ins Bubenzimmer zu schauen. Ich zog die einzige Lade des Kinderschreibtischs auf und griff nach dem Nächstbesten, was nach Tagebuch oder Notizbuch aussah, ein schwarzes, eselsohriges Heftchen mit Karopapier und einigen wenigen Kritzeleien. Ich sackte es ein.

Krk machte sich daran, sich aus den schnapsgetränkten Erzählfäden der Alten zu befreien. Wir arbeiteten uns zur Tür vor. Draußen auf dem Treppenabsatz seufzte er. »Bruder, sag mir, wo die Leiche ist.«

»Im Wald beim Damhirschgehege«, sagte ich.

Krk drehte sich zu mir um und stolperte eine Stufe abwärts. »Die Frage ist nur, ob wir sie dort auch finden.«

»Wir lassen einfach eine Hundestaffel kommen.«

Krk schaute sich im Treppenhaus um und schnippte mit den Fingern. »Es funktioniert nicht. Ich sehe keine Hunde.«

Wir traten auf die Straße. Links leer, rechts niemand, nur

geparkte Autos unter Straßenfunzeln und gegenüber die schwarze Wand der alten Friedhofsbäume, in denen die Spätherbststürme rauschten. Es war eiskalt. Krk fröstelte in seinem dunkelgrauen Blazer.

»Wir müssen«, sagte ich, »dem vermissten Flittchen einen Namen geben.«

Krk schaute wieder auf seine Liste. Für einen Journalisten hatte er ein schlechtes Gedächtnis. Vermutlich der Suff.

»Sie heißt oder sie hieß ...«, er schmunzelte, »Magdalena Titten.«

»Wie geschmacklos in diesem Zusammenhang. Haben wir auch den Namen von ihrem damaligen Freund?«

»Frank Baumann. Momentaner Aufenthalt unbekannt. Übrigens habe ich Frau Häberle das Phantombild gezeigt. Es gab kein Wiedererkennen. Dafür hat sie mir ein Foto von Uwe überlassen.«

Wir enterten Emma.

»Wann kriegst du deinen Führerschein wieder?«, erkundigte ich mich.

»In drei Monaten.«

»Du hast es wohl ziemlich übertrieben.«

Er zuckte mit den Achseln. »Kann sein.«

Ich suchte den Weg durch die Wohnstraßen zur Panzerkaserne. Aus unerklärlichen Gründen verfuhr ich mich in den Einbahnstraßen und landete in einem Neubaugebiet mit Grünkübeln, die mich zum Slalom und Tempo dreißig zwangen. Schließlich war ich so entnervt, dass ich den Schildern Richtung Stuttgart folgte. Wir kamen bei Böblingen Mitte auf die Autobahn, mitten in einen Stau. Die Auspüffe dampften zwischen Scheinwerfern und Bremslichtern. Die Luft bebte von Dieselrotationen. Ich dachte, irgendein Gespräch führen zu müssen. »Wie bist du zum Journalismus gekommen?«

»Durch die Schülerzeitung.«

Ich fädelte auf die linke Spur. Just in diesem Moment setzte sich die rechte Kolonne in Bewegung und die Lastwagen schoben sich an uns vorbei.

»Aber du warst dann erst mal Lehrer«, sagte ich.

Krk schwieg.

»Welche Fächer denn?«

»Deutsch und Kunsterziehung.«

»Und warum hast du aufgehört?«

»Warum kommst du nicht gleich zur Sache?«, fragte er gereizt.

Stinkige Liebespaare, deren Schatzi-Mausi-Gesäusel jäh in Du-hast-doch-gesagt-Gezerfe kippte, faszinierten mich von jeher besonders. Mein Ideal war natürlich Harmonie, aber meine Natur war nicht danach. Ich konnte auf keine Gelegenheit verzichten, in offenen Wunden zu bohren. Krk hatte mir gestern seine Liebe gestanden, eine aussichtslose Liebe, also wollte er gequält werden.

»Warum«, sagte ich, »erzählst du mir nicht einfach das, was du unter keinen Umständen erzählen willst?«

Ich passte eine Lücke im Schwerlastverkehr ab, um auf die rechte Spur zurückzuwechseln. Sofort stockte alles und kam zum Stillstand.

»Es führt zu nichts«, sagte er.

Ich beschloss, nicht noch einmal die Spur zu wechseln, obgleich die Limousinen jetzt flott auf der linken Spur vorbeirollten.

»Ich habe irgendwelche Gerüchte gehört«, sagte ich. »Du könntest sie richtig stellen. Du warst Lehrer. Was geschah dann?«

Krk suchte nach einem Haltegriff, obgleich wir praktisch standen. Seine labilen Großaugen ruhten brenzlig auf mir.

»Und dann«, lockte ich, »kam da irgendeine aufreizende Lolita.«

»Es war eigentlich eher die Mutter.«

»Na bitte, es geht doch.«

Krk schwieg beleidigt.

»Ich fasse zusammen«, sagte ich und wechselte nun doch wieder nach links. »Da gab es eine Schülerin, die sich in den jungen Lehrer verknallt hat. Die Mutter kommt in die Sprechstunde und ist desgleichen Feuer und Flamme. Die Tochter ist tödlich gekränkt. Die Mutter kommt ihm näher. Dem Lehrer wird das Ganze unheimlich. Er lässt beide sitzen und hat eine Klage wegen Unzucht mit abhängigen Minderjährigen am Hals. Er muss den Schuldienst quittieren, zieht von Hannover nach Stuttgart, um die Spuren zu tilgen, und fängt an zu saufen.«

»Die Schülerin hat sich umgebracht.«

»Oje.«

Doch Krk wirkte erleichtert. Er hatte mich – wie ich später merkte – erfolgreich von seinem eigentlichen Problem abgelenkt. Im Moment hatte ich keine Zeit, mir darüber Gedanken zu machen. Wir hatten uns der Ausfahrt Böblingen Ost genähert, und ein erneuter Spurwechsel quer über alle Fahrbahnen stand an. Ich schoss auf die Abfahrt. Krk trat gewohnheitsmäßig auf die imaginäre Bremse.

»Ich fahre seit über zehn Jahren unfallfrei«, sagte ich und musste jäh auf die Bremse steigen, dass die Reifen qualmten, weil ein Kurzentschlossener ebenfalls auf den Schleichweg scherte. Eine Weile ging es zügig auf der alten B 14 durch den Wald an der Panzerkaserne nach Stuttgart. Wir passierten ein Schild, das zum Wildgehege zeigte. Krk dachte, was ich dachte. Der Wald zwischen Vaihingen, Rohr und Böblingen war verdammt groß für eine Leiche.

Ich lieferte Krk im Pressehaus ab und erwischte Anwältin Beltz telefonisch noch in ihrem Büro. Die Gemeinschaftskanzlei lag in der Rosenbergstraße, Ecke Johannesstraße im Westen der Stadt. Das Haus, in dem sie untergebracht war, war zufällig nicht eines der schönen alten Häuser, sondern eines, das in den fünfziger oder sechziger Jahren zwischen zwei Gründerzeitblöcken hochgezogen worden war. Karin Beltz öffnete selbst. In ihrem grauen Kostüm sah sie promoviert aus und wirkte klein und tüchtig. Sie hatte schöne Beine, trockene Fesseln, von hohen Absätzen gestählte Waden. Beltz war allein. Es war halb acht.

Man hatte modernisiert, was nur eben ging. Neue Klinken, weiße Tapeten, Schallschutzfenster, Halogenlampen, Computer, modernste Technik, Zimmerlinden.

»Was kann ich für Sie tun?« Beltz nahm in ihrem kleinen Büro hinter dem Schreibtisch Platz, auf dem eine aufgeschlagene Mappe lag.

Ich berichtete ihr von Susanne Schäufeles Gefecht in Rohr, dem Phantombild, Uwes Kinderzimmerfenster und der Vermissten von Böblingen.

»Alles schön und gut«, sagte sie. »Aber Gabi wird vermutlich nicht angeklagt. Zwar steht die Schuldunfähigkeit gutachterlich noch nicht endgültig fest, aber Strafe setzt Schuld voraus. Schuld ist Vorwerfbarkeit. So wie es aussieht, kann man Gabi keinen Vorwurf machen. Sie leidet an einer endogenen Psychose, vermutlich Schizophrenie. Die Schwierigkeit besteht, wie immer, darin, dass man dies organisch nicht nachweisen kann.«

»Dann stimmt es also«, sagte ich. »Gabi ist eine multiple Persönlichkeit.«

»Was auch immer das ist«, antwortete Beltz. »Fest steht, dass ihre seelische Abnormität nicht die Folge einer organischen Erkrankung ist, sondern, wie wir sagen, eine Spielart ihres seelischen Wesens. Was die Beurteilung von Gabi besonders schwierig macht, ist, dass sich in ihrem Fall zwei gegensätzliche Prinzipien der Begutachtung überschneiden. Da haben wir zum einen die Unmotiviertheit ihrer Handlung. Sie ist nie als gewalttätig oder aggressiv in Erscheinung getreten, doch plötzlich erschlägt sie, aus welchen subjektiv notwendigen Gründen auch immer, einen jungen Mann auf der Straße. Damit beging sie eine persönlichkeitsfremde Handlung, die wir kaum nachvollziehen können.«

»Die Bedrohung durch den Mann auf der Straße ist ein durchaus objektivierbares Motiv«, warf ich ein.

Beltz lächelte verzwickt. »Aber Sie erschlagen trotzdem keine Passanten. Nein. Um Gabis Handlung zu verstehen, müssen wir eine seelische Erkrankung postulieren und damit die logische Unerklärbarkeit ihrer Handlung. Wir können nicht nachvollziehen, warum Gabi sich von Uwe bedroht fühlte. Trotz intensivster Suche hat die Polizei kein Messer gefunden. Trotzdem ist Ihr Einwand eben auch nicht von der Hand zu weisen. Denn es gibt Handlungen aus einem Gefühl der Existenzangst, des Zorns oder der Verzweiflung, die wir sehr gut verstehen und nachvollziehen können. Es gibt Ausnahmefälle, in denen ein Mensch ausschließlich durch den Höchstgrad seiner Erregung in eine Lage gerät, in der er gänzlich die Selbstbeherrschung und Fassung verliert. Triebhaftigkeit beim Mann hat die Rechtsprechung schon als Exkulpationsgrund anerkannt. Hier handelt es sich um eine tief greifende Bewusstseinsstörung und schwere seelische Abartigkeit.«

»Aber Gabi ist eine Frau.«

»Das ist das Problem. Triebhaftigkeit scheidet aus. Bleibt Existenzangst. Normalerweise töten Frauen nicht, wenn sie Angst haben. Also handelt es sich hier um einen abnormen Bruch des bisherigen Verhaltens von Gabi. Wir können ihre Motive teilweise nachvollziehen, nicht aber bezogen auf das konkrete Opfer …«

»Es sei denn, Uwe wollte Gabi wirklich an die Wäsche.«

Beltz schüttelte ungeduldig den klugen Kopf. »Verstehen Sie denn immer noch nicht? Es ist völlig gleichgültig, was Uwe tatsächlich vorhatte. Gabi ist nicht verletzt worden. Es gibt keine Spuren eines Kampfes und einer echten Notwehrsituation.

Postulieren wir völlige Normalität und damit Einsicht in die Folgenhaftigkeit des Tuns, dann hat Gabi in der Selbstverteidigung zu unverhältnismäßigen Mitteln gegriffen, indem sie Uwe tötete. Postulieren wir eine Psychose, die sich in übermäßiger Angst äußerte und zu einer krassen Fehleinschätzung der Situation führte, dann haben wir es mit einer affektiven Tat zu tun, die nur dann nachvollziehbar scheint, wenn wir wie Gabi davon ausgehen, dass Uwe sie töten wollte, die aber tatsächlich nicht nachvollziehbar ist, weil sie aus Gabis bislang passiver und zurückgezogener Lebensführung nicht erklärbar ist. Verstehen Sie?«

»Nein.«

Die Anwältin seufzte. »Kurz gesagt: Auch Verrückte tun Dinge, die wir verstehen, wenn wir uns auf ihre Scheinwelt einlassen. Gabi glaubte sich bedroht, war es aber nicht. Wenn wir das nachweisen, dann wird sie nicht vor Gericht gestellt.«

»Lebenslang Psychiatrie ist schlimmer als Gefängnis«, sagte ich.

»Man kann Schizophrenie heute sehr gut behandeln«, sagte Beltz streng. »Gabi wird nicht in der Psychiatrie bleiben.«

Im Vorzimmer jaulte das Telefon. Beltz nahm den Hörer ihrer Anlage ab, drückte einen Knopf und meldete sich. Sie wiederholte ihren Namen und drückte konfus auf den Knöpfen herum. Draußen klingelte es weiter. Beltz seufzte, entschuldigte sich und eilte hinaus.

Ich ging um den Tisch herum und sah mir die Akte an. Als Kulturredakteurin hatte ich gelernt, Texte mit geteilter Aufmerksamkeit zu überfliegen. Beltz hatte den gerichtsmedizinischen Bericht bei der Akteneinsicht stichwortartig abgeschrieben: »Traumatische intrakranielle Blutungen, epidurales Hämatom infolge einer Schädelfraktur im hinteren Scheitelbereich. Deutlich abgegrenzte Blutung in der mittleren Schädelgrube infolge von Gewalteinwirkung durch einen stumpfen Gegenstand über dem rechten Ohr. Gegenstoßherd auf der linken Schädelseite. Kleinere Prellungen und Hautabschürfungen an der Stirn und unterhalb der Hutkrempenlinie. Kein Alkohol im Blut.«

Ich hörte, wie Beltz draußen das Gespräch beendete, und huschte auf meinen Platz vor dem Schreibtisch zurück. Ich mimte erschrecktes Erwachen aus einer versonnenen Grübelei, um meinen beschleunigten Atem zu kaschieren. Die Anwältin deutete mit keiner Miene an, dass sie genau wusste, dass ich in ihren Unterlagen geblättert hatte.

18

Gabi hatte also zweimal zugeschlagen. Einmal von hinten gegen die rechte Schädelseite Uwes und einmal von oben auf den Scheitel. Bei schweren Schädelverletzungen stirbt man erst nach einigen Stunden. Uwe musste nach den Schlägen nicht bewegungsunfähig oder gar ohnmächtig gewesen sein. Vom letzten Fall eines vermeintlich Betrunkenen, der in der Ausnüchterungszelle der Landespolizeidirektion in der Hahnemannstraße auf dem Pragsattel gestorben war, wusste ich, dass sogar Ärzte manchmal die ersten Symptome eines Schädelhirntraumas mit Betrunkenheit verwechselten. Nach einigen Stunden ging es dann los mit Kopfschmerz, Unruhe, Erbrechen, Pulsverlangsamung, Benommenheit und Bewusstlosigkeit. Aber Uwe war gestürzt – ob vor den Schlägen oder danach, schien offenbar nicht mehr feststellbar gewesen zu sein – und dann liegen geblieben und gestorben.

Ich fuhr ins *Sarah*. Zilla war nicht da. Petra werkelte in der Bar und schaute mich scheel an. Ich bestellte einen Milchshake. Die Rothaarige war diesmal nicht da. Ich rührte in der Milch und fragte mich, ob ich womöglich mit schuld war an

Gabis Kurzschlusshandlung. Ich hatte das Mädchen ziemlich rüde abgewiesen. Konnte ich beurteilen, in welchen Zorn, welche Verzweiflung oder Bitterkeit sie dadurch geraten war? Wusste ich, was für Assoziationen an Männergewalt meine Narbe bei ihr ausgelöst hatte? Als Gabi am U-Bahn-Einstieg dann mit Uwe zusammengetroffen war, hatte sie sich auf einmal angegriffen gefühlt, einen Stein ergriffen und zugehauen. Aber von hinten, vorausgesetzt, sie war Rechtshänderin. Angenommen, Uwe stürzte erst dann aufs Gesicht, dann hatte sie noch einmal zugehämmert. Das erklärte, warum sie sich als Mörderin bezeichnete, obgleich sie sich in einer Notwehrsituation erlebt hatte. Sie hatte letztlich einen Wehrlosen getötet.

Warum war Uwe zum Feuersee gelaufen? Er hätte nach dem Kino schon am Bahnhof in die S-Bahn Richtung Vaihingen und Böblingen steigen können. Dass er aber zwei Kilometer gelaufen war, sah wirklich nach Verabredung aus. Nur, wer bestätigte mir, dass Uwe und Gabi Freunde gewesen waren? Martha hatte diesen Uwe nie gesehen.

Ich bat Petra um das Telefon. Sie beobachtete mich aus den Augenwinkeln, während ich Hedes Telefonnummer tippte. Ich stellte mich auf einen Anrufbeantworter ein, denn Hede hatte vermutlich Kundschaft. Aber sie war es selbst.

»Ja?«

Sofort wurde mir klar, dass Gabi eine sich andeutende oder bereits vollzogene zarte Verbindung zu einem jungen Mann Hede auf jeden Fall verschwiegen hätte. Hede war in ihrer emotionalen Macht und ideologischen Autorität schlimmer als jede Mutter. Gabi hätte nie die Kraft gehabt, eine Hetero-Beziehung zu rechtfertigen. Es sei denn, sie stellte die Freundschaft mit Uwe als Kumpelei dar.

»Wann ist Gabi Sonntagnacht eigentlich heimgekommen?«

»Meine Liebe«, sagte Hede, »woher soll ich das wissen?«

Wenn ich wissen wollte, ob Hede log, musste ich ihr ins Gesicht sehen. Telefonisch ging das nicht. »Ich muss mir Gabis Zimmer anschauen«, sagte ich.

»Gleich?« Hede gluckste. »Aber bitte. Komm nur.«

Ich ließ die Augen schweifen. Ich hätte gern jemanden zu meinem Schutz mitgenommen. Aber Petra hatte an der Bar zu tun. Sollte ich eine der Mütter mit Halstuch, Wollpullover und langem Rock bitten? Oder die Studentin mit den hennabraunen Locken? Oder die verlebte Heterofrau in dem oversized Outfit, die allein und zentimeterdick geschminkt an ihrem Piccolo saß? Oder einen der Buben? Am ehesten wäre die starke Lesbe mit den kniehohen Stulpenstiefeln und dem beschlagenen Leder an den Handgelenken einer wie Hede gewachsen gewesen.

19

Sie trug fließende lachsfarbene Seide und lächelte wie eine Frau, die wusste, dass man den Mann erst einmal seine Launen austoben lassen musste, bevor man zum erotischen Teil überging. Ich stürmte an ihr vorbei zu der einzigen Tür, hinter die ich noch nicht geblickt hatte.

Gabis Zimmer lag zur Straße hinaus. Es beinhaltete ein Bett für zwei, mit Seidenkissen belegt, einen Schreibtisch an der Wand, an die allerlei Zettel, Fotos und Reisegrüße gepinnt waren. Ein Foto Uwes war nicht darunter. Vermutlich war die Idee sowieso Unsinn. Hätte Gabi denn versucht, mich anzumachen, wenn sie sich um elf mit Uwe treffen wollte? Oder war es eben das Schauspiel gewesen, mit dem sie vor allem sich selbst ihr lesbisches Interesse hatte beweisen müssen, bevor sie zum Rendez-vous mit einem Knaben ging?

»Du gehst aber ran«, bemerkte Hede.

Ich hatte noch nie Schwierigkeiten gehabt, in fremden Schubladen zu wühlen. In den Schreibtischladen befand sich der übliche Kram von Radiergummi bis Pfefferminz. Ein offenes Regal enthielt neben Büchern die ausgedienten Insignien der Friedensbewegung: Anti-AKW-Sticker und lila Tuch. Unter den Büchern gab es eine Latte Diätratgeber und dann Psychologie von Freuds *Traumdeutung* bis zu Alice Millers *Du sollst nicht merken*. Ferner Hesses *Steppenwolf*, Christa Wolfs *Kassandra*, Mahmudis *Nicht ohne meine Tochter* und Groults *Salz auf unserer Haut*.

Das Innere des Kleiderschranks ähnelte meinem: Klamotten als Verkleidung, von Minirock bis Motorradjacke. Ich versuchte, mich zu erinnern, was Gabi angehabt hatte, als ich sie im *Sarah* traf. Schwarze Jeans, weißes Hemd und eine Weste. In den Taschen der Hosen fand ich ein Vitamin-C-Bonbon und ein Pfennigstück, aber keine Kinokarte. In der Weste steckte ein Adresszettelchen, das wohl mal mitgewaschen worden war. Jedenfalls konnte man nichts mehr lesen. Außerdem fand ich ein Kondom in der Motorradjacke. Es war knallrot und auf eine herzförmige Pappe geschweißt. Ein Werbegeschenk von einem AIDS-Informationsstand. Der beste Schutz vor AIDS: Frauen lieben.

Ich hielt Hede das Kondom unter die Nase. »Hatte Gabi heterosexuelle Beziehungen?«

Hede hob die schönen Schultern. Sie stand in der ersten Position an der Tür. Ich dachte an die erzählenden Lippen der Scheherazade: der Mund wie der Ring Salomons, Zähnchen wie eine Schnur von Perlen, die Brauen wie der Neumond des gesegneten Fastenmonats, die Brüste wie zwei Granatäpfel, und die Höhle des Nabels hätte eine Unze Benzoesalbe gefasst, der Leib wie ein Stück des Mondes und die Backen, die da bebten … Hede dagegen war sehnig und scharf geschnitten. Niemals würde sie zugeben, dass Gabi ihren Liebestrank ausgeschlagen hatte, um sich einem pickligen Jüngling zuzuwenden.

»Wo warst du an jenem Sonntagabend?«, fragte ich.

»Ist das ein Verhör?«

»Antworte. Jetzt ist keine Zeit für Spielchen.«

»Du bist hübsch, wenn du energisch wirst.« Hede lächelte.

Ich baute mich auf. »Du fängst gleich eine. In jedem Krimi wird eine Frau geschlagen.«

Hede lachte glöckchenhell.

Ich ließ meine Hand sausen. Hede duckte sich. Sie war zwar durchtrainiert, aber mit ihrem Federgewicht meiner Massigkeit unterlegen. Die Tänzerin stolperte durch Gabis Zimmer. Als Frau ohne exponiertes Gebammel im Schritt war ich nahezu unverletzlich. Ich packte die lachsfarbene Seide und drückte Hede gegen die Schreibtischkante.

»Au, du tust mir weh!«

»Frauenschicksal. Mit wem warst du Sonntagabend zusammen?«

»Das kann ich nicht sagen. Au, hör auf! Können wir nicht vernünftig miteinander reden?«

»Wer war bei dir?«

»Bist du etwa eifersüchtig?«

Ich schob den Schenkel zwischen ihre Beine und fixierte Hede mit einem Haltegriff. »Mit wem?«

»Mit Louise … Louise Peters, deiner Chefin«, ächzte sie.

Ich ließ los.

Sie ordnete ihre Textilien. »Ja, das wusstest du nicht. Alle waren sie bei mir. Alle! Und alle warnen sich gegenseitig vor mir, aber sie kommen immer wieder. Sie wollen mich für sich allein haben. Du ja auch.«

»Eine Hure hat man nie für sich allein«, sagte ich. »Gabi hat die Konsequenzen gezogen und sich einen Freund gesucht.

Und weil du das nicht ertragen konntest, hast du ihn umgebracht.«

Hede hatte genügend Hämereserven, um in Gelächter auszubrechen. »Ich habe ein Alibi. Frag Louise, falls sie mit dir überhaupt noch redet. Denn was du dir heute geleistest hast, wird natürlich Konsequenzen haben, und zwar für dich.«

20

Am Kebabstand am Berliner Platz ließ ich mir ein Pita-Brot mit Kebab, Zwiebeln, Tomaten, Joghurt und Paprika füllen. Der dickbäuchige Alte, der am Kiosk sein Bier trank, glotzte mich zwar an, erkannte mich aber nicht als Frau. Es hatte begonnen zu regnen. Gegenüber glitzerten die Mosaiksteinchen in der Wand der Liederhalle. Ein Konzert war zu Ende. Leute in Abendgarderobe standen im Spritzwasser an der Haltestelle. Als eine Straßenbahn sie fortnahm, war der Platz spiegelnd leer. Stuttgart kurz vor Mitternacht.

Richtig war, dass Hede sich an mir rächen konnte, wenn es stimmte, dass Louise mit ihr befreundet war. Doch wenn Louise mich rauswarf, konnte ich, falls es sich lohnte, Louise immer noch erpressen. Es würde den großen deutschen Herrenmagazinen sicherlich gefallen, Details aus dem Sexualleben der Oberemanze zu erfahren.

Wenn jedoch nicht Gabi, sondern jemand anders Uwe am Feuersee den Todesstoß versetzt hatte, dann konnte es auch sein, dass ich als Endhaltestellenleiche endete. Ein Grund mehr, nur noch mit dem Auto zu fahren.

Am Morgen wurde es wieder nicht hell. Es regnete senkrecht von oben nach unten. Auf der Neckarstraße stauten sich die Regenschirme. Niemand schien den Weltuntergang zu bemerken, dem auch der Bunker der Staatsanwaltschaft trotzte. Ich freundete mich mit meinem Kaffee an und ging an die Kiste mit den gesammelten *Amazonen*. Seitdem ich das Blatt nicht nur las, sondern auch mitgestaltete, wusste ich, dass Martha jeden Monat nach Erscheinen der neusten Ausgabe die Stichwörter für das Jahresregister sammelte, das man damals nicht im Internet aufrief, sondern als geheftete Blätter mit der ersten Ausgabe des folgenden Jahres zugeschickt bekam. Und seitdem ich Martha kannte, wusste ich, dass sie die *Amazone* nur mit spitzen Fingern anfasste. Was nicht in der Überschrift vorkam, war für immer verloren. Natürlich hätte ich Marie fragen können, wie sie ihr Interview mit Hede überschrieben hatte. Sie hätte mir vermutlich sogar Jahr und Erscheinungsmonat nennen können. Aber Marie musste nicht wissen, dass ich mich für ihr Verhältnis zu Hede interessierte. Die Stichworte Sappho und Callgirl leiteten mich durch fünf Dutzend Hefte, ohne Erfolg.

Doch der April 87 legte von einer ganz anderen Geschichte Zeugnis ab: »Freispruch. Keine Chance auf Genugtuung hatte Gudrun K. vor der zweiten Strafkammer des OLG Hannover mit dem vorsitzenden Richter Heuer. Die Herrenriege mochte der Mutter einer siebzehnjährigen Tochter keinen Glauben schenken, die eindrücklich einen Kunstunterricht beschrieb, der mit Aktzeichnen und Aktfotografien wohl dem Gymnasiallehrer Karl Kraus mehr Freude gemacht haben dürfte als seinen Schülerinnen. Gudruns Aussage, Kraus habe bei einer Privatsitzung in seinem Wohnzimmer ihre Tochter zum Geschlechtsverkehr gezwungen, taten die Herren als Mädchenphantasie ab. Keine Chance auf Gehör hatte das Opfer selbst. Die Siebzehnjährige beging Selbstmord.«

Im Oktoberheft 1994 stieß ich auf Maries Foto. Louise begrüßte die damals achtundzwanzigjährige Juristin Marie Trittan als neue Redakteurin. Also war Marie nur wenige Monate länger bei der Zeitung als ich. Blieben mir noch vierundzwanzig Hefte zur Durchsicht. Und auch das erübrigte sich im Grunde, denn ich konnte mir nicht vorstellen, dass ein Artikel über ein lesbisches Callgirl nicht ungeheuren Eindruck auf mich gemacht hätte, als ich mich noch darauf beschränkte, die *Amazone* nur zu lesen. Und in der Tat: Ein solcher Artikel war nie erschienen. Louise musste ihn storniert haben, wie sie das auch mit meinen Geschichten immer wieder tat. Sie war absolut in ihren Anforderungen und hatte das Vertrauen in das Können anderer minimiert. Stets litt sie darunter, Themen, die ihr wichtig waren, nicht selbst bearbeiten zu können, sondern weggeben zu müssen. Wir waren, solange wir es in der Redaktion aushielten, ihre Schülerinnen. Auch wenn es alle Seiten Kraft und Nerven kostete, einen Artikel immer wieder umzuschreiben, Louise setzte lieber das Erscheinen des Heftes aufs Spiel, als etwas abzudrucken, das ihr verbesserungsbedürftig erschien.

Ich rief Martha an und teilte ihr mit, dass ich auf Recherche sei und später kommen werde. »Außerdem«, sagte ich, »muss ich mit Louise sprechen. Hat sie sich gemeldet?«

»Nein.« Zum ersten Mal klang Martha besorgt. »Ich weiß nicht, wo sie steckt. Sie müsste eigentlich längst …«

»Es wird doch nichts passiert sein«, sagte ich. Ich sah mich schon auf die Schwäbische Alb fahren und in Louises Monrepos eine Tragödie vorfinden. Sehr delikat. Würde dann Marie die *Amazone* übernehmen?

Bei der Suche nach dem Zettel mit Krks Privatnummer in meiner Jacke fiel mir das kleine schwarze Büchlein in die Hände, das ich aus Uwes Kinderzimmerschreibtisch entwendet hatte. Es war ein Büchlein von der verspielten Sorte, wie man es manchmal in Ramschkästen von Schreibwarenhandlungen fand. Eigentlich konnte man damit nicht viel anfangen. Die paar gekritzelten Zeichnungen, die es enthielt, sahen danach aus, als habe Uwe einfach nur was auf die leeren Seiten fabrizieren wollen. Die Vögel und Katzen sahen ziemlich ungelenk aus. Später hatte er dann entdeckt, wozu er das Büchlein wirklich verwenden wollte. Von hinten her hatte er mit einer Liste begonnen.

»6.12. Joh 20.30« stand ganz oben. Mit einem anderen Kugelschreiber war wohl später die Jahreszahl 94 ergänzt worden.

»Eber 3.3.95« kam dann. Oder es hieß: »Löw 17.55 10.3. Ak«. Oder: »Alb 17.28 L6 25.8.« Oder: »Laukin 26.8. *« Und: »Silber So * 2 Std.« Dann wurden die Vorgänge komplizierter: »7.9. Joh 21.00 G. 2 Std. Trau 123«, »9.9. Joh 19.30. G. Palast. Tr. Joh«. Die letzte Eintragung lautete: »8.2. Joh 23.00«.

Ein paar dieser Hieroglyphen ließen sich ohne weiteres als Daten und Uhrzeiten identifizieren. Wenn es Protokolle eines Voyeurs waren, dann war Uwe im Lauf eines nicht näher definierten Zeitraums womöglich einem Dutzend Frauen hinterhergestiegen und hatte ihre Bewegungen protokolliert. Die Vorstellung machte mir Gänsehaut.

Ich wählte Krks Privatnummer. Nach seiner gestrigen Spätschicht hatte er vermutlich den Vormittag frei. Er hustete so schrecklich, dass mir klar wurde, dass ich ihn geweckt hatte. Vermutlich stand er fröstelnd in Unterhosen am Telefon oder im Unterhemd ohne Unterhose.

»Du solltest weniger rauchen«, sagte ich.

»Nun mal langsam, alles der Reihe nach.« Ich hörte Bettfedern knacken. »Was gibt's denn?«

»Wollten wir nicht eine Leiche suchen?«

Es blieb still. Vermutlich sah er aus dem Fenster und machte drei Kreuze.

»Ich hole dich in einer halben Stunde ab«, sagte ich.

Er knurrte.

21

Die schwere Glastür des Ärztehauses in der Felix-Dahn-Straße stand offen. Im nietennagelneuen Treppenhaus roch es nach Desinfektionsmitteln und Inhalationsdämpfen. Ein Mann kam die Treppe herab, der sich mit der Zunge in seinem renovierten Gebiss zurechtzufinden suchte. Ein Jüngling mit verschorftem Gesicht stieg zum Hautarzt empor. Das Pfeifen eines Zahnarztbohrers surrte durch alle Wände.

Krks Wohnung lag unterm Flachdach. Die Klingel schnarrte. Ich hörte Schritte auf Stein. Krk öffnete die Tür und stopfte sich das dunkelbraune Flanellhemd in die Jeans. Alles hatte ich erwartet, nur nicht eine kahle Wohnung, in der es nach Kaffee roch. Vom Flur gingen drei Türen ab, die alle verschlossen waren. Die vierte führte in eine helle Küche mit Fenster zur Straße. Die Kaffeemaschine rülpste. Alles war blitzmodern, unberührt und peinlich sauber.

»Kaffee?«, fragte er und goss sich einen Becher voll. Ich mochte es, wenn Männer Frischmilchtüten aufschnitten. Es bedeutete, dass sie regelmäßig einkauften. Auf dem Küchentisch standen Brot, Butter, Käse, Schinken und Marmelade. Ein gemeinsames Frühstück ohne Beischlaf war etwas Köstliches. Krk roch nach Rasierwasser und Duschgel.

Ich nippte an meinem Kaffee und sah zu, wie er seine vitalen Bedürfnisse stillte. Er betrieb das Fressen mit einer alles andere ausschließenden Gründlichkeit.

Plötzlich schaute er auf. »Wo hast du eigentlich diese Narbe her?«

»Ein Autounfall.«

Er sah mich über den Tassenrand an. »Nicht angeschnallt?«

»Dann wäre ich vermutlich tot. Ein Birnbaum stand im Weg. Mein Mann kam dabei ums Leben.«

Er senkte die übergroßen Augen nicht. Er ergründete meine

Seelenlage. Nach vier Jahren suchten Frauen sich neue Männer. Männer begannen damit schon nach zwei Jahren. Aber ich hatte bislang noch nicht einmal das sehr stattliche Vermögen angetastet, das mir zugefallen war und auf meiner Bank Zinsen trieb.

»Seitdem«, sagte ich, »fahre ich lieber selbst.«

Er nahm mein Lächeln ab. »Aber nicht so, dass man dir Ängstlichkeit nachsagen könnte.« Er stand auf, räumte die Nahrungsmittel weg, sammelte das Geschirr ein, hielt den Teller unter den Wasserhahn, spülte das Messer ab und stapelte alles auf der Spüle. »Übrigens«, murmelte er, »mir gefällt sie, deine Narbe.«

»Du bist ja auch pervers«, sagte ich.

Krks Scheinwerfer flackerten.

Ich schlüpfte in den Flur, um ihn zu entlasten. Er kam mit einer frisch entzündeten Zigarette hinterher und zog sich seinen dunkelgrauen Sakko über. Meine Empfehlung, sich mit Regenmantel und Gummistiefeln auszurüsten, schlug er mit den Worten in den Wind: »Ein Journalist schützt sich nicht vor Unbill und Elend, er setzt sich ihnen aus. Alles andere wäre zynisch.«

»Du bist doch kein Journalist. Du bist Fotograf.«

»Für Fotografen gilt das umso mehr, je aufdringlicher sie der Welt mit dem Objektiv zu Leibe rücken.«

Ich spielte mit dem Gedanken, ihn nach den Aktfotos zu fragen. Immerhin betrieb er seinen Job mit viel Körpereinsatz.

In Degerloch herrschte Weihnachtseinkauf. An der Ampel gab es Stau. Der Berufsverkehr lauerte in die Stadt hinab. In einem Schaufenster unter dem Schriftzug »Laukin« turnten Damendessous: Tangaslips, Seidenhemdchen, bügelbewehrte BHs. Mich fröstelte. Das war keine Auslage für den Winter. Aber halt!

»Grüner wird's nicht«, sagte Krk.

Vor mir waren die Autos schon abgefahren. Ich trat aufs Gaspedal. Krk hielt sich fest. Auf der Schnellstraße Richtung Möhringen fädelte ich mich mühsam zu dem Gedankengang zurück, bei dem die grüne Ampel mich unterbrochen hatte. BHs und Laukin. Kürzel und ein Name. Das kam mir bekannt vor. So etwas Ähnliches hatte ich vorhin in einem kleinen schwarzen Buch gelesen. Ich sah es vor mir: »Laukin 26.8.« Uwes Opfer hatte Dessous gekauft. Aus irgendeinem Grund wurde mir angst und bange. Oder war es nur die Erregung des Jägers, die auch Uwe empfunden haben musste, wenn er seine künftigen Opfer allmählich identifizierte?

»Kann es sein«, fragte Krk, als wir uns über den Vaihinger Schillerplatz in die Schlucht zwischen Schwabenbräu und Obstsäfte schoben, »dass du mir Informationen vorenthältst?«

»Ich werde doch einen Frauenfeind nicht munitionieren«, sagte ich.

»Ich habe nichts gegen Frauen. Ich mag sie.«

Ich lachte. »Trüffel mag man oder Eisbein. Und zwei Feinde hat der Mann: den Alkohol und die Frauen.«

»Und sich selbst.«

»Quatsch!«, erklärte ich. »Männer haben Verstand, Kraft und Erektionen, Frauen haben ihre Tage und Heulkrämpfe. Frauen, die es mit Männern treiben, sind Huren, und Frauen, die es mit Frauen treiben, sind keine mehr. Beide sind gefährlich für euch, weil sie euch nicht mehr gehören! Darum tötet ihr sie.« (Himmel, was habe ich damals nur so von mir gegeben! Und so verbittert! Wieso eigentlich? Inzwischen haben wir doch sogar eine Bundeskanzlerin.)

Krk seufzte abgrundtief. »Warum willst du dann ausgerechnet zu uns Henkern gehören? Männer sind dumm und unsensibel«, verurteilte er sich selbst.

»Ein unschätzbarer Vorteil«, sagte ich. »Wer keine Phantasie hat, weiß nicht, dass er andern wehtut. Vor allem im Beruf.«

»Und was ist mit den Männern, denen die Karriere nicht liegt und die lieber Kinder großziehen würden?«

»Und die – nicht zu vergessen – auch mal weinen wollen. Kennst du einen?«

»Mich zum Beispiel.«

Ich lachte Hohn. »Der Hausmann vergisst nie, dass ihm Kindergebrabbel nicht reicht. Er organisiert sich eine Putzfrau und schreibt, malt, macht Musik oder fotografiert, zum Beispiel nackte Mädchen.«

Krk grunzte.

»Dem Hausmann verzeiht man ungeputzte Fenster, der Hausfrau nicht. Der Hausmann wird bestaunt, die Hausfrau übersehen. Hausfrauen haben fettige Haare und Figurprobleme, weshalb sich die Gatten dann der Sekretärin zuwenden.«

»Ein Hausmann ist für eine Frau auch nicht attraktiv.«

»Aber«, trumpfte ich auf, »ihr macht die Regeln, nicht wir.«

Er schwieg.

Im Damhirschgehege stand der Schlamm knöcheltief. Die edlen gefleckten Tiere standen mümmelnd an der Heutraufe. Ein paar Wildschweine suhlten sich am Zaun. Ein gekiester Weg führte am Zaun entlang. Es würde eine stundenlange Schnitzeljagd werden. Krk hatte tunlichst darauf verzichtet, mir die Aussichtslosigkeit des Unterfangens vor Augen zu halten. Er stapfte stoisch neben mir her wie ein Ehemann, der den Aufenthalt seiner Gattin vor den Auslagen des Juweliers nicht durch Ungeduld unnötig verlängern will. Es hatte keinen Sinn, in diesem Wald nach skelettierten Leichen zu suchen. Nicht ohne Hund. Abseits des Weges gab es nur Unterholz, Sumpf und Dreck. Dabei wusste ich genau, dass hier irgendwo eine Leiche lag. Jeden Moment konnte unter meinem Westernstiefel eine Rippe knacken.

Wir kamen auf eine kleine Lichtung hinter dem Wildgehege. Am Rand der Lichtung stand ein Ansitz mit einer Holzleiter.

Ein ideal einsames Paradies für eines Knaben Liebesspiele mit dem Messer.

Sprühregen ging hernieder. Krk blinzelte missmutig. Ich schüttelte die Erdklumpen von meinen Stiefeln. »Jetzt brauchen wir den Kommissar Zufall.«

»Kommissarin, bitte schön!«, sagte er.

Ich sah das Gerippe förmlich auferstehen. Uwe musste sein Opfer entweder lebend oder tot hierher gebracht haben. Wohin sonst. Hier kannte er sich aus. Hier hatte er beim Anblick von Damwild gewichst.

Krk setzte sich auf die unterste Sprosse der Leiter zum Ansitz und blickte treu zu mir auf. »Ich schätze, wir haben uns verirrt, Hänsel. Wo hast du deine Steinchen?«

»Es waren Brotkrumen, die die Vögel fraßen. Und dann kamen Hänsel und Gretel zum Hexenhaus.«

Krk stand auf, um mir seinen Platz auf der Leitersprosse einzuräumen. Ich strich ihm über den Arsch. Er fing meine Hand ab. »Lass das!«

»Warum denn?«

Er wehrte sich wie gegen eine feuchte Hundeschnauze, die an seinem Hosenstall schnüffelte. Der Hund wedelte arglos mit dem Schweif. Peinlichkeit allenthalben. So sah das aus, wenn jemand mit zusammengekniffenen Knien zurücksprang, die Hände vor den empfindlichen Teilen. Vielleicht hätte er ja, wäre er allein gewesen, den Köter stupsen und lecken lassen.

Ich kicherte. Krk versuchte, der unübersichtlichen Lage Herr zu werden, wusste aber nicht, welchen Körperteil es zuvörderst zu verteidigen galt. Sollte er ärgerlich werden oder albern? Schließlich war es nass und scheußlich, gänzlich ungeeignet für gewisse Spiele.

»Hör auf!«, sagte er. »Nicht hier und nicht so. Lisa!«

So hatte er sich das nicht vorgestellt. Aber ich. Er musste rückwärts über einen Ast stolpern. Es brauchte ihm keinen

Spaß zu machen, es musste nur peinlich sein, umso peinlicher, als er durchaus bereit war. Den Hintern im nassen Wintergras, brauchte er nichts mehr zu wollen oder nicht zu sollen.

»Was machst du denn?«

Da war es schon zu spät. Ich packte sein Ding aus. Es stand ordinär und feist. Den himbeerroten Pariser von Gabi drauf und dann ich. Nur die Sache mit den Hosen, die sich vor Nässe sträubten, musste noch gelöst werden, dann stand dem Ereignis nichts mehr im Wege. Krk schlug die Arme übers Gesicht. Er sah mich nicht an, und er fasste mich nicht an.

Es war nicht zu vermeiden gewesen. Wo der Beschäler (ich) aufs heiße Weibchen (Krk) traf, musste es geschehen, und sei es im Vorgarten vor Zaungästen. Hier war niemand, aber immer noch wir, die wir uns zuschauten.

Danach konnten wir uns erst einmal nicht in die Augen blicken. Die Reinigung der Kleider stand an. Hosen und Jacken waren nicht mehr zu retten, wir auch nicht. Noch war nicht raus, ob wir es uns später eingestehen oder künftig voreinander verheimlichen würden. Auf dem Rückweg zum Auto suchte ich nach einem Gesprächsthema. Barockkirchen in Oberschwaben schienen mir am besten geeignet. Krk hatte dazu nichts zu sagen. Durchweicht und verschlammt kamen wir am Auto an. Für Emmas rote Ledersitze war das gar nicht gut.

Krk feixte.

»Wir haben es verkehrt angefangen«, sagte ich. »Wir müssen im Berggraben beginnen, dort, wo die Magdalena wohnte.«

Ich lenkte Emma über die alte B 14 und die Panzerstraße in den Berggraben und parkte an der Lärchenstraße.

»Fangen wir bei Uwe an. Er sieht, wie die Maria Magdalena sich gegenüber im Fenstviereck auszieht. Er findet es nicht in Ordnung, welche Manipulationen die Frau in seiner Körpermitte vornimmt. Sie ist gefährlich, zwar nicht allgemein, aber für ihn, darum allgemein. Er beobachtet sie. Eines Tages ist es so weit. Seine Mutter ist auf Verwandtenbesuch. Der Freund der Magdalena ist mit dem Motorrad unterwegs. Eine kleine Bewegung nur und ein erleuchtetes Fenster, und eine Frau ist zum Tode verurteilt.«

Wir stiegen aus. Krk pulte sich angetrocknete Schlammknötchen vom englischen Tweed seines Jacketts.

»Es ist Nacht«, fuhr ich fort. »Uwe marschiert hinüber und klingelt. Magdalena Titten – mein Gott, dieser Name! – Magdalena denkt zuerst an gute Nachbarschaft und lässt Uwe rein. Uwe hält ihr ein Messer unter die Nase und sagt: Wenn du schreist, bringe ich dich um. Magdalena glaubt, wenn sie ihm zu Willen ist, dann kommt sie davon. Denn wenn sie sich gewehrt hätte, dann hätte ihr Freund später die Spuren gefunden. Uwe vergewaltigt und tötet sie. Vielleicht auch in umgekehrter Reihenfolge. Vielleicht schnippelt er noch ein bisschen an ihr herum. Der Metzger.«

»Ach ja!«, sagte Krk. »Darum das Rasiermesser.«

»Was?«

»Na, der Rasierer, den man in den Taschen von Uwes Leiche fand, die Klingen.«

Verdammt. Und ich hatte mir einen dieser elektrischen Schnurpeldinger vorgestellt. Wie hatte ich nur unhinterfragt akzeptieren können, dass ein ärmlicher Junge wie Uwe mit einem teuren Akkurasierer in der Jeansjacke herumlief? Das war das erste vielversprechende Indiz in einem Brei von Vermutungen. Ein Gillette ohne Rasierseife taugte nicht zum Bartschleifen.

Krk blickte zu den Fenstern des Eckhauses empor. »Da oben liegt nun also die Leiche«, sagte er. »Aber Uwe hat sie nicht dort liegen lassen.«

»Er fürchtete zu Recht, dass man ihn mit der Toten in Verbindung bringen könnte. Wie wir aus Gabis Artikel wissen, lässt Gewalt gegen Personen immer Rückschlüsse auf den Täter zu. Er musste Magdalena komplett verschwinden lassen.«

»Aber die Polizei hätte doch sicher Blutspuren gefunden, wenn Uwe ein Messer benutzt hätte.«

»Niemand hat danach gesucht. Magdalena galt als vermisst. Dem heimkehrenden Freund ist keine Veränderung in der Wohnung aufgefallen. Typisch Mann. Ja, wenn der Teppich auf einmal gefehlt hätte, dann hätte er es vielleicht bemerkt, aber ein Satz frischer Bettwäsche? Das fiel ihm nicht auf. Den Blutfleck auf der Matratze identifizierte der Freund bei späterer Gelegenheit wahrscheinlich als Reste des Beischlafs während der Menstruation.«

»Und wohin nun mit der Leiche?« Krk steckte die Hände in die Hosentaschen und drehte sich um. Ein heller Dauerregenhimmel stand über den Friedhofsbäumen.

»Zu nahe für ein Auto«, sagte ich.

»Scheiß auf das Auto.« Er maß die Mauer. »Hast du schon mal versucht, eine schwabbelige Leiche über eine Mauer zu wuchten? Und das vor all den wenn auch nächtlichen Fensteraugen rundum? Und der Eingang des Friedhofs liegt auf der anderen Seite.«

»Aber jeder Friedhof hat einen Hinterausgang für den Abtransport der ausgedienten Blumen.«

Krk blickte die Straße hinab. »Ja, zum Beispiel dort unten.«

»Und nun brauchen wir das Auto. Uwe schleift die Leiche nicht die Straße hinab. Er lädt sie in Mutters Kadett. Das ist riskant genug. Dann fährt er zum Törchen. Die Polizei muss den jetzigen Besitzer von Uwes Auto ausfindig machen. Man wird Blutspuren im Kofferraum finden.«

»Gegen Tote wird nicht ermittelt«, bemerkte Krk und schlenderte zu Emma. Er schlotterte vor Kälte. Ich holte meine alte Lederjacke aus dem Kofferraum und warf sie ihm zu.

Bis zum Friedhofstörchen waren es hundert Meter. Das Törchen war abgeschlossen, aber leicht zu übersteigen. An der Mauer häuften sich Blumenabfälle. Dabei stand ein Geräteschuppen. Auch er war abgeschlossen. Wahrscheinlich enthielt er einen Rasenmäher und einen Laubsauger. Etwas leichtes Gerät, Schaufel, Rechen und Gießkannen lehnten draußen an der Holzwand.

»Na bitte«, sagte ich. »Auf einem Friedhof fällt ein neues Grab nicht auf.«

»Nur dem Friedhofspersonal!« Krk fühlte sich sichtlich wohl in der abgeschabten Jacke mit dem Schafspelzkragen. Sie machte ihn jung und verwegen.

»Na dann«, sagte ich, »gehen wir und fragen das Personal.«

Krk setzte sich ergeben in Bewegung. Hier in den hinteren Teilen gab es etliche freie Flächen. Zur Kapelle hin verdichteten sich die Grabsteine. Trotz des Regens waren einige unterwegs, hauptsächlich alte Frauen in grauen Mänteln.

»Woran erkennt man denn das Friedhofspersonal?«, fragte ich.

»Der Totengräber an sich ist alt, dürr und gebeugt.« Krks Augen hefteten sich an den Rücken eines Männchens, das mit Hut und Stock zum Hauptausgang schlurrte. Dort stand das Verwaltungsgebäude. Eine Frau von fünfzig pinnte Beerdigungstermine in einen Glaskasten an der Wand.

»Entschuldigen Sie«, sagte Krk.

Die Frau fuhr herum. Sie hatte kurze graue Haare, schwarze Augen und das helle, linienreiche Gesicht einer erfahrenen Ehrenamtlichen.

»Wir suchen eine Leiche«, sagte Krk.

Die Frau blickte flink über das Gräberfeld. »Wann war denn die Bestattung?«

Krk ließ das Kinn fallen.

»Im August 94, so um den sechsten herum«, sagte ich.

Die Frau orientierte sich. »Damals wurde in Abschnitt D beerdigt. Wie heißt denn der Verblichene?«

»Ja, äh …«, machte ich.

»Der Tote, den wir suchen«, sagte Krk bestimmt, »wurde am 6. August beerdigt.«

»Falsch«, widersprach ich. »Am sechsten stand es in der Zeitung. Verschwunden ist Magdalena früher.« Ich entfaltete meine Leichenliste, die ich, ebenso wie Uwes Notizbuch, in den unerschöpflichen Innentaschen meiner Herrenlederjacke stets bei mir trug. »Hier haben wir es. Seit Sonntag vermisst. 27 Jahre, blond, blauäugig, 179 Zentimeter groß, schlank. Der Artikel ist vom Mittwoch, von einem gewissen Krk. Der Freund kam natürlich Sonntagabend heim. Also muss die Tat in der Nacht von Samstag auf Sonntag geschehen sein. Wir suchen einen Toten, der am Sonntag, den 4. August begraben wurde.«

»Sonntags wird nicht beerdigt«, sagte die Frau.

»Dann Montag, den 5. August 1994«, sagte ich zufrieden.

Dafür kam die Frau ins Grübeln. »Ich weiß wirklich nicht, ob ich Ihnen solche Auskünfte erteilen darf.«

Krk zog seinen Presseausweis. »Wir recherchieren in einem Mordfall, den die Polizei bisher noch nicht aufgeklärt hat. Eine junge Frau wurde umgebracht. Bitte helfen Sie uns.«

Er konnte sehr charmant sein.

Die Frau ging, um in den Büchern nachzuschauen. Als sie wiederkam, stand die Röte der Begeisterung auf ihren Backen. »Hier entlang.«

Krk ging neben ihr her, Schulter an Schulter. Er beherrschte diese Verbrüderung mit Fremden. Was ihm die Frau erzählte, konnte ich nicht hören, denn ich trottelte hinterher. Wir gelangten an den Rand der Kriegsgräber. Die Friedhofsfürsorge blieb an einem polierten Grabstein zwischen zwei Lebensbäumchen stehen. Ein gewisser Wolfgang Nöter. Die Blumenrabatten waren winterlich stillgelegt.

»Hier ruht Magdalena«, sagte ich. »Uwe fand das offene Grab, grub noch ein Stückchen tiefer, legte die Leiche hinein, klopfte die Erde darüber fest. Zwei Tage später senkte sich der Sarg darauf. Asche zu Asche, Staub zu Staub und Wurm zu Wurm.«

Die Friedhofsfrau starrte uns entgeistert an.

22

Ich räumte meinen Schreibtisch auf, ordnete die Ordner, aktualisierte die Autorinnenkartei, schrieb verschluderte Absagen, schickte Manuskripte zurück, leerte den Aschenbecher in den Papierkorb und den Papierkorb in den Müllsack in der Küche.

Krk hatte versprochen, sich mit seinem Kontaktmann bei der Polizei in Verbindung zu setzen. Aber ob unsere hypothetische Konstruktion für eine Exhumierung reichte, war mehr als zweifelhaft.

Ich dachte an unser wildschweinisches Rencontre auf der Waldlichtung. Krk und ich hatten uns zum Abschied – er musste sich ebenso wie ich erst umziehen, bevor er in die Redaktion fuhr – nicht einmal die Hand gegeben.

Die gute alte Romantik hatte durchaus ihre Vorteile. Man traf sich gesittet, machte sich einfältige Komplimente, versicherte sich gemeinsamer Interessen und ehrenwerter Absichten, spielte die Geilheit herunter, wagte ein Händchenhalten, dann eine Kitzelei im Kino, einen ersten Kuss vor der Haustür und hob sich den Beischlaf als Erlösung aus gesteigertem hormonellem Wahnsinn auf. Verliebtsein nannte sich das, glaube ich. Man wirft sich nicht an den Erstbesten weg, pflegte meine Mutter zu sagen. Feminismus und Katholizismus passten gut aufeinander, was das Instrument Sex betraf. Die einzige Form, weibliche Sexualität in den Augen des Beschälers aufzuwerten, war Vorenthaltung und Frigidität. Als ich noch die Landpomeranze war, gab es Hochzeitsträume. Heute gab es Ausrutscher und nasse Schlüpfer.

Das Stimmengemurmel im Sekretariat hatte sich unauffällig zu einem hysterischen Gekreisch ausgeweitet. Helga stand mit rotem Gesicht an Marthas Schreibtisch, gestikulierte mit einem Manuskript und schrie Marie an, die in ihrer Tür stand. Martha, der Disharmonien körperliches Unbehagen bereiteten, schwitzte an ihrem Computer und duckte sich, sobald Helga wieder loslegte: »Von einer intellektuellen Heterofotze lass ich mir doch nicht vorschreiben, was ich zu schreiben habe. Du mit deiner Erbschaftsvilla in Degerloch hast doch keine Ahnung, wie eng es bei den Türkinnen zugeht, die zu vierzehnt in einem Zimmer hausen müssen.«

»Trotzdem meine ich«, sagte Marie im leisen Ton der Mächtigen, »dass dafür der Begriff ›Türkenbatterie‹ nicht angebracht ist. Zumal niemand die Assoziation mit Legebatterie versteht.«

»Entweder der Text wird so gedruckt, wie er ist, oder ich kündige«, schrie Helga.

Karola erschien in ihrer Zimmertür: »Geht es nicht ein bisschen leiser?«

Marie schob die Hände in die Taschen ihrer knappen Jeans und zog die Schultern hoch. Der hilfesuchende Blick, den sie mir zuwarf, entschädigte mich für erlittene Schmach. Worauf sollte ein Mensch sich noch verlassen können, wenn Marie sich nicht mehr auf meine bedingungslose Bewunderung verlassen konnte?

»Ich finde übrigens auch –«, sagte ich.

»Dann leck deiner Marie doch gleich die Schuhe«, keifte Helga. »Oder noch besser den Arsch. Vielleicht begreift sie dann, dass es Frauen besser machen als ihre Kerle.«

Martha verschwand fast unter dem Schreibtisch.

Marie drehte sich auf dem Absatz um und schlug die Tür zu.

Helga schleuderte das Manuskript auf den Teppich und stürzte zur Tür hinaus ins Treppenhaus.

Ich begab mich zu Maries Büro und öffnete die Tür.

Sie saß am Schreibtisch, die Ellbogen auf der Platte, das Gesicht in den Händen. Ihre Schultern zuckten.

»Weinst du?«, fragte ich töricht.

»Nein.« Meine tröstende Hand schüttelte sie von der Schulter. Ihre Augen waren erschreckend klar, nicht so ihre Stimme. »Dieser sinnlose Kleinkrieg zwischen Heteros und Lesben. Er steht mir bis hier!« Vor allem Zorn fuchtelte in ihrer Stimme herum. »Ich habe mich nicht um den Posten gerissen, wahrlich nicht! Zwischen Louise und der Redaktion stehen, glaub mir, das ist nicht vergnügungssteuerpflichtig. Aber ich kann es nun mal nicht ändern, dass ich Louise vertreten muss. Und was ich tue, tue ich richtig.«

»Langsam mache ich mir Sorgen um Louise«, sagte ich. »Nicht einmal Martha scheint zu wissen, wo sie steckt.«

Marie blickte mich an. »Ehrlich gesagt, ich habe bereits bei verschiedenen Freundinnen von Louise angerufen. Nichts. Sie muss auf ihrem Monrepos sein. Zumindest bis gestern. Denn da kam ja das Fax.«

»Soll ich mal hinfahren?«

»Um Gottes willen! Bist du wahnsinnig? Wetten, sie taucht morgen oder übermorgen hier auf und schimpft uns aus wie kleine Kinder, die der Mutter kein bisschen Freiheit gönnen.« Marie lächelte wieder und schob sich die Haare hinters Ohr.

»Sag mal«, fragte ich. »Was ist eigentlich damals aus deinem Interview mit Hede geworden?«

Marie zog die schönen dunklen Brauen zusammen. »Wieso? Ich weiß nicht.«

»Es wurde nie veröffentlicht.«

Marie war plötzlich unkonzentriert. »So? Ach ja, ich erinnere mich. Es war … es war Mist. Ich hatte vorher ja nie was mit Journalismus zu tun gehabt. Louise hat es zerpflückt, und dann haben wir beschlossen, es zu lassen.« Sie lächelte schief.

»Wie bist du denn dann eigentlich zur *Amazone* gekommen? Ohne journalistische Erfahrungen?«

»Wie die Jungfrau zum Kind. Ich habe eigentlich immer geschrieben. Dann habe ich mal was an die *Amazone* geschickt. Es war etwas über eine Kindsmörderin. Mit dem Fall hatte ich damals während meines Referendariats am Gericht zu tun. Louise rief mich an. Wir trafen uns. Und sie wollte, dass ich sofort bei ihr anfange.«

»Liebe auf den ersten Blick«, sagte ich.

Marie seufzte. »Hör bloß auf. Ich bin nicht lesbisch. Es tut mir ja leid. Aber es muss doch möglich sein, die Sache der Frauen auch dann zu vertreten, wenn man Beziehungen zu Männern hat.«

Marie hatte nie angedeutet, dass sie in ihrer Freizeit Beziehungen zu Männern oder auch nur zu einem Mann hatte. Doch solche Enthaltsamkeit zu kommentieren hinderte sogar mich der Takt. Es gab auch Frauen, die niemals Sex hatten, noch haben wollten.

Maries Augen blitzten blau und blank. In den Zeiten unserer Antipornokampagne hatte ich diese Augen ungerührt auf Rotlichtvideos ruhen sehen, durch nichts, auch nicht durch haarige Männerärsche, Luftballonbusen und Sadomaso-Szenen zu trüben. Und genauso locker und leicht, wie Marie den Zungenbrecher »patriarchalistisch« über die Lippen brachte, genauso selbstverständlich hantierte sie, wenn nötig, mit der Ficker-Fachsprache. Verklemmt war sie nicht. Das nicht. Und trotzdem jungfräulich.

»Wieso hast du deine juristische Karriere für diesen schlecht bezahlten Himmelfahrtsjob hier aufgegeben?«

»Vor zwei Jahren wusste ich noch nicht, dass ich das hier machen würde. Ich wusste nur, Richterin, Anwältin, Staatsanwältin oder Verwaltungsbeamtin würde ich nicht werden. Heute denke ich ein bisschen anders.« Sie lächelte. »Aber der Zug ist abgefahren. Regierungsrätin wäre nicht schlecht gewesen. Oder Staatsministerin.« Sie griff in die Papiere auf ihrem Schreibtisch. »Und nun sei so gut … Ich habe eine Unmenge zu tun.«

Ich verließ das Büro. Martha schaute mich mit sorgenvollen Augen an.

»Alles in Ordnung«, sagte ich.

Martha seufzte lautlos.

»Hebt Louise irgendwo ungedruckte Aufsätze von uns auf?«, erkundigte ich mich.

»Du meine Güte, das glaube ich nicht.«

Es wäre ja auch zu leicht gewesen. Und vermutlich war es auch nicht so wichtig. Warum sollte ausgerechnet Maries Interview mit Hede der Schlüssel zu allem sein.

Ich zog mich in mein Zimmer zurück. Und doch! Ich stellte mir die kühle Marie vor, die sich gegen Hedes Zudringlichkeiten wehrte. Das musste für die Juristin aus der Männerwelt eine erschreckende Erfahrung gewesen sein. So wie ich Louise kannte, hatte sie Marie nur zu einem Zweck zu Hede geschickt, nämlich um herauszubekommen, wo Maries erotische Schwächen lagen. In ihrem Text hatte die noch unerfahrene Journalistin dann alles offenbart: Angst, Abscheu und geheime Faszination. Louise konnte Texte gegen den Strich bürsten. Ich war sicher, sie hatte Marie völlig ausgezogen.

Ich kannte Marie nur gepanzert mit Vernunft und Klugheit. Über persönliche Beweggründe gab sie keine Auskunft. Ihr Tun war stets rational erklärbar. Und doch hatte es einen Bruch in ihrer Biografie gegeben, der sie aus dem juristischen Fach in den Feminismus katapultiert hatte. Richterin hatte sie nicht werden wollen. Vielleicht war die geheime Rechnung, die sie mit der Juristerei offen hatte, schuld daran, dass sie es im Fall Gabi darauf anlegte, das Mädchen nach allen Regeln der Kunst in ein Gerichtsverfahren zu schieben. Als ob sie auf eine Verurteilung wartete, gegen die sie dann intellektuell zu Felde ziehen konnte.

Und sie wusste die Mutter auf ihrer Seite. Martha sagte: »Es musste ja mal so weit kommen.« Sie hatte die Disziplinierung der unartigen Tochter in fremde Hände gelegt, die der Psychologen und Richter. Marie sagte: »Mit allerhöchster Wahrscheinlichkeit hat Uwe Gabi bedroht«, und hetzte mich in Recherchen gegen Uwe. Dann kam Karin Beltz und sagte: »Auch wenn Gabi bedroht war – solange keine körperlichen Verletzungen vorliegen, sieht die Selbstverteidigung mit Todesfolge nach Unverhältnismäßigkeit der Mittel aus und Gabi muss unter Verfolgungswahn gelitten haben.« Daraufhin legte Marie fest: »Wir weisen nicht nach, dass Uwe Gabi vergewaltigen und töten wollte, sondern, dass Gabi das glauben musste. Und dann klagen wir die Männergewalt an und die Justiz, die diese Männergewalt mit andern Mitteln fortführt.« Damit das klappte, musste Gabi von der Psychiatrie vor Gericht und von dort zurück in die Psychiatrie. Und Martha war es recht, denn käme Gabi frei, dann bliebe sie die Protest-Lesbe und ungebärdige Tochter, die niemals mehr in den Schoß der Familie zurückkehrte. Das Einzige, was Martha im Moment noch mehr störte, war, dass das Plädoyer auf Schuldunfähigkeit den Verdacht der sexuellen Misshandlung durch den Vater auf den Richtertisch brachte. Weil sie das vermeiden wollte, hatte ich Martha seit ein paar Tagen bei meiner Suche nach der Schuld Uwes auf meiner Seite. Warum aber hatte Marie im letzten Moment alles storniert? Aus Angst vor Louise? Eines war doch klar: Den Kommentar hatte Marie geschrieben, nicht Louise. Ungelesen gab Marie keine Zeile an Martha zum Abtippen.

Ich schrieb auf ein Blatt: »Notfall. Bitte ruf mich an. Lisa.«

Dann wartete ich, bis Martha mal aufs Klo musste, und faxte die Zeile an die Nummer von Louises Monrepos. Die Bestätigung mit dem OK zerriss ich in winzige Schnipsel. Natürlich war ich sicher, dass Louise nicht anrufen würde. Aber ich wollte nicht sicher sein.

Marie ging gegen fünf mit einem Packen Papier, den sie zu Hause bearbeiten wollte. Martha warf mich um halb sechs raus. Sie ließ nicht gern jemanden allein in der Redaktion zurück.

Ich fuhr mit der Straßenbahn heim. In jedem Zug saß immer jemand, bei dem die Musik in Kopfhörern klirrte. Es gab die dicke Dame mit Goldringen an jedem Finger und eine milchweißjunge Frau, die in den Mantel gekuschelt gegen die dunkle Fensterscheibe starrte. Ein dicker Mann glotzte sie an. Ein Rentner im grauen Blouson versuchte, niemanden anzusehen. Ein paar Frauen redeten kroatisch. Ein Türke versuchte, sich unsichtbar zu machen. Ein braunhäutiger Jüngling demonstrierte mit diamantbesetzter Uhr seinen Beruf als Dealer. Zwischen Zeitarbeitswerbung und dem Straßenbahnnetzplan war ein Gedicht geklebt: »Langsam schließen sich die Wunden der Jugend, und nichts will an ihre Stelle treten./ Auch das Leiden der Menschheit/ wird ja mal zum bloßen Routinefall;/ nun, dann kokelt die alte Seele wohl so allmählich zu Ende/ …« Rühmkorf. Der dickbäuchige Glotzer streifte mich beim Aussteigen. Ein Skinhead stieg ein. Der Türke war nicht in Gefahr. Die Dame mit den Goldringen schimpfte nicht über Ausländer.

Im Fernsehen erzählte eine muslimische Frau, wie sie den serbischen Soldaten oral befriedigen musste. Der Chef der moslemischen Partei erklärte, er sei der Meinung, dass man diesen Frauen durchaus verzeihen könne. Der Krieg unter den Ländern Jugoslawiens produzierte uneheliche Kinder, die niemand liebte. Zwischen Nachrichten und Wetter die Werbung. Ein Mann ließ die Finger um den Spiegeleibusen einer liegenden

Frau kreisen. Schwarzweiß mit Weichzeichner und Love-Story-Geklimper dazu. Dazwischen geschnitten die Fragen: »Warum schalten Sie nicht ab? Haben Sie nichts Besseres zu tun?« Dann Rotschwarz: »Eine Empfehlung von Jade Man.«

Sally rief an. Sie hatte einen Salat fertig und suchte jemanden, der sie von Schokoriegeln abhielt. Ich erklärte, dass ich einen Anruf erwartete. Die schiere Neugierde trieb sie zusammen mit der Schüssel Salat und ihrer Schäferhündin Senta zu mir. Sie löcherte mich so lange, bis ich zugab, dass ich auf den Anruf meiner Chefin wartete und nicht auf den eines Lovers, von dem sie noch nichts wusste.

Ich wollte gerade ins Bett – Sally war schon länger wieder weg –, da klingelte das Telefon. Mein Herz machte einen Galoppsprung und strafte das, was ich Sally erzählt hatte, Lügen. Es war Krk.

»Nein«, sagte er. »Es gibt nichts Neues in dem Fall. Ich wollte nur …«

»Ja?«

»Was machst du gerade?«

»Nichts. Fernsehen, und du?«

Es knisterte in der Leitung. »Nichts. Störe ich?«

»Nein.«

Es ging doch nichts über die verbale Dummheit Frischverliebter. Ich musste ihn sehen. Sofort. Aber die Vernunft hielt dagegen. Es war fast Mitternacht. Draußen war es finster, kalt und nass. Und wir waren beide über zwanzig. Ich nahm das Telefon und zog mich ins Schlafzimmer zurück. Ich setzte mich auf die Dielen mit dem Rücken gegen das Bett. Ich hatte sein Atmen am Ohr. Er rauchte, das hörte ich.

»Du, hör mal …«, begann er.

»Was sonst?«

Er versuchte zu lachen. »Ich muss dir was sagen.«

»Du bist verheiratet und hast sieben Töchter«, schlug ich vor.

»Darum geht es nicht. Aber klar, auch ich war mal verheiratet. Wir haben uns getrennt. Wir haben uns nicht verstanden. Es lag an mir. Ich meine, ich tauge nicht für eine normale Beziehung.«

»Willst du kneifen?«

Er atmete. »Vielleicht.«

»Dann war also doch was mit dieser Schülerin«, stellte ich fest.

»Nein.« Er klang erstaunt.

»Und die Aktfotos?«

Es knisterte. »Die Medien haben eine etwas plakative Sicht auf die Dinge«, sagte er schließlich. »Aktfotos haben mit Sex nichts zu tun, auch nicht mit Pornografie.«

Ich lachte hart. »Ich weiß schon. Aktfotos sind Kunst. Aber mussten es ausgerechnet Schülerinnen sein?«

»Es waren keine Schülerinnen, sondern Nutten. Die ziehen sich wenigstens für Geld aus und wollen nichts weiter.«

Ich hegte stille Zweifel. »Was ist es dann, was du mir zu sagen versuchst? Du bist schwul?«

»Das ist nicht mein Problem.«

»Vielleicht«, sagte ich, »sollten wir nicht über Probleme reden. Männer sind darin nicht sonderlich geschickt, und ich habe keinen Klärungsbedarf.«

»Aber ich.« Er hatte endlich seine Linie gefunden und wollte sie durchziehen. »Wie gesagt«, sagte er, »ich war verheiratet. Ich habe sie durchaus geliebt. Aber sie … ich … ich meine … es hat nicht geklappt. Auch im Bett nicht. Wahrscheinlich war es meine Schuld.«

Üblicherweise beichtete ein Mann einer Fremden seine sexuellen Probleme mit der Gattin nur, wenn er sie verführen wollte, nicht, um sich von ihr loszumachen.

»Es ist besser«, fuhr er fort, »wenn ich … ich meine, es gibt Professionelle. Man bezahlt und ist hinterher keine Rechenschaft schuldig. Man muss nicht mit ihr frühstücken und so weiter, du verstehst?«

»Nein.«

Dass Männer Huren bevorzugten, weil man sie hinterher nicht anlächeln musste, hatte ich schon gehört. Mir war das Lächeln hinterher eher ein Bedürfnis. Aber ich war eine Frau und auf Sozialverhalten konditioniert.

Krk ächzte. »Lisa, was ich sagen will: Ich finde halt, du bist zu schade ... Ich meine, du bist irgendwie anders, und ich bin ...«

Liebe erfand wirklich jede Banalität neu. Ich musste Krk zum Schweigen bringen, ehe er sich seiner Sätze noch mehr schämte als dessen, was er mir nicht sagen konnte.

»Ich verstehe«, sagte ich. »Ich verstehe dich vollkommen.«

Krk schwieg. Verständnis war nicht das, was er wollte.

»Ich hoffe nur«, sagte ich, »du kündigst mir nicht auch die Zusammenarbeit im Fall Gabi auf.«

»Selbstverständlich nicht.«

23

In der Samstagsausgabe auf der Lokalseite des *Anzeigers* fand ich beim Morgenkaffee die kleine Meldung: »Polizei sucht Leiche. Auf Antrag der Staatsanwaltschaft Stuttgart haben die Böblinger Behörden gestern auf dem Böblinger Friedhof ein Grab ausheben lassen. Die Ermittlungsbehörden vermuteten unter dem Sarg die sterblichen Überreste einer jungen Frau, die seit August 1994 vermisst wird. Die Suche erwies sich jedoch als vergeblich. Die Maßnahme stand im Zusammenhang mit dem Tod des 23-jährigen Uwe H., der an der Johanneskirche am 9. dieses Monats ...«

Ein Fehler, es war der achte gewesen.

»… von einer jungen Frau nach deren Angaben in Notwehr erschlagen worden war. Offenbar schließt die Stuttgarter Staatsanwaltschaft nun nicht mehr aus, dass der getötete Uwe H., der aus Böblingen stammte, sich der Frau in verbrecherischer Absicht genähert haben könnte. Die Polizei geht Hinweisen nach, wonach Uwe H. in wenigstens einem Fall bereits eine Sexualstraftat mit Todesfolge begangen haben könnte. Krk.«

Warum musste ich das, worauf ich seit zwei Tagen wartete, aus der Zeitung erfahren? Aber vielleicht hatte er ja auch versucht, mich gestern zu erreichen, und Martha hatte ihm erklärt, ich hätte keine Zeit, weil wir die *Amazone* fertig machten. Das hatte stets etwas von Aufräumarbeiten nach einer Hausdurchsuchung durch den Verfassungsschutz. Wir wühlten uns durch Papier auf der Suche nach der Ordnung hinter den Dingen und holten das Letzte aus uns, unseren Schubladen und Schreibmaschinen heraus. Marie hatte vermutlich die Nacht durchgemacht, bis auch in der kleinsten Kleinanzeige das letzte Komma stimmte.

Während die Bürger sich zum Weihnachtseinkauf auf die Gasse begaben und in die Innenstadt stauten, lenkte ich Emma hinaus über Vaihingen und Böblingen. Bei Hildrizhausen fuhr ich von der Autobahn und durch den Wald Richtung Herrenberg. Das Wetter war unentschlossen, ob es aufklaren oder neblig bleiben sollte.

Die siebzehnjährige Rumänin Aurica G. wurde seit dem 9. November vergangenen Jahres vermisst. Sie hatte in einer Sammelstelle für rumänische Asylbewerber in Herrenberg gewohnt. Dem Unstand, dass sie ohne Eltern nach Deutschland gekommen war, war es wohl zu verdanken, dass ihr Verschwinden in der Presse keine weiteren Spuren hinterlassen hatte. Zusammen mit ihr war ein Fahrrad verschwunden. Der Journalist, der diese Geschichte in einem Herrenberger Blatt dargestellt hatte, hatte sich immerhin die Mühe gemacht herauszufinden, dass Aurica auf ihrem Fahrrad nahe einem Aussiedlerhof in der Nacht von Samstag auf Sonntag noch gesehen worden war.

Hinter dem Wald öffneten sich Felder und Obstbaumwiesen. Nebel hing in sanften Senkungen. Schwere schwarze Äcker zogen sich hügelan. Apfel- und Birnbäume krallten sich kahl in den blassen Himmel. Darunter welkte gelblich und von Reif geweißelt das Winterheu. Die Straße schwang sich friedlich durchs Bild. Silotürme eines Aussiedlerhofs tauchten auf. Ein Feldweg mündete ein. Die Straße wurde von einem Spazierpfad begleitet, auf dem ein Alter seinen Mops ausführte.

In Herrenberg, einem Städtchen, das wegen einer hoch aufragenden festungsartigen gotischen Kirche an sich sehenswert war, wendete ich Emma und fuhr zurück auf die Felder. Ich stellte mir vor, wie Uwe in dem Kadett – die Mutter hatte das Auto ja tatsächlich erst kurz vor Weihnachten vergangenes Jahr verkauft – Samstagabend auf Abenteuer fuhr, zwanghaft, verbittert und erregt vielleicht, im Hader mit sich selbst. Es war Nacht. Er sah zunächst nur eine Fahrradleuchte irrlichtern. Dann tauchte Aurica im Scheinwerferlicht seines Autos auf. Er sah sie nur kurz, aber es reichte. Flatterndes schwarzes Haar, die zum Lenker gestreckten Arme, die Hüften, die sich wechselseitig auf und nieder arbeiteten. Uwe bremste.

Ich bremste. Da war eine Ausbuchtung in der Straße, ein gerade zwei Wagenlängen langer Parkplatz mit einem Kasten für Streugut und einem Mülleimer.

Uwe stieg aus, wechselte über die stockfinstere Landstraße, sprang über den kleinen Graben zwischen Straße und Fußweg und ging dem Fahrradlicht entgegen. Als Aurica an ihm vorbeiwollte, riss er sie vom Rad. Er zeigte ihr das Messer: »Wenn du schreist, bist du tot.« Dann zog er das Mädchen vom Weg hinunter unter die Obstbäume.

Es waren vielleicht zwanzig an der Zahl, die in einer Doppelreihe auf weichem Grund von der Straße wegliefen. Maulwurfshügel und Mäusegänge allenthalben.

Uwe zerrte Aurica ein Stück fort. Dann forderte er sie auf, sich auszuziehen. Sie bibberte und leckte Tränen von den Lippen. Eine Novembernacht war an sich schon Grund genug, nicht mal den Schal abzulegen. Vielleicht gelang dem Kind sogar die Flucht, als Uwe das Messer einmal kurz ablegte, um sich selbst zu entblößen. Vielleicht rannte sie aber in die falsche Richtung. Uwe wurde ruppig und drohte: »Mach so was nie wieder, oder …« Sie gewann den Eindruck, sie könne davonkommen, wenn sie nur brav war. Uwe kam über sie und stieß zu, zuerst unten, dann mit dem Messer. Ihr Körper bäumte sich auf. Lieber hätte er alles bei Tageslicht gesehen. Als er kam, war Aurica still. Uwe ritzte mit den Rasierklingen noch ein wenig an ihr herum. Im Licht eines noch fast vollen Mondes war das Blut schwarz wie Lack. Vielleicht war Aurica noch nicht tot, sondern verblutete langsam, während er probierte, ob sich die Brustwarzen tatsächlich abschneiden ließen, so wie er es in einem Video mal gesehen hatte.

Ich war am Ende der Obstbaumwiese angelangt. Ein von Gras verhängter Graben trennte die Wiese vom angrenzenden Acker, dessen Schollen in der Wintergare zerfielen. Ich schob das welke, in großen Garben in den Graben hängende Gras auseinander. Ein Zombiegesicht schielte mich an.

Ich rannte weg wie ein Kind, das beim Zündeln die Scheune in Brand gesteckt hat. Die Obstbäume wurden zum Labyrinth. Ich versuchte den Geruch auszuschnauben, dieses feine, süßliche Nichts, das mehr Einbildung als Realität war. Das lausige Grinsen, das maulsperrige Hohngelächter, seine gespreizten Rippen, das mottenzerfressene Schädelhaar, den Anblick von

Gevatter Tod habe ich nie wirklich aus meinem Bilderspeicher löschen können.

Da war der Mops des Alten, über den ich stolperte. Das Tier quietschte und der Mann schüttelte die Faust. Als ich im Auto saß, sprang zuerst der Scheibenwischer auf und nieder, ehe ich die Zündung fand. Ich rammte den Gang rein, aber Emma hüpfte rückwärts statt vorwärts. Ich sah ein, dass ich nichts mehr tun konnte.

Der junge Polizist mit der schlecht sitzenden Hose im Polizeirevier von Herrenberg griff sofort zum Telefon.

24

Blieb die Frage, wen ich anrufen konnte. Ich musterte die Fensterrahmen meiner Wohnung – rauf, rüber, runter – und schickte den Blick in die Ecken – runter, rauf. Der Kaffee wurde kalt, meine Hand auf dem Telefon auch. Dämmerung krümelte in den Ecken. Allmählich sah ich nichts mehr. Sally war nicht daheim. Sie hatte Spätdienst im Sender.

»Was geht uns jetzt noch die Vermisste von Böblingen an?«, sagte ich. »Wir haben eine Leiche.«

Sally begriff sofort. »Ich habe jetzt keine Zeit. Aber ich bin um Mitternacht fertig. Hol mich doch ab.«

Bis dahin waren es mehr als vier Stunden. Die Flasche Calvados würde höchstens über eine halbe Stunde helfen, und dann war ich nicht mehr imstande, Sally vom Sender abzuholen. Der Fernseher war mir zu bunt und zu laut, Glühbirnenlicht im Dezember zu gemütlich. Ich musste raus. So etwas wie Schneeflocken, die eigentlich scharfe kleine Eiskristalle waren, schossen vor dem Wind her und zuckten in winzigen Verwehungen über den Fußweg. Calvados und Kälte vertrugen sich schlecht. Ich torkelte gegen das Schaufenster einer Parfümerie.

Saturday night war im Aufbruch. Die Straßenbahnen brachten die Kids in die Stadt. Die Stadtwärtsspur der Neckarstraße wurde eifrig berast. Ich wankte auswärts und kam am *Trödler* vorbei. Drinnen gab es zu viele Leute, die sich zuprosteten. Der Gevatter schwang die Sense und warf mich rückwärts wieder aus dem Laden.

Ich ging die Werderstraße hinauf. Die anthroposophische Festung des Süddeutschen Rundfunks trotzte der Nacht (und der Fusion mit dem badischen Sender, die ihn zwei Jahre später ereilte). Hinter den konischen Fenstern der vorgeschobenen Betonbastionen sah ich warme Geschäftigkeit in den Schneideräumen. Ich bog in die Wilhelm-Camerer-Straße ein. Die Funkpforte lag still hinter der Schranke im Laternenlicht. Ich stieg in den Park der Villa Berg. Die Wiese war zu harten Knubbeln gefroren. In den Halmen fingen sich die Schneenadeln. Meine Füße hinterließen breite schwarze Flecken. Unter den Bäumen war es finster. Ich hielt Ausschau nach einem Vergewaltiger, den ich zusammenschlagen konnte. Dann war der Park auch schon wieder zu Ende. Ich kam bei der Frauenklinik raus (die inzwischen weggesprengt ist). Ein junger Mann eilte mit Blumen die Straße herab. Ich ging entgegengesetzt die Obere Straße hinauf. Im Mühlkanal zwischen Park, Autobahn nach Esslingen und Neckar lag Louises Stadtwohnung.

Wir waren alle schon mal dort gewesen, um die halb privaten Team-Tage zur Neustrukturierung der Amazone abzufeiern. Louise hatte, jeden Handgriff überlegend wie ein Mann, Kaffee und Kuchen vom Konditor hingestellt. Martha konnte es nicht mitansehen und übernahm dann Küche und Bewirtung. Dann hatten wir – das heißt, Louise – viele Seiten Papier mit Vorschlägen, Ideen und Plänen gefüllt, von denen nachher nichts verwirklicht wurde. Louise ging auf in Aufbrüchen.

Wenn sie uns zusammentrieb, standen wir stets an vorderster Front. Alle wichtigen Diskurse fanden bei uns statt. Wir bildeten die Meinung, Louise immer vorneweg, mit ihrem schlampigen Ideenreichtum, ihrer chaotischen Wichtigkeit und der Erfahrung der altgedienten Straßenkämpferin und Emanze.

Ich schaute zu ihrer Wohnung hinauf. Zweiter Stock rechts. Dort brannte Licht. Ach, tatsächlich? Ich zählte die Stockwerke nach. Unwiderruflich, es brannte Licht hinter einem kleinen Fenster. Also war Louise doch daheim. Wie gut, dass wir keine Vermisstenanzeige aufgegeben hatten. Alles in Butter. Das enttäuschend heimatliche Gefühl von Abhängigkeit stellte sich ein. Unsere Zeit der Freiheit war zu Ende.

Ich klingelte bei Peters und lehnte mich gegen die Haustür aus schwächlichem Holz und zersprungenem Riffelglas. Sie gab nach. Im Treppenhaus roch es nach kleinen Kindern, Kellerkartoffeln, Weihnachtsgebäck und Bohnerwachs. Mir wurde grundlos flau. Eigentlich erwartete ich, Louise mit lautem Hallo und »Du, ich hab jetzt gar keine Zeit. Wir sehen uns am Montag in der Redaktion« auf dem Treppenabsatz stehen zu sehen. Aber die Wohnungstür war zu. Ein Messingschild mit dem Schriftzug *Peters* funkelte an der Holztür. Die Weihnachtsgebäckschwaden hatten einen verbrannten Unterton und – aus meinem Schädel nicht zu vertreiben – einen Leichengeruch. Ich überlegte, ob ich gleich ins Treppenhaus kotzen sollte.

Dann nahm ich doch den Japanspachtel, den ich aus sinnlosen Gründen im Portemonnaie stecken hatte – ein biegsamer Federbandstahlstreifen –, und schob ihn in die Türfalle. Es war eine alte Tür. Louise hätte schon den Schlüssel im Schloss herumgedreht haben müssen, damit ich nicht hineinkam. Der Flur war dunkel. Ich schmeckte, wie man in Schwaben sagte, den Eigengeruch, den jede Wohnung hatte. Von den Mänteln und Jacken an der Garderobe kam ein leichter Schweißgeruch, getragen von den Düften des Deos, das Louise benutzte. Doch die Basis aller Gerüche war Leere, Einsamkeit, Stille und Vergänglichkeit. Unter einer Türritze quoll Licht hervor. Dahinter war das Klo. Also hatte Louise nur vergessen, das Licht auszumachen, als sie vor Wochen wegfuhr.

Im Wohnzimmer erstrahlte der Kronleuchter. Louises Einrichtung bestand aus einer nostalgischen Anhäufung alter Möbel und Teppiche, kombiniert mit nützlicher Ausstattung. Ein orientalischer Diwan in Grün, ein rothölzernes Erbstück von Tisch, ein Gesundheitssessel mit Leselampe, Bücherregale, glänzendes Parkett, Fernseher, Videorekorder, Musikanlage. Louise hatte vier Zimmer zur Verfügung. Früher hatte sie hier auch Gäste beherbergt, die aus der Sowjetunion, aus Ungarn, dem Iran oder den USA auf Vortragsreisen durch Stuttgart kamen. Jetzt brachte sie Gäste der *Amazone* in Hotels unter. Zutritt hatten hier nur noch die Amazonen und vielleicht ein paar Geliebte, die grundsätzlich nicht nach Monrepos durften.

Der Adrenalinkick, in einer fremden Wohnung zu stöbern, hatte sich bei mir immer noch nicht eingestellt. Wahrscheinlich war der Calvados schuld, der mein Gefühlsleben lähmte. Ich beschaute die Küche, das Esszimmer, das Gästezimmer und kam ins Schlafzimmer.

Der Deckenstrahler entwarf Schrank, Spiegel, Stuhl und Bett. Unter der Bettdecke wölbte sich Louises aufgedunsener Leib. Eine Waschfrauenhand von graugrüner bis schwärzlicher Farbe hing über die Bettkante. In der Armbeuge war das Netzwerk der Venen bereits gut sichtbar. Am Hals schlug die Haut mit Fäulnisflüssigkeit gefüllte Blasen. Der Rand eines Hemdes schnitt ins Fleisch. Das Gesicht war aufgedunsen, die Zunge war vorgetrieben, die Augenlider waren geschwollen, der Spalt zwischen den Lidern war weiß. Das spärliche braune Haupthaar wirkte gerupft. Die Fasern des Kopfkissens waren grünschwarz verfärbt.

Auf dem Nachttisch lagen ausgedrückte Tablettenstreifen. Ein Glas mit einem eingetrockneten mehligen Rest stand daneben. Der Elektrowecker ging viereinhalb Stunden nach. Es gab keinen Abschiedsbrief.

Ich dachte zuerst an den Nachruf. Wer sollte den schreiben? Die Fernsehanstalten würden hastig die Archive plündern. Hunderte von Journalisten würden sich an die Nachrufe machen. In der *Tagesschau* würde ihr Foto neben dem Sprecher auftauchen. Todesursache ungeklärt, vermutlich Selbstmord. Dann Louises Leben von der ersten Stunde an. Danzig 1948. Vertreibung. Studium. Studentenbewegung. Der Kampf gegen den Paragraphen 218. Die Emanze in frühen Talkrunden. Louises rhetorische Schärfe. Später die große Dame des Feminismus.

Wie lange lag sie hier wohl schon? Und warum hatte sie sich nicht auf ihrem Monrepos umgebracht?

Ich rief von ihrem Apparat aus die Landespolizeidirektion an und ließ mich überrumpeln, meinen Namen zu sagen. Dann Marie, aber sie war nicht zu Hause. Martha wollte ich schonen. Ich verließ die Wohnung, ehe die Polizei kam, stieg die gebohnerten Stufen hinab und trat auf die Straße. Die Luft roch nach Tiefdruck, nach Kohle und Ostwind. Der Lärm von der Uferschnellstraße stand riesig am orangeroten Himmel. Es hatte aufgehört zu schneien. Halb neun. Die Straßenbahn war innen viel zu hell und leer. Vorne saß ein Mann, der mit dem Schlaf kämpfte. Eine junge Frau lauschte dem Geflirr in ihren Ohrstöpseln. Ein bärtiger Typ las. Gegen die schwarzen Wände des Weinsteigentunnels sah ich mein madiges Gesicht.

Die U-Bahn-Haltestelle Degerloch war hell erleuchtet. Die Linie 6 fuhr Richtung Möhringen fort. Ich las den Schriftzug

»Albplatz«. Wie immer zur Unzeit, gab mein Hirn ein Bild frei: »Alb 17.28 L6 25.8.« Das hatte Uwe in sein Notizbuch geschrieben. Ich schaute auf den Fahrplan der Linie sechs. 17 Uhr 28 traf jeden Wochentag eine Straßenbahn aus der Stadt kommend hier ein. 17 Uhr 34 kam die nächste. Eines von Uwes potenziellen Opfern war hier ausgestiegen. Am folgenden Tag hatte er sie beobachtet, wie sie bei Laukin Dessous kaufte.

Im Aufgang zum Berolinagebäude rekelten sich die quietschbunten Plastiken von Wolfgang Thiel leicht geschürzt ins Glasdach der U-Bahn-Haltestelle. Kitzlige Achselhöhlen, kleine Brustknospen, rosige Haut und getupfte Kleidchen. Der Bildhauer formte nur Frauen, genauer Mädchen, eigentlich Schülerinnen in ihrem reizend unbefangenen Flirt mit ihm, dem Künstler, und der ganzen Welt. Seit Jahren bestückte er damit öffentliche Plätze in Stuttgart und Umgebung.

Die Ladenstraße von Degerloch war menschenleer. Ein einsames Auto dampfte an der Ampel. Ich bog in die Felix-Dahn-Straße. Das Ärztehaus wirkte dunkel und verlassen. Ich klingelte bei Kraus. Keine Antwort.

Wohin jetzt?

Es gab jede Menge Bürgerhäuser in den Heinbuchen-, Silberpappel-, Erlen-, Himbeer- und Erdbeerwegen, über die der blitzende Fernsehturm wachte. Von hier kamen die Jil-Sander- und Dior-Damen, die am Albplatz beim Böhm Lachs und Trüffel kauften (auch dieser Feinkostladen ist mittlerweile der Depression zum Opfer gefallen). Sie saßen in ihren Wohnzimmern, schichteten Gutsles – wie man hier die Weihnachtsplätzchen nannte – in Dosen, legten Apfelscheiben dazu. Bald flimmerte die Nachricht von Louises Tod auch in ihre Räume. Aber sie dachten vermutlich nur darüber nach, ob die Kinder wohl zu Weihnachten kommen würden und ob sie nicht wieder zu viele Geschenke für die Enkel gekauft hatten. Man konnte ihnen daraus keinen Vorwurf machen.

Ich schlitterte auf dem glatten Fußweg in den verwinkelten Altstadtkern. Der Schnee, der sich unten am Neckar nur kurz hatte halten können, war hier oben liegen geblieben. In der Löwenstraße kam mir ein Mann in einem schwarzen Mantel entgegen. Alles, was hier männlich und zu Fuß unterwegs war, konnte nur aus einer Kneipe kommen. Ich wechselte die Straßenseite. Im Augenwinkel sah ich, wie der Kerl hinter mir ebenfalls die Straßenseite wechselte. Mein Puls beschleunigte sich. Ein heilsamer Zorn stieg in mir hoch. Ich lauschte auf Schritte hinter mir. Komm du nur!

Eine Hand zupfte an meinem Ärmel. Ich fuhr herum und ging dem Mann unbesehen an den Kragen. Der größte Fehler, den Frauen machten, wenn sie sich angegriffen fühlten, war immer, den Angreifer von sich wegzuhalten. Damit rechnete er. Aber er rechnete nicht damit, dass die Frau ihn packen, frontal gegen ihn rennen und ihn mit einem hinter seiner Ferse eingehakten Fuß rückwärts stoßen würde. Judo heißt, dass man die Kraft des Gegners gegen ihn selbst wendet.

Der Mann ruderte mit den Armen, taumelte und fiel in Bruchteilen von Sekunden, noch ehe er dazu kam zu schreien. In diesen Bruchteilen erkannte ich ihn und hielt ihn am Mantelkragen fest, um den Aufprall auf dem Asphalt zu mildern.

Krk war ohnehin nicht mehr ganz sicher auf den Beinen. Sein Lidschlag war langsam und gleichmütig. Er rappelte sich auf, als gehörte es sich so, dass ich ihm zur Begrüßung die Füße wegfegte.

»Wo warst du denn?«, sagte ich vorwurfsvoll.

Krk lehnte sich gegen eine Hauswand und blickte schuldbewusst über mich hinweg in Richtung der Bierwerbung über dem Eckkneipeneingang.

»Louise ist tot.« Ich war selbst überrascht, dass meine Stimme kippte. Außerdem verschwammen die Lichter der Straße zu Brei. Krk zog ein weißes Taschentuch. Ich musste lachen. Männer und ihre weißen Stofftaschentücher. Er legte den Arm um meine Schulter und führte mich die Straße entlang. Ich erzählte ihm von beiden Leichen. Das Erste, was Krk tat, als wir in seiner Wohnung angekommen waren, war, in seiner Redaktion anzurufen.

Dann wandte er sich mir zu. »Kaffee? Schnaps habe ich leider keinen.« Seine Zunge war schwer. Er rieb sich das unrasierte Kinn.

»Kaffee wäre gut.«

Krk ließ sich in einen Küchenstuhl fallen und sagte: »Scheiße!«

In meine Seele kehrte Frieden ein. Die Nöte anderer machten mich ruhig. Krk frönte offensichtlich der praktischen Verzweiflung. »Ich habe dich vermisst«, sagte er.

»Du hättest nur anzurufen brauchen.«

»Nur?« Er hangelte sich hoch zur Kaffeemaschine und verstreute die Filtertüten.

»Man kann doch über alles reden«, behauptete ich.

»Aber es führt zu nichts.« Er schüttelte den Kopf. »Ich glaube, es ist doch besser, wenn du gehst. Ich bin nicht in der Verfassung …«

»In Ordnung.«

Seine aufrichtige Angst übertrug sich auf mich. Im Flur erkannte ich den Irrtum und kehrte um. Er hatte sich gegen die Spüle gelehnt und stoppte meinen Zugriff. Ich fasste nach. Er riss sich los. Was nun kam, war krasser, als ich es mir hätte ausdenken können. Seine mädchenhaft prüde Abwehr war grundehrlich und dennoch pervers.

Ich fragte: »Was ist eigentlich?« Aber ich bekam keine Antwort. Meine Hände schienen Nesselhärchen auf seiner Haut zu sein, die einen Ohnmächtigen folterten. Ich war zunächst unschlüssig, wie viel Gewalt ich anwenden musste, um sein Verlangen zu stillen. Unaussprechlich wollüstige Angst lähmte ihn. Als ich mich auf ihn pflanzte, kam er augenblicklich, das Gesicht von seinen Armen verdeckt, schamlos stöhnend, mit einer Hemmungslosigkeit, die jenseits jeder menschlichen Vernunft und Selbstachtung lag. Ich erkannte ihn. Danach schlang er die Arme um mich, rieb die Nase zwischen meinen Brüsten und leckte. »Ich schäme mich so.«

25

Als ich nach dem Frühstück mit einem von Krks Vitamin-C-Bonbons in der Tasche heimkam, wartete die Polizei schon auf mich. Oma Scheible hatte sie in meine Wohnung gelassen. Sie stand in meiner Küche und sortierte die schimmligen Orangen in den Mülleimer. Mit einem tatendurstigen Blick umfasste sie meinen ganzen Haushalt.

»I hen die Herren scho mal neiglasse. 's isch Ihne doch recht. Die miesset ja net im Stiegehaus warte, gell?«

»Sie sind Lisa Nerz?«, erkundigte sich einer der beiden Zivilbullen. »Ich bin Kriminaloberkommissar Rasch. Das ist mein Kollege Gerber.«

»Angenehm.«

Rasch war ein dünner Langer mit schwarzen Haaren, schwarzem Schnauzer, schwarzen Augenbrauen und schwarzen Augen. Gerber war ein blonder Langer. Die beiden Langen zeigten ihre grünen Dienstausweise.

»Sie haben doch gestern Abend den Tod von Louise Peters der Polizei gemeldet?«, sagte Rasch. »Waren Sie in der Wohnung? Oder von wo aus haben Sie angerufen?«

Ich hatte nicht die 110 gewählt, denn solche Gespräche wurden automatisch aufgezeichnet. Die Nummer war dann zurückverfolgbar. Ich hatte in der Telefonzentrale der Landespolizeidirektion angerufen. Und ich hatte auf Louises Telefon keine Fingerabdrücke hinterlassen. Aber wenn ich jetzt behauptete, ich wäre nicht in Louises Wohnung gewesen, würde er mich fragen, woher ich dann gewusst hatte, dass Louise tot war.

»I hens im Fernsehe gsehe«, bemerkte Oma Scheible. »Sie soll sich's Läbe gnomme hen. Wer hätt au dees denkt?«

»Haben Sie einen Schlüssel für die Wohnung von Frau Peters?«, erkundigte sich Rasch.

»Ist es eigentlich üblich«, sagte ich, »dass die Polizei ohne Durchsuchungsbeschluss in fremde Wohnungen eindringt?«

Rasch zog die Brauen hoch. »Ach, diese Dame …«, er nickte Richtung Oma Scheible, »… und Sie sind nicht verwandt?«

Oma Scheible blinzelte verschwörerisch. Der Deal lief nonverbal. Ich verriet die Alte nicht an die Polizei und die Polizisten nicht an sich selbst. Dafür hinterfragte Rasch meine unpräzise Aussage nicht, dass die Tür von Louises Wohnung nicht abgeschlossen gewesen war. Ohnehin war dem Beamten klar, dass ich Louise nicht gestern Abend umgebracht haben konnte.

»Frau Peters dürfte seit gut einer Woche tot sein«, sagte er, »vielleicht sogar seit zwei Wochen. Genaueres lässt sich im Moment schwer sagen. Nach dem jetzigen Stand der Ermittlungen deutet alles auf Selbsttötung. Spuren einer Gewalteinwirkung von außen sind zumindest nicht offensichtlich. Haben Sie eine Vermutung oder Kenntnisse, warum Frau Peters sich das Leben nehmen wollte?«

»Da müssen Sie Martha, unsere Sekretärin, fragen. Aber sicherlich ist Ihnen auch aufgefallen, dass der Elektrowecker auf ihrem Nachttisch viereinhalb Stunden nachgeht. Könnte man damit nicht auf den Todeszeitpunkt schließen?«

»Und wie?«

Ich bedachte, dass ein Mörder sich gern dadurch verdächtig

machte, dass er der Polizei Erklärungen für zunächst unverständliche Phänomene gab. Doch Rasch sah nicht aus, als rege ihn die prominente Leiche zu besonderen kriminalistischen Aktivitäten an.

»Keine Ahnung«, bremste ich mich. »War nur so eine Idee.«

Rasch streichelte sich bedächtig den Schnauzer. »Sagen Sie, Sie sind doch auch diejenige, die auf dem Friedhof in Böblingen eine Frauenleiche vermutet hat. Und Sie haben gestern Nachmittag die Leiche der vermissten Rumänin bei Herrenberg aufgefunden?«

Oma Scheible bekam richtig große Augen.

»Ermitteln Sie auch im Fall Uwe und Gabi?«, erkundigte ich mich. »Haben Sie Uwes ehemaliges Auto schon gefunden?«

»Sie sind ja ziemlich ausgeschlafen«, bemerkte der Oberkommissar.

»Im Moment nicht.«

Rasch lächelte widerwillig. »Was für ein Interesse haben Sie denn an diesen, wie soll ich sagen, Frauenleichen?«

»Ein journalistisches.«

Rasch nickte vor sich hin. »Frau Nerz, ich muss Sie bitten, morgen zur Feststellung Ihrer Personalien und für eine Zeugenaussage in die LPD II ins Dezernat für Tötungs- und Gewaltdelikte zu kommen. Sollten Sie sich weigern oder nicht erscheinen, können wir Sie richterlich vorladen lassen.«

»Kommet Sie jetzt ins Gfängnis?«, fragte Oma Scheible, nachdem die Polizisten gegangen waren.

Ich beauftragte sie, künftig für meine Wohnung zu sorgen, und fuhr in die Stadt.

In der Redaktion der *Amazone* hatte sich das Häufchen der Tapferen versammelt. Die sonst so coole Helga schluchzte. Das vage, aber tief sitzende Schuldgefühl nach der Revolte gegen Marie als Stellvertreterin Louises hatte sie kalt erwischt. Martha betreute das heulende Elend. Die Mutterpflichten hielten sie selbst zusammen und bei der Stange. Bettina, die Zeichnerin, kaute an den Nägeln. Karola sah wieder aus, als käme sie direkt aus dem Bett. Marion war sichtlich nervös. Ich schätzte, sie dachte an die ungewisse Zukunft. Derweil verteilte Marie die Rollen und Aufgaben.

»Den Druck habe ich storniert. Aber die *Amazone* wird noch vor Weihnachten erscheinen. Wir werden sie ganz dem Andenken Louises widmen. Wir machen vorerst weiter. Das wäre auch in Louises Sinn.«

»Warum hat sie eigentlich …?«, fragte ich blöde.

»Sie war krank, sie hatte Krebs«, heulte Helga.

»Das wusste ich ja gar nicht«, sagte Marie unendlich verblüfft.

»Aber es waren doch nur ein paar Myome in der Gebärmutter«, korrigierte Martha.

»Der Gerichtsmediziner wird das klären«, sagte ich.

»Wie? … Ich meine, wer …?«, murmelte Bettina, Nägel kauend. »Ich meine, wenn die da in ihrer Wohnung lag und langsam vor sich hin faulte … Wie ist man denn da drauf gekommen?« Bettina stierte Löcher in den Tisch. »Und wer hat die Presse benachrichtigt? Du, Marie?« Bettina fixierte sie. »Wolltest du dir damit die Eintrittkarte für den SPIEGEL beschaffen? Hast du den Bericht schon fertig?«

Maries Augen zuckten kurz zu mir herüber. Dann schüttelte sie den Kopf. »Bettina, du bist geschmacklos.«

»Ich dachte nur«, sagte Bettina verträumt, »falls Louise wollte, dass du die Amazone übernimmst.«

»Ja, und?« Marie klang böse und hart.

Mir war bislang nicht bewusst gewesen, dass die Amazonen ihr den Ehrgeiz und die Führungskompetenz so übel nahmen. Dabei wünschten wir uns doch starke Frauen; bloß eben nicht aus unserer Mitte. Vielleicht hätte ich Marie im Moment entlasten können, wenn ich zugegeben hätte, dass ich Louise gefunden hatte. Aber es schien mir im Moment nicht opportun, wie man so schön sagt. Ich vermutete, dass auch Marie klar war, dass mir klar war, dass Louise nicht mehr am Leben gewesen sein konnte, als letzten Mittwoch das Fax mit dem Kommentar von ihrem Monrepos kam. Hätte man Louise erst Wochen später gefunden, wäre der Todeszeitpunkt vermutlich anhand des Faxes auf nach Mittwoch festgelegt worden.

Marie ging sehr umsichtig vor. Trotz der unterschwelligen Proteststimmung in der Redaktion entwarf und verteilte sie die Aufgaben. Wir alle erhielten den Auftrag, unseren persönlichen Nachruf zu schreiben und ihn auch von den Autorinnen anzufordern, mit denen wir in unseren Ressorts zu tun hatten. Das band zunächst die Gefühle und bedeutete Arbeit. Martha wurde ins Archiv geschickt, um alle Daten zu Louises Leben zusammenzusuchen. Sie ging mit dem Hinweis, dass der Kaffee fertig sei. Bettina ging heim, um in ihren Cartoons zu kramen. Helga zog sich ebenfalls nach Hause zurück. Marion und Karola wollten zunächst irgendwo was essen gehen. Sie würden die nächsten Stunden in einem Bistro herumhocken, rauchen, Liköre trinken und die Situation durchkauen. Ich wurde zum Telefondienst abgestellt.

Marie stellte mir den Riesenpott Kaffee eigenhändig neben das Telefon, blieb neben mir stehen und gab unnötige Anweisungen. Ich sollte mich um die Todesanzeige kümmern und wenn nötig der Presse Rede und Antwort stehen. Sie selbst komme gegen fünf Uhr wieder in die Redaktion.

Dann hörte sie auf zu reden. Das Entscheidende hatte sie nicht gesagt. Es rührte mich, dass es ihr so schwer fiel, mir einen kleinen Betrug gestehen zu müssen.

»Den Kommentar vom Mittwoch«, sagte ich also, »den hast du selbst geschrieben, nicht wahr? Nur, was hat dich so sicher gemacht, dass Louise das dulden würde?«

»Wir haben das schon öfter so gemacht«, antwortete Marie.

»Wenn Louise nicht fertig wurde oder keine Lust hatte oder wenn sie es vergessen hatte. Im Grunde war es so, dass ich die letzten drei Hefte fast alles alleine gemacht habe.«

»Und hast du die Texte jedes Mal von der Schwäbischen Alb gefaxt? Etwas arg ausgeklügelt, oder nicht?«

Marie lächelte verzwickt. »Nein. Nur diesmal. Ehrlich gesagt, ich war in Sorge um Louise, wie wir alle. Da bin ich einfach Dienstagabend auf die Alb gefahren. Irgendwie dachte ich, wenn Helga und Bettina rauskriegen, dass Louise sich im Grunde aus der Zeitung zurückgezogen hat, dann … na ja, du weißt ja, wie schwierig sie manchmal sind. Ich habe immer gehofft, dass Louise mir die Redaktionsleitung offiziell zuweist. Sie wollte auch, aber sie war in letzter Zeit seltsam vergesslich und … nun ja, man muss schon sagen: verwirrt oder depressiv. Ich habe mir wirklich Sorgen gemacht. Mit Recht, wie sich jetzt herausstellt. Vielleicht, wenn ich sie … wenn man mit ihr hätte reden können … Sie ist richtiggehend verfallen. Sie sprach davon, dass sie heiraten wolle, einen Mann, meine ich. Und wie sie über die Frauen schimpfte, so böse. Es sei doch alles sinnlos, meinte sie. Frauen verkaufen sich für einen Diamanten oder einen Pelzmantel. Die *Amazone*, das sei Perlen vor die Säue geworfen. Ich habe Louise manchmal gar nicht mehr wiedererkannt.«

Mit anderen Worten, Marie besaß einen Schlüssel zum Monrepos, das für uns alle mit einem Tabu belegt war. Und sie war auch schon dort gewesen.

»Das wird heikel«, bemerkte ich, »wenn die Polizei auf die Sache mit dem Fax kommt. Es sieht sehr nach konstruiertem Alibi aus.«

»Aber die Polizei geht doch von Selbstmord aus.«

»Trotzdem wird sie sich Louises Haus auf der Alb anschauen. Allein schon, weil sie nach einem Abschiedsbrief sucht. Und wenn sie auf die Sendeberichte in Louises Fax stößt …«

»Dann muss ich es der Polizei halt erklären. Deshalb werden sie mich auch nicht gleich verhaften.«

Marie blickte mir in die Augen wie ein Staubsaugervertreter, der von seinem Charisma als Verkäufer pannenanfälliger Geräte überzeugt ist. Dabei war ich doch sowieso bereit, meiner schönen Marie alles abzukaufen. Allein hatte sie das schreckliche Geheimnis mit sich herumgetragen, dass Louise auf ihre älteren Tage zum Waschweib mutiert war. Und nun musste sie auch noch mich ins Vertrauen ziehen, obgleich sie mich herzlich verachtete.

Sie legte kurz die kühle Hand auf meine Schulter und verließ den Laden. Vom Zauber ihrer Gegenwart erlöst, kam ich ins Grübeln. Konnte es wirklich sein, dass eine Frau, die ihr ganzes Leben dem Kampf für die Rechte der Frauen gewidmet hatte, plötzlich umschwenkte? Was für verheerende Prozesse mussten im Hirn eines Menschen ablaufen, dass archaische Überzeugungen wieder zum Vorschein kamen? Als ob der Feminismus nur ein angestrengtes ideologisches Ablenkungsmanöver für den Hass der Frauen auf Frauen wäre.

Ich stärkte mich mit dem Kaffee, begab mich in Louises Büro und ging an ihren Schreibtisch. Hustenpastillen, Büromaterial, Nitrolingualkapseln und eine Mappe mit Zetteln und Papieren mit Louises weitschweifiger Handschrift. »Schweizerin, die vom Mann verlassen und isoliert von Sozialhilfe lebt, schließt Kind in der Wohnung ein und fährt weg. Das Baby verhungert in vier Tagen. Die Hunde auf der Terrasse sterben in vierzehn Tagen. Nach vier Wochen rufen die Nachbarn wegen des Leichengeruchs die Polizei. Urteil gegen die Frau: Sieben Jahre. Psychiatrisches Gutachten bescheinigt ihr mangelndes Einfühlungsvermögen in andere Menschen.« Auf einem anderen Blatt stand: »Mutter wird vom Ehemann verlassen, entwickelt eine erotische Beziehung zu ihrem Sohn, den sie aber vollständig fallen lässt, als sie sich in einen anderen Mann verliebt.« Oder:

»Mutter erstickt Säugling im Schlaf mit einem angefeuchteten Papier, das sie über das Näschen legt, entsorgt die Leiche im Mülleimer und behauptet, das Kind sei ihr beim Einkaufen aus dem Kinderwagen vorm Supermarkt geklaut worden.« Oder: »Hochintelligente Studentin kopiert Don Juan, verführt minder intelligente Knaben ab 18 ohne sexuelle Erfahrungen und lässt sie dann sitzen. Bis einer rabiat wird.« Oder: »Mutter prügelt fünfjährigen Sohn so lange, bis er an einer Hirnblutung nach einer Schädelfraktur stirbt, und behauptet, ihr Lebensgefährte habe das Kind missbraucht.« Und: »Mutter duldet jahrelange sexuelle Misshandlungen ihrer Tochter durch den Ehemann, weil sie deshalb vom sexuellen Verlangen ihres Gatten verschont bleibt.« Schließlich: »Lesbisches Paar vergiftet Ehemann der einen mit Phenazetin im Schmerzmittel Adolorin, bis er an Nierenversagen und Methämoglobinanämie stirbt. Tötungsabsicht ist ihnen nicht nachweisbar. Freispruch.« Und so weiter. Himmel! Was hatte sie mit dieser Sammlung vorgehabt?

Obenauf in einer anderen Schublade lag ein unterschriftsreifer Vertrag für den Verkauf der *Amazone* an den Burda Verlag. Sei es aus finanziellen Gründen oder aus plötzlichem Desinteresse an ihrem Lebenswerk, Louise war im Begriff gewesen, uns an die Männerpresse zu verkaufen. Mir wurde flau. Hatte Marie das alles gewusst?

Ich nahm die Mappe mit den fürchterlichen Frauen und den Vertrag und schloss beides in meinem Schreibtisch ein.

Das Bild von Louises Wohnung und der entstellten Leiche blitzte mir durch den Schädel. Die Uhr fiel mir wieder ein. Wenn der Wecker generell nachging, hätte man aus dem täglichen Rückstand errechnen können, wann Louise ihn zuletzt richtig gestellt hatte. Aber es war unwahrscheinlich, dass ein Mensch heute noch mit einem ungenauen Wecker lebte. Außerdem gingen Elektrouhren nicht nach. Ich sah die schwarze

Strippe wieder vor mir, die zur Steckdose ging. Ich war auch schon zu spät in die Redaktion gekommen, weil der Strom über Nacht für einige Stunden ausgefallen war.

Ich kehrte ins Sekretariat zurück und rief die Technischen Werke an. Das war sonntags ein Buchbinder-Wanninger-Unterfangen. Der Bereitschaftsmann verwies mich in eine Zentrale, die schickte mich zurück zur Bereitschaft, die nichts sagen wollte und es mir überließ, die Erlaubnis zur Auskunft beim Chef daheim zu erbitten, der mich zurück an den Bereitschaftsdienst verwies, der sich dann endlich bequemte, in den Unterlagen nachzuschauen. Ich hörte Aktenordner und Umblättern. Einen allgemeinen Stromausfall hatte es in Louises Viertel in den letzten Monaten nicht gegeben. Anderer Ordner. Auch straßenweit war nichts passiert. Blieb das Haus. Dann hatte er es: Kurzschluss am vergangenen Freitag. Der Notdienst der TWS war ausgerückt, um einen Wasserschaden an der Hauptleitung zu beheben. Freitag war Louise schon lange tot gewesen. Das brachte also nichts.

»Zwischen dem Anruf bei uns«, sagte der Techniker, »und dem Eintreffen des Dienstes sind zwanzig Minuten vergangen. Der Schaden wurde innerhalb von zehn Minuten behoben.«

Neue Hoffnung. »Dann fehlen ja noch rund vier Stunden.«

Der Mann blätterte. »Hier. Stromausfall im ganzen Haus in der Nacht, wieder von Sonntag auf Montag, den achten auf den neunten zwölften. Wieder ein Wasserschaden. Vermutlich dieselbe Ursache, kann ich Ihnen aber momentan nicht sagen. Der Dienst kam am frühen Morgen um sieben. Der Verteiler im Haus musste vollständig erneuert werden.«

Das waren die vier Stunden. Also war Louise zwei Wochen tot. Ich dachte an Martha und Marie, die uns die ganze Zeit mit der Ankündigung hingehalten hatten, Louise werde am nächsten Tag kommen. Zwei Weiber, die Louise aus schwer abschätzbaren Motiven vollständig gegen uns abgeschirmt hatten. Sie waren sogar so weit gegangen, Telefonanrufe und Faxe zu erfinden, nur um den völligen geistigen und moralischen Verfall unserer Chefin zu decken. Was hatten die beiden eigentlich geglaubt, wie das weitergehen sollte? Oder hatte eben eine von beiden beschlossen, dem unhaltbaren Zustand ein Ende zu machen?

Allerdings gehörte es zum Schwierigsten überhaupt, einen Selbstmord durch Tabletten zu fingieren. Wenn jemand dem Opfer die tödliche Dosis gewaltsam einführte – was ohne Schlauch kaum ging und einen erheblichen Brechreiz und Gegenwehr provozierte –, dann fand der Gerichtsmediziner kleinste Verletzungen im Mund- und Schlundbereich. Es sei denn, die Leiche war so stark verwest, dass die Organe sich in eine schaumige, schmierige Substanz aufgelöst hatten. Schon vor dem bakteriellen Fäulnisprozess konnte die Autolyse des Magens ein solches Ausmaß erreichen, dass große Teile der Magenwand und des Zwerchfells zerstört wurden.

Es war also entscheidend darauf angekommen, dass man Louises Leiche so spät wie möglich fand. Und während Martha, meiner vagen Erinnerung zufolge, schon bald zugegeben hatte, dass sie Louise seit Tagen nicht mehr gesprochen hatte, fingierte Marie noch in der Nacht von Dienstag auf Mittwoch ein Fax. Vielleicht hatte sie Louises Monrepos eigentlich deshalb aufgesucht, um irgendwelche Spuren zu beseitigen oder auch nur aufzuräumen und damit die unheimliche geistige Wandlung der prominenten Emanze zu vertuschen. Doch warum hatte sie dann nicht auch beizeiten Louises Schreibtisch im Büro leer gemacht? Wenn bekannt wurde, dass Louise die *Amazone* hatte verkaufen wollen, dann recherchierte mindestens die Regenbogenpresse, und dann gnade uns Göttin. Dann gab es einen Skandal, der Louise posthum gänzlich demontieren würde.

Wie sollte ich mit diesem Wissen jetzt noch meinen persönlichen Nachruf schreiben, getragen von Hochachtung und Bewunderung? Wie schaffte das Marie?

Schon am Entwurf der Todesanzeige scheiterte ich. Die Anrufe von Radiosendern nahm ich nur noch durch einen Schleier wahr. Der kalte Kaffee war eklig. Ich zerbiss Krks Vitamin-C-Bonbon. Ein bisschen Zucker fürs Gehirn. Die Vitamine waren Nebensache. Das Sekretariat fing an, sich zu drehen.

Vielleicht hatte Helga ja Recht, kam mir in den Sinn, und Marie hatte längst ihren Artikel für den SPIEGEL fertig. Die Wahrheit über Louise Peters. Die Eintrittskarte für die Karriere. In mir setzte sich eben der Gedanke durch, es sei gut, sich mal in Maries Büro umzuschauen, als das Telefon klingelte.

Es war Krk. »Ich bin im Büro«, sagte er. »Wie geht es dir?«

Ich hatte so ein Gefühl. »Komm zur Sache, was ist los?«

»Ich habe gerade eine Mitteilung von der Polizei bekommen. Man hat im Silberwald – du weißt, hinter Degerloch bei Sillenbuch – eine weibliche Leiche gefunden. Vermutlich erfroren. Ob sie unter Medikamenten stand, ist noch nicht raus.«

Mir brach der kalte Schweiß aus.

»Kurzum. Es ist Gabi.«

Der kalte Schweiß legte sich wie ein schmieriger Film auf die Haut. Mir war, als schlurrten die Muskeln und Sehnen zusammen und als entleere sich mein Hirn, wie Darm und Blase in Todesangst. Ich hatte nicht mehr die Macht, dagegen zu kämpfen. Das war der Tod.

26

Glücklicherweise hing Krk noch in der Leitung, als ich umkippte. Ich konnte es nicht ändern. Die Versuchung, mich fallen zu lassen, war zu groß. Nur ungern verließ ich die lichten Regionen wieder, die, obgleich ich mich im Hinabsteigen zu erinnern suchte, sofort in nichts zerfielen. Ein quälendes Pflichtgefühl zog mich ins Neonlicht einer Intensivstation.

»Was machst du nur für Sachen?«, sagte Krk.

Ich konnte nicht antworten, denn meine Stimmbänder waren wie aus Sandpapier und mein Hirn wie aus Blei. Als der Arzt mich ins Gebet nahm, war es bereits Montag.

»Sie haben Glück gehabt«, sagte er. »Bei rechtzeitig eingeleiteter Therapie verlaufen Schlafmittelvergiftungen heutzutage glücklicherweise kaum noch tödlich. Und nun erklären Sie mir mal, wie Sie das angestellt haben.«

»Was denn?«

»Sie haben eine offensichtlich letale Dosis Barbiturate genommen, von denen wir allerdings in Ihrem Mageninhalt nur wenig gefunden haben. Wir konnten sie erst durch Dialyse Ihres Blutes und anschließende Chromatographie in geringen Mengen nachweisen.«

Der Arzt war ein älteres Männchen, das aussah wie ein altes Weiblein, das auf die übliche hühnerpopoartige Dauerwelle im gerupften weißen Haupthaar verzichtet hatte. Seine Augen verschwanden fast unter den Schlupflidern. Seine Lippen waren die Rosinenvariante eines ehemaligen Rasseweibes. Er redete leise und schnarrend. »Ich darf vermuten, dass Sie sich klar darüber sind, dass wir Sie nach einem Suizidversuch zunächst in psychiatrische Behandlung überstellen müssen.«

»Ich habe mich nicht umgebracht«, protestierte ich.

Das Männlein lächelte weise. »Wenn Sie mir plausibel erklären können, wie es aufgrund der – wie ich mal annehmen will – von Ihnen bestätigten Einnahme einer geringen Menge Barbiturate zu dieser lebensgefährlichen Reaktion kommen konnte, dann könnten wir mit uns reden lassen.«

»Ich habe allgemein niedrigen Blutdruck«, schlug ich vor. »Außerdem hatte ich nichts gegessen, aber Unmengen Kaffee getrunken.«

»Koffein hat doch wohl eher eine anregende Wirkung, nicht? Was für ein Schlafmittel haben Sie denn genommen?«

Ich sah meine Chance, ohne Mordanschuldigungen und Polizei aus dem Krankenhaus rauszukommen. Der Arzt hatte mir klare Bedingungen gestellt. Seine Neugierde verlangte nach einer Erklärung für ein von ihm noch nicht beobachtetes Phänomen. Nur musste mir schleunigst der Name für ein Schlafmittel einfallen, das ich etwa spät in der Nacht genommen haben könnte, um dessen Überhangwirkung am Morgen mit Kaffee zu bekämpfen, bis mich die Folgen der Übererregung gegen Mittag dann bewegten, eine Schlaftablette zur Beruhigung einzuwerfen. Ich dachte an das Pillenkärtchen, das auf Louises Nachttisch gelegen hatte: »Resodorm.«

»Seebutabarbital und Aprobarbital«, nickte das Ärztlein. »Eher ungünstig, diese zwei in Kombination. Ihnen ist bekannt, dass Barbiturate süchtig machen?«

»Ist mir bekannt«, sagte ich artig. »Normalerweise nehme ich auch nie Schlafmittel. Aber ich stand unter großer Belastung. Eine Freundin hat mir das Mittel gegeben. Sie sagte, einmal könne nicht schaden.« Ich leistete Sally, an die ich dabei dachte, insgeheim Abbitte.

»Nun gut«, nuschelte der Arzt. »Bei Barbituraten kann es immer wieder zu unberechenbaren Wechselwirkungen mit anderen Mitteln kommen, vor allem auch mit der Pille. Ich denke, Sie werden künftig die Finger davon lassen, nicht?«

Krk kam. Er berichtete von einer Pressekonferenz der für die Ermittlungen im Todesfall Louise Peters zuständigen Staatsanwältin Meisner, die in Anbetracht der öffentlichen Aufmerksamkeit mehr ins Detail gegangen war als üblich.

Die Ermittlungsbehörden gingen davon aus, dass sich Louise das Schlafmittel Resodorm in Selbsttötungsabsicht selbst beigebracht hatte. Der Verwesungsgrad der Leiche hatte einen eindeutigen chromatographischen Nachweis der Barbiturate im Lebergewebe nicht mehr zugelassen. Aber man hatte in der Wohnung keinerlei Hinweise auf Fremdeinwirkung gefunden. Im Glas auf dem Nachttisch hatten sich Reste des Schlafmittels befunden. Die Suche nach einem Abschiedsbrief war bislang sowohl in Louises Stadtwohnung als auch auf ihrem Landsitz auf der Schwäbischen Alb und in ihrem Büro vergeblich gewesen. Nach Auskunft des Hausarztes hatte Louise an gelegentlichen Anfällen von Angina pectoris gelitten. Ein allgemein schlechter Gesundheitszustand, über den die Staatsanwältin in Rücksicht auf den Persönlichkeitsschutz nicht mehr sagen wollte, in Verbindung mit der von der Staatsanwältin als äußerst prekär bezeichneten finanziellen Situation ließen es nach der allgemeinen Lebenserfahrung wahrscheinlich erscheinen, dass die Verstorbene keinen Ausweg mehr gesehen habe und aus freiem Willen aus dem Leben geschieden sein könnte, wie es ja auch offenbar geschehen sei.

»Vom postmortalen Klugscheißer –«

»Bitte was?«

»Dem Polizeiarzt«, sagte Krk. »Von ihm weiß ich, dass Louise an einer Degeneration des rechten Frontallappens litt. Das ist eine Hirnerkrankung, die man Morbus Pick nennt. Ursache unbekannt. Die Leute ändern ihren Charakter – die so was haben –, sagt der Arzt. Vor allem die anerzogenen Überzeugungen gehen ihnen verloren.«

Es schüttelte mich, aber es erklärte vieles. »Unter uns«, sagte ich. »Louise wurde ermordet.«

Krk lächelte nachsichtig. »Ich dachte mir schon, dass du das sagen würdest. Aber es spricht mehr für Freitod. Die vollständige Charakterkehrtwende bei Morbus Pick stört die Leute zwar selbst meistens nicht, aber rational dürfte Louise durchaus kapiert haben, was sie hatte. Sie war ja nicht blöd. Außerdem hat sie eure Zeitung völlig in den Ruin gewirtschaftet. Die Bombe wäre spätestens im Januar geplatzt, wenn der Weihnachtsfrieden des Finanzamtes endet.«

Dass er mir nicht glaubte, war mir auch recht. »Und was ist mit Gabi?«, erkundigte ich mich. »Ich erinnere mich dunkel, dass man sie erfroren im Silberwald gefunden hat. Wie kam sie dahin?«

»So ganz klar ist das noch nicht. Klar ist nur, dass der Richter am vergangenen Freitag den Haftbefehl außer Vollzug gesetzt hat. Der Sachverhalt hat sich anscheinend verändert. Gabi soll eine Aussage gemacht haben, über die mir mein Informant bei der Polizei keine Auskunft geben wollte. Jedenfalls scheint sie damit nur noch Zeugin gewesen zu sein.«

»Steht eine Verhaftung bevor?«

Krk zuckte mit den Schultern. »Weiß ich nicht. Gabi hat jedenfalls die psychiatrische Abteilung des Bürgerhospitals Samstagvormittag verlassen. Im Moment weiß die Polizei noch nicht, wo sie von dort aus hingegangen ist. Schenkt man den Aussagen ihrer Eltern und ihrer Freundin Hede Glauben, dann ist sie bei ihnen nicht aufgetaucht.«

»Aber was hat sie im Silberwald gesucht? Vom Krankenhaus aus muss sie durch die ganze Stadt gefahren sein, nur um auf den Höhen unter dem Fernsehturm zu sterben. Warum gerade dort? Hat sie sich umgebracht?«

»Das ist nicht ganz klar. Der Hund eines Spaziergängers hat sie im Unterholz etwa zehn Meter von einem der Hauptwege entfernt aufgestöbert. Sie lag auf dem Rücken.«

»Vielleicht ist sie gestolpert und hat sich den Fuß verknackst, so dass sie nicht mehr aufstehen konnte.«

»Dann hätte sie doch wohl noch um Hilfe rufen können. Außerdem hat man keine derartige Verletzung bei ihr gefunden. Man fand auch keine Spuren einer anderen Person. Allerdings ist der Boden gefroren.«

»Wenn sie direkt aus der Psychiatrie kam«, sagte ich, »dann stand sie vielleicht noch unter Drogen. Vielleicht ein Kreislaufkollaps. Aber was wollte sie im Silberwald?«

»Die Freiheit genießen«, sagte Krk.

Ich grübelte dem Wort Silberwald hinterher. In Stuttgart hießen die Wälder Bannwald, Malmstall, Maierwald, Tauschwald, Weißtannenwald, Schützenwiesenwald, Talwald, Kräherwald, Augenwald oder Haselwäldle. Sie erinnerten an mittelalterliche Sitten und Ängste. Silberwald klang nach Spinnweben, Feenzauber und Erlösung. Vielleicht hatte es Gabi darum dorthin gezogen. Doch mir kam es vor, als enthalte der Name für mich ein besonderes Signal. Silber! Da hatte es einst eine Sophie Silber gegeben, erfunden von der österreichischen Autorin Barbara Frischmuth. Wahrscheinlich fiel es mir deshalb ein, weil sich um diese Figur eine Feengeschichte rankte. Nebenbei hatten Frischmuths Figuren eine Vorliebe für weißhaarige Männer. Ich betrachtete Krks graues zerrauftes Haupthaar. Auch er war älter als ich. War nun die Vorliebe älterer Männer für junge Frauen da gewesen, bevor junge Frauen die Liebe zu älteren Männern entdeckten, oder umgekehrt? »Kennst du eigentlich Hede?«, fragte ich.

Krk schmunzelte und rieb sich das unrasierte Kinn. »Die Sappho von Stuttgart?«

Konnte es sein, dass auch er …? Hatte sie ihm den Weg zu optimaler Lust beschert? Er hatte von Professionellen gesprochen, die er für Abartigkeiten bezahlen konnte.

»Leider«, sagte Krk mit ehrlichem Augenaufschlag, »hatte ich nie das Vergnügen. Sie soll ziemlich teuer sein.«

Ich nahm mir vor, Krk über die Eskapaden meinerseits zu

belügen, auch wenn lesbisches Petting für Männer selten eine Konkurrenz darstellte. Sie reagierten eher mit Voyeurismus.

Plötzlich kam es mir: »Silber«, das Wort hatte ich in Uwes Notizbuch gelesen, dem Buch eines Voyeurs. Ich bat Krk nachzuforschen, ob meine Lederjacke, in deren Innentaschen ich Ausweis, Geld und für mein jeweils momentanes Leben wichtige Dokumente bei mir trug, irgendwo aufzutreiben war. Er fand meine Straßenkleider in einem Schrank. Die Jacke war auch dabei. Ich erklärte ihm die Sache mit dem schwarzen Buch.

Da stand die gesuchte Zeile: »Silber So * 2 Std.«

»Silberwald«, sagte ich.

»Sonntag, Datum fehlt«, sagte Krk. »Silberwald zwei Stunden. Aber was bedeutet das Sternchen?« Er grübelte über der Kritzelei. »Laukin ist ein Laden für Unterwäsche in Degerloch.«

»Ich weiß.«

»›Löw‹ könnte Löwenstraße heißen. Befindet sich auch in Degerloch. Dann hieße ›Joh‹ Johannesstraße, ›Eber‹ Eberhardstraße und ›Alb‹ vielleicht Albplatz. Auch wieder Degerloch. ›Palast‹ ist der Name eines Kinos. Und hier, ›Trau 123‹, vielleicht Traubenstraße? Aber was heißt ›Ak‹?«

»Die dümmsten Bauern und die größten Kartoffeln und so weiter«, sagte ich bissig. Ich grübelte seit Tagen und Krk entschlüsselte das Zeug auf den ersten Blick.

»Oder die Lebenserfahrung eines Vergesslichen, der sich alles aufschreiben muss«, sagte Krk. »Entscheidend ist nur, dass man sich noch erinnert, was die eigenen Abkürzungen bedeuten. Interessant, dass Uwe anscheinend keine Namen brauchte.«

»Dann beobachtete er vielleicht nur eine Person«, sagte ich. »Und wir suchen nach einer Frau, die regelmäßig gegen halb sechs mit der Linie sechs am Albplatz ankommt, die vermutlich in der Löwenstraße wohnt, bei Laukin Dessous kauft, sonntags im Silberwald spazieren geht und irgendeine Beziehung zur Traubenstraße 123 hat. Verdammt!«

»Was ist?«

»Da wohnt Hede. Beziehungsweise, da wohnte Gabi. Traubenstraße 123.«

Krk starrte auf die Zeichen. »Schau mal an, die letzte Zeile, da heißt es: ›8.12. Joh 23.00‹. Leider fehlt das Jahr. Aber es sieht so aus, als sei damit nicht das vergangene Jahr gemeint. Uwe hat das erste Datum 8.12. mit dem Zusatz 94 versehen. Also handelt es sich hier in der letzten Zeile wohl um dieses Jahr. Achter Dezember? War das nicht …« Krk stockte.

»Genau«, sagte ich. »Es war die Nacht, in der er starb.«

Krk lachte verblüfft. »Ja, wie geht das denn?! Wie konnte Uwe nach seinem Tod noch eine Eintragung machen und das Büchlein nach Hause in seinen Schreibtisch expedieren?«

Was für eine Panne! Ich suchte fieberhaft nach dem Ausweg. »Hat man eigentlich einen Hausschlüssel bei der Leiche gefunden? Ich erinnere mich nicht, dass du das erwähnt hättest, als wir uns im *Tauben Spitz* trafen. Da war die Rede von einem Draht, Kaugummi, einer Kinokarte und einem Rasierapparat. Aber vielleicht haben wir uns auch nur vorschnell von diesem Rasierer ablenken lassen.«

Krk schüttelte nachdenklich den Kopf.

»Und wenn nun«, sagte ich verzagt, »irgendjemand das Notizbuch mit Hilfe des ebenfalls bei dem Toten gefundenen Hausschlüssels in seinem Schreibtisch deponiert hätte?«

»Wozu?«

»Oder der Tote ist gar nicht Uwe«, sagte ich.

»Die Mutter hat ihren Sohn identifiziert! Sie wird ihn doch kennen. Außerdem, wo wäre dann der echte Uwe?«

»Vielleicht gibt es zwei von der Sorte. Und der mit dem Notizbuch hat den andern erschlagen und ist jetzt auf der Flucht.«

Krk legte seine Hand warm und schwer auf meine. »Ich glaube, du solltest eine Runde schlafen. Du phantasierst ja schon.«

27

Ich träumte eine wilde Geschichte von einer Vampirin, die einem blonden Burschen die Pickel auszutzelte. Der Junge schlachtete daraufhin Frauen ab. Dann sprengte jemand das Krankenhaus mit Nitroglyzerin in die Luft. Und Lastwagen transportierten die Trümmer auf den Birkenkopf, den Kriegstrümmerberg von Stuttgart, bis das Gipfelkreuz auf die Stadt fiel.

Sally brachte Schneegeruch und gebrannte Mandeln. Sie schälte sich aus einem Mantel, einer Jacke und einem Pullover und plapperte sofort los. Ungewöhnlich, dass es zu Weihnachten so kalt wurde. Senta machte die Arthrose im Hüftgelenk zu schaffen. Krk hatte Sally gestern Abend im *Tauben Spitz* Bescheid gesagt. Deshalb also habe sie mich telefonisch nicht erreicht. Dabei hatte sie sich echt Sorgen gemacht, nachdem ich Samstagnacht nicht wie versprochen um Mitternacht an der Pforte des SDR gewesen war, um sie abzuholen.

Mich kniff das schlechte Gewissen. Den Termin hatte ich über gewissen Spielchen ganz vergessen gehabt. So viel zur Freundschaft unter Freundinnen, wenn ein Mann dazwischenkam. Dabei schuldete ich Sally mehr als nur mein Leben. Sie hatte mich nach der Katastrophe mit Todt Gallions Tod aufgepäppelt. Und sie wusste, dass ich, wenn ich in einem Krankenhausbett lag, an nichts anderes dachte als daran, dass sie mich damals in den kritischen Wochen im Unklaren darüber gelassen hatten, ob Todt noch auf der Männerstation lag oder schon unter der Erde. Obgleich Sally meine Harakiri-Mentalität kannte, kam ihr nicht der Verdacht, dass ich versucht haben könnte, mich zu vergiften.

»Dir hat jemand was in den Kaffee getan«, sagte sie. »Das steht fest. Aber Barbiturate in tödlicher Menge, das merkt man. Das Zeug ist bitter.«

In dem Moment, da Sally unbefangen an der Mordtheorie

sponn, packten mich Skrupel. Ich konnte mir nicht vorstellen, dass Marie mir einfach so den Schierlingsbecher hinstellte.

»Oder war dir in letzter Zeit öfter mal schlecht?«, erkundigte sich Sally, ganz Sprechstundenhilfe. »Das könnte auch was Ernstes sein.«

Ich erinnerte mich dunkel, dass mir im Lauf der letzten Woche schon einmal schweißtreibend schwindlig gewesen war. Wann war das nur gewesen? Ein Teller Schokoladenplätzchen baute sich vor meinem inneren Auge auf. Eine Zeit lang war es Mode gewesen, Pralinen mit E 605 zu spritzen. Aber Schokoladenplätzchen mit Barbituraten mischen? Wahrscheinlich zerfiel der Stoff beim Backen.

»Nein«, log ich. Womöglich war es ja doch was Ernstes.

Dienstagmittag nabelte man mich von den Infusionsschläuchen ab und Martha kam. Krankenhausvisiten heiterten selten den Besucher auf, öfter schon den Besuchten. Aber zuweilen kamen dem Kranken andere Aufgaben zu.

Zum ersten Mal fiel mir auf, wie ähnlich Martha und Gabi sich sahen. Beide hatten sie diese eigenartig harten schwarzen Knopfaugen mit dem Rotstich, wenn sie weinten, das etwas aufgequollene Gesicht mit den breiten Backenknochen und diesen Mangel an Charme, den Gabi trotzig zelebriert hatte und Martha mit Fürsorglichkeit zu überspielen suchte. Sie hatte sicherlich nicht vorgehabt, mir ihr ganzes Unglück aufzubürden. Ein Teller bunter Gutsles duftete auf meinem Nachttisch.

»Werden Sie nur schnell wieder gesund«, sagte sie. »Wir haben alle einen Mordsschreck gekriegt. Wenn Ihr Herr Kraus nicht gewesen wäre … Er hat scheint's sofort den Notarzt verständigt. Als er selbst in der Redaktion ankam, waren Sie schon mit Blaulicht fort.«

Dann brach sie in Tränen aus. »Das habe ich doch nicht gewollt! Das habe ich alles nicht gewollt.«

»Was haben Sie denn gewollt?« Ich schob die Frage auf Samtkissen zu ihr hinüber. Aber es traf sie noch hart genug.

»Sie halten mich auch für eine Rabenmutter. Ich weiß. Nur weil ich zu Gabi gesagt habe, diese Hede kommt mir nicht ins Haus. Nicht unter meinem Dach. Ich wollte ja nur, dass sie glücklich wird. Ich hab immer gewusst, dass sie Hilfe braucht. Aber ich konnte ihr doch nicht helfen.«

»Wahrscheinlich konnte ihr niemand mehr helfen.«

»Aber Sie haben es wenigstens versucht. Ich hab's nicht mal versucht. Jetzt ist sie ja in Behandlung, hab ich gedacht. Jetzt kommt alles in Ordnung. Sie hat immer behauptet, ihr Vater habe sie … nun ja, Sie wissen schon. Und dann behauptet sie, dass sie diesen jungen Mann getötet hat. Ich verstehe das nicht. Ich verstehe es nicht. Dieser Hass. Wo hat sie ihn nur her? Wir haben ihr doch nie ein Leid getan.«

Sollte ich ihr sagen, dass Unverständnis und Misstrauen manchmal genauso schmerzten wie Schläge und Misshandlungen? Aus Gabis grobschlächtigem Äußeren konnte man nicht schließen, dass sie nicht übertrieben sensibel gewesen war. Vielleicht hatte sie die Unerklärbarkeit ihres Leidens an der Verschlossenheit ihrer Eltern in Phantasien körperlicher Misshandlungen übersetzt. Vielleicht aber war sie tatsächlich gequält worden. Wir werden es nie erfahren.

Den Hinterbliebenen nichts Schlechtes. Ich schwieg.

Martha schob den Teller Plätzchen in meine Richtung. »Aber nehmen Sie doch. Essen Sie, damit Sie wieder zu Kräften kommen. Sind alles beste Zutaten. Butter. Mandeln. Kakao«, sagte sie unter Restschluchzen.

»Was tun Sie da nur immer rein, dass die so verteufelt gut schmecken?«, fragte ich und griff nach einer Bärentatze.

»An die Zimtsterne tue ich immer ein bisschen Muskatnuss. Und ich nehme echte Bourbonvanille. Und bei den Makronen ein bisschen Safran und Bittermandel natürlich. Und in die

Bärentatzen muss etwas Kaffeepulver. So hat jedes sein Geheimnis. Gabi konnte übrigens gut kochen. Sie hatte das Gefühl dafür.« Die Tränen tropften wieder.

Frauen morden besser. Gabi hatte es gewusst. Frauen waren seit jeher Alchimistinnen. Mit der Chemie der Nahrungsmittel machten sie sich die Männer untertan. Bittermandeln, Safran, Muskatnuss, Koffein, alles Drogen und in höherer Dosierung Gifte. Hatte Martha irgendwann die Grenze überschritten? Ein bisschen Arsen im Zucker. Ein paar Barbiturate im Kaffee. Ich an ihrer Stelle hätte allerdings zuerst den Gatten umgebracht. Aber er kränkelte ja auch schon seit Jahren. Vielleicht war es bald so weit, dass sie ihn begraben konnte.

Es war am besten, wenn er an einem Sonntag verendete. Am Rande registrierte ich, wie Martha sich verabschiedete. Kränkelnde Anverwandte beförderte man am besten sonntags ins Jenseits, wenn der Hausarzt nicht greifbar war und ein Notarzt auf dem Schein sein Kreuzchen bei »natürlicher Tod« machte, nachdem er den Blick über die Batterie von Herz- und Schmerzmitteln auf dem Nachttisch hatte schweifen lassen.

Man musste Marthas Weihnachtsgebäck chemisch untersuchen lassen. Wer machte mir das?

Herzkranke brachte man überhaupt am besten mit Herzmitteln um. War auf der Pressekonferenz zu Louises Tod nicht von Angina pectoris die Rede gewesen? In ihrem Schreibtisch war ich doch auch auf die Nitrolingualkapseln gestoßen. Nitroglycerin war nicht nur ein leicht explodierendes Sprengöl, sondern auch eine giftige, farblose und geruchlose Flüssigkeit, die man wegen der erweiternden Wirkung auf verkalkte Herzkranzgefäße bei schmerzhaftem Sauerstoffmangel des Herzens einsetzte. Dann allerdings in einer Variante, die nicht explodierte. Ein bisschen zu viel, und die heilende Wirkung kippte ins Gegenteil um, der Kreislauf des Patienten spielte verrückt und kollabierte.

Ich musste hier raus. Gelbe Vorhänge, ockerfarbene Wände mit Nolde-Aquarellen, Infusionsflaschen, Weißwäsche und Nasszellen knackten mein seelisches Gerüst an den Sollbruchstellen, die da hießen: Angst, Hass und Misstrauen. Wahrscheinlich lag es daran, dass ich zu viel Zeit zum Nachdenken hatte.

Meine Nobelkrankenversicherung hatte mir selbstverständlich ein Einzelzimmer im Katharinenhospital beschert. So hielt mich niemand auf, als ich mich anzog, Marthas Plätzchen in eine Serviette einschlug, sie in meine Jackentasche stopfte und mich davonstahl.

Auf der Freitreppe zur Kriegsbergstraße kam mir Krk entgegen. Er war soeben einem Taxi entstiegen, das sich hinten an der Schlange anstellte. Die Luft war so kalt, dass es mir den Atem verschlug. Die beiden Universitätshochhäuser im grauen Himmel schaukelten etwas.

Krk packte mich am Ellbogen und sagte: »Du siehst aus wie ausgerissen.«

»Wenn du mich ins Krankenhaus zurückschleifst, werde ich dir und der Welt entsagen«, drohte ich.

Krk lächelte versonnen. »Auf deine Verantwortung.«

»Es wird dir auch nicht gelingen, Verantwortung für mich zu übernehmen, auch wenn es das Einzige ist, womit Männer selten geizen.«

Krk hüstelte. Was nun? Ich musterte die Taxis und dachte an die Zukunft. Krk hüstelte noch mal. »Übrigens: Susanne Schäufele hat Uwe identifiziert. Er war es tatsächlich, der sie in Rohr angegriffen hat. Und noch was: Die Vermisste aus Botnang ist aufgetaucht. Du erinnerst dich: Vor zwei Jahren hörten Anwohner Geschrei. Opfer und Täter wurden nie gefunden. Jetzt hat sie sich gemeldet. Sie hat in der Samstagsausgabe das Foto von Uwe wiedererkannt. Sie hat der Polizei erzählt, Uwe habe sie mit einem Messer bedroht. Du hattest also immer Recht.«

»Du auch, denn Uwe war offensichtlich ein Stümper. Leider nützt es Gabi nun nichts mehr.«

Krk blickte die Krankenhausfassade hinauf. »Leider. Und leider werden wir nie wissen, ob die Leiche in Herrenberg auf Uwes Konto geht. Und solange wir die Leiche von Magdalena aus Böblingen nicht finden ... Übrigens hat Gabi ihre anfängliche Selbstbeschuldigung widerrufen. Deshalb hat man sie laufen lassen. Ich hatte gestern ein Gespräch mit der ermittelnden Staatsanwältin Meisner. Eine nette und sehr attraktive Frau.«

Ich hüstelte.

»Jedenfalls hat Gabi ihr Geständnis im Beisein eines Psychologen in eine Zeugenaussage umgewandelt. Demnach stieß sie an der Baustelle am U-Bahn-Schacht auf einen leblosen Körper und rastete aus. Sie glaubte, sie habe ihn umgebracht. Erst das Gespräch mit dem Psychologen hat die Erinnerung an die Wahrheit wieder zum Vorschein gebracht. Einen anderen will sie am Tatort nicht wahrgenommen haben. In Anbetracht der besonderen psychischen Situation Gabis wollte die Staatsanwältin sogar auf eine Klage wegen unterlassener Hilfeleistung verzichten.«

»Was hat denn die Staatsanwältin veranlasst, Gabi das zu glauben?«

»Letztlich wohl das psychologische Gutachten. Außerdem hat man an Gabis Kleidern keine Blutspuren gefunden, auch keinen Staub von der Baustelle und keine Partikel von dem für den Schlag verwendeten Stein. Gabis Handinnenfläche wies auch nicht die kleinen Hautabschürfungen auf, die der Umgang mit einem schweren Backstein meist hinterlässt.«

»Warum denn nicht gleich?«

Krk zog die Schultern hoch.

»Gabi hat gesehen, wer Uwe erschlagen hat«, behauptete ich. »Sie hat ihn oder sie gedeckt. Noch so ein fataler Irrtum.«

Krk schlug den Mantelkragen hoch. »Ehrlich gesagt, mir reicht's. Ich habe keine Lust mehr, mich zu fragen, woher Gabis Mörderin oder Mörder bereits am Samstag gewusst haben konnte, dass Gabi ihr Geständnis widerrufen hat und damit als Zeugin gefährlich werden konnte.«

»Von Karin Beltz«, sagte ich. »Von Gabis Anwältin. Die war sicherlich dabei. Übrigens auch eine attraktive Frau.«

Krk lächelte etwas.

Ich hakte mich bei ihm unter. »Komm. Wir machen einen Besuch.«

Krk zögerte. Ein trüber Nachmittag wandte sich dem Abend zu. Es waren eigenartig feierliche Leute unterwegs. Leute mit Chiffonkleidern unter Pelzmänteln und schwarzen Anzughosen über Lackschuhen. In den Limousinen, die wie orientierungslos über die Abbiegespuren der Kriegsbergstraße schipperten, saßen ganze Familien, auf den Rücksitzen aufgeregte Kinder mit Rüschenkrägelchen und weißen Hemden, die mit rosigen Händchen winkten und gestikulierten.

»Sag mal«, fragte ich, »was ist heute eigentlich los?«

»Es ist Heiligabend.«

»Ah, darum.«

Wir bestiegen eines der Taxis vor dem Krankenhaus. Zur Russischen Kirche und beim Gebrauchtwagenhändler hinab in die Traubenstraße waren es nur ein paar Minuten. Die gelblichen Sandsteinhäuser standen still und bürgerlich an den Fußwegen. Kein türkischer Gemüsekram, kein Dritte-Welt-Laden und keine Silberschmiede störte mehr die steinerne Würde der Straße. Ein junges Paar mit Kindern ging um die Ecke zur Oma. Eine kleine Alte trug ihre Tüten und Taschen zu den Kindern.

Auch Hede – so stand zu befürchten – hatte vermutlich eine Mutter, zu der sie gefahren war. Ich klingelte trotzdem. Der Summer summte. Als sie mich und dann Krk das Treppenhaus heraufkommen sah, hätte sie am liebsten die Tür gleich wieder zugemacht.

»Ich habe keine Zeit. Ich muss zu meiner Mutter.«

»Ich auch«, sagte ich. »Dürfen wir?« Ich zog den Serviettenbeutel mit Marthas Weihnachtskeksen hervor. »Ich habe dir auch etwas mitgebracht.«

»Ach Gott.« Hede blickte Krk irritiert an. Sie kannte ihn offensichtlich nicht.

Er gab sich Mühe, sie nicht so anzusehen, wie er sie hätte ansehen müssen, wenn er auf attraktive Staatsanwältinnen reagierte. Hede trug ein frappierend züchtiges Kostüm von rehbrauner Farbe mit einem gerade eben noch in den Grenzen des Geschmacks bleibenden zarten Pelzbesatz an Revers und Ärmeln.

»Dein Alibi ist falsch«, eröffnete ich.

Hede blickte Krk an. In brenzligen Situationen hielt frau sich am besten an Männer. Auch in Beamtenstuben waren Männer stets zugänglicher als die weiblichen Drachen.

»Welches Alibi, wenn ich fragen darf?«, fragte sie. Ironie war ein gutes Mittel, an die männliche Abneigung gegen weibliches Gezerfe zu appellieren. Hede war sich sicher, dass sie Krks Sympathie gewinnen würde.

»Du hast behauptet«, erklärte ich, »Sonntagnacht, als Uwe starb, sei Louise bei dir gewesen. Aber da wurde sie gerade umgebracht.«

»Hör mal, meine Liebe, ich habe jetzt keine Zeit für Räuber und Gendarm.«

Krk runzelte die Stirn.

Hede besann sich. »Ich wüsste nicht, was dich das angeht, mit wem ich meine Abende verbringe. Du glaubst doch nicht im Ernst, dass ich diesen Uwe umgebracht habe. Wozu?«

»Weil er Gabis Freund war.«

»Dass ich nicht lache.«

»Würdest du auch noch lachen, wenn ich beweisen könnte, dass er Gabis Freund war?«

»Kannst du denn?«

»Nein.« Mir fiel Uwes Schwarzbuch ein. Vielleicht konnte ich es ja doch. Ich zog das Buch. Zwei oder drei Mal Johannesstraße, oder noch besser, Johanneskirche. Einmal Silberwald. Einmal Traubenstraße 123. Dann Palast und anschließend wieder Johanneskirche. Gabis Lebensbereich. Und dann – das war die Lösung des Rätsels – am 8. Dezember Johanneskirche um 23 Uhr. Genau zu der Zeit hatte Gabi auf die Uhr geschaut und das Sarah verlassen. Uwe hatte sich den Termin notiert und zwar als Verabredung im Voraus, als Date.

Die Fragen, was Gabi in Degerloch gesucht hatte, warum sie ihre Unterwäsche bei Laukin kaufte und welche Beziehung sie zur Löwenstraße hatte, mal hintangestellt. Um in den Silberwald zu kommen, fuhr man nicht mit der Linie 6 bis Albplatz.

Ich schwenkte das Büchlein. »Das ist Uwes Notizbuch, und es enthält Verabredungen mit Gabi.«

Krk zog die Brauen hoch.

»Na und«, sagte Hede. »Was geht mich das an. Gabi war ein freier Mensch.«

»Aber zum Lachen ist das nicht«, beharrte ich. »Als Gabi am Samstag freikam, war sie praktisch tot. Und zwar deshalb, weil ihr jemand die Freundschaft mit Uwe übel nahm.«

»Mein Gott, er war ein Killer«, sagte Hede.

»Woher weißt du das?«

Krk entzog ihr seinen Blick und schaute mich an.

»Ja, woher?«, wiederholte ich. »Wer hat dir das gesagt? Und wann?«

Hedes Augen rutschten ratlos über die Neonblitze an der schwarzen Flurwand. »Du hast doch immer ...«

Ich schüttelte den Kopf. »Nicht dir gegenüber.«

Hede wich zurück. »Ich lasse mich von dir nicht in die Enge treiben. Außerdem muss ich jetzt wirklich los.«

»Wer wusste, dass Uwe ein Killer war? Wer hat es dir erzählt? Marie?«

»Wieso Marie?« Es klang ehrlich verblüfft.

»Gabi selbst?«

»Nein.«

»Wer dann? Louise?«

Hede schüttelte den Kopf.

»Von Anfang an«, sagte ich, »habe ich in diese Richtung recherchiert. Marie wusste das. Und Martha, Gabis Mutter. Aber beweisen kann die Polizei es erst jetzt. Uwes Mörderin wusste jedoch schon vorher, was er für einer war. Aber Gabi wusste es nicht. Ich würde es verstehen, wenn du sie vor ihrem unausweichlichen Schicksal hast bewahren wollen. Leider ist auch die Hinrichtung eines Sexualmörders Mord. Und das weißt du. Darüber könnte man vielleicht hinwegsehen, wenn nicht auch Louise und Gabi hätten sterben müssen. Louise, weil sie dir ein Alibi stellen musste, und Gabi, weil sie letztlich eben doch drauf gekommen ist, wer Uwe erschlagen hat, und weil sie dir nicht glaubte, was Uwe für einer war. Denn sie war sein Kumpel, sein Freund. Sie war niemals in Gefahr.«

Krk schüttelte sacht den Kopf. Er war geradezu aufreizend unparteiisch.

»Jetzt wirst du unlogisch«, bemerkte Hede. »Hast du nicht vorhin erst behauptet, Louise sei Sonntag schon tot gewesen?«

»Aha. Endlich sind wir so weit. Du hast gelogen. Wozu brauchtest du für Sonntagabend ein Alibi, und zwar so dringend, dass du dir mit einer Toten behelfen musstest?«

»Meine Liebe«, sagte Hede süffisant, »hast du denn wirklich geglaubt, ich würde dir die wahren Namen meiner Kundschaft nennen?«

Der Unparteiische feixte.

»Du hast mir empfohlen, Louise zu fragen, ob sie dein Alibi bestätigen könnte. Ein hohes Risiko. Oder du wusstest, dass sie tot war und nichts mehr bestätigen oder abstreiten würde.«

»Absurd. Dann müsste ich sie ja umgebracht haben.«

»Voilà.«

Hede blickte Krk an und sagte zu ihm: »Übrigens, Martha hat mir gesagt, dass Uwe ein Triebtäter ist. Sie war am Wochenende hier. Sie wollte Gabis Zimmer sehen. Sie müssen es ja nun ausräumen.«

»Das war's, was ich wissen wollte«, sagte ich kurzerhand und zupfte Krk zur Tür.

Er drehte sich noch mal um. »Entschuldigen Sie die Störung und frohes Fest.«

»Danke«, sagte Hede mit schwingender Stimme.

Ich stieß Krk die Treppe hinunter. Er krallte sich ins Geländer und blickte vorwurfsvoll. Man musste auch verlieren können, nicht wahr?

28

Die Glocken der Kirchen schwangen sich auf Heiligabend ein. Vor dem Königsbau funkelte die riesige Tanne einsam, wo gestern noch die Buden, Karussells, Bimmelbahnen und Weihnachtsmänner des Weihnachtsmarkts gestanden hatten. Auf der Kuppel des Kunstvereins röhrte der goldene Hirsch in den Nachthimmel. Das Neue Schloss erstrahlte in verlassenem Glanz. Auf dem Markt unter dem Schillerdenkmal waren die Weihnachtsmarktbuden abgebaut. An der Stiftskirche hielten sich ein paar Besoffene und Ausgestoßene noch aufrecht. Nichts ist so alt wie Lichtergirlanden in Ladenpassagen und die

Weihnachtsmänner in Schaufenstern, wenn alles ausverkauft ist und die Familien in den Wohngebieten die Geschenke auspacken.

»Übrigens«, sagte Krk, »ich habe mich erkundigt. Dieses Notizbuch von Uwe wurde der Mutter zusammen mit den anderen privaten Gegenständen, den Kleidern und der Leiche überstellt. Uwe hatte es also in seiner Todesnacht bei sich.«

»Fleißig. Du hättest mir wohl gern auch noch den Mörder präsentiert.«

Krk schmunzelte.

Durch die Eberhardstraße rollte ein Polizeiwagen. In den Fenstern der Redaktion der *Amazone* im ersten Stock über dem Juwelier spiegelten sich nur die Lichter der Festbeleuchtung vom Schwabenzentrum gegenüber. Krk war etwas aufgeregt, als wir die Redaktion betraten. Als die Lichter aufflammten, sah er aus wie ein Kind, das an der Hand der Mutter endlich das geschmückte Festzimmer betreten darf.

»Immerhin«, stellte er fest, »arbeitet ihr auch schon mit Computer.«

»Genannt: die Pute«, sagte ich und warf das Teil auf Marthas Schreibtisch an. Ein paar Telefonbücher lagen im zuständigen Regalfach, aber die CD-ROM fehlte. (Damals ging man nicht einfach ins Internet, wenn man Telefonnummern suchte.) Ich musste den Brieföffner einsetzen, um in Marthas Schreibtisch zu kommen und die Scheibe zu finden.

»Karola ist unsere Computerspezialistin«, erläuterte ich dem interessiert schauenden Journalisten. »Sie hat uns, ich weiß nicht, woher, die CD-ROM mit den gesamtdeutschen Telefondaten besorgt. Jetzt geben wir da den Namen Frank Baumann ein – du erinnerst dich, Magdalenas damaliger Freund – und schon haben wir hier tausend Baumanns und hundert Franks. Nein, es sind nur fünf und nur einer in … sieh an: Tübingen. Und nun rufen wir da mal an.«

Krk sah nicht aus, als werde er anrufen. Ich überließ ihm den Platz am Computer zum Spielen, schwenkte den Arm mit dem Telefon zum Platz gegenüber und ließ es in Tübingen klingeln.

»Baumann«, meldete sich eine Frau. Im Hintergrund Weihnachtsmusik.

»Ich bitte vielmals um Entschuldigung, dass ich Sie störe«, sagte ich. »Wäre wohl Ihr Mann einen Moment zu sprechen?«

»Ich glaube kaum«, sagte sie überraschend schnippisch. »Wer sind Sie denn?«

»Seine Geliebte«, sagte ich böse.

Krk blickte auf.

Es krachte im Hörer. Aber die Weihnachtslieder blieben. Dann hörte ich: »Baumann?«

»Lisa Nerz«, sagte ich. »Ich recherchiere im Fall Magdalena Titten.«

Ich hörte ein Ächzen. »Hätte das nicht bis morgen Zeit gehabt? Jahrelang tut sich nichts. Und nun ist es auf einmal so eilig? Habt ihr bei der Polizei endlich eine Spur?«

»Wir haben vor allem den Täter«, sagte ich. »Falls Sie das tröstet.«

»Dann ist sie also …«

»Ich fürchte, ja. Da der mutmaßliche Täter nicht mehr am Leben ist …«

»Wer ist es denn?«

»Ihr damaliger Nachbar, Uwe Häberle, jedenfalls mit an Sicherheit grenzender Wahrscheinlichkeit.«

Der Mann schnaufte.

»Und da er vor zwei Wochen ermordet wurde, wende ich mich an Sie, um das, was wir über den Tathergang wissen, mit Ihnen abzugleichen. Wir gehen davon aus, dass Uwe Ihre Freundin in Ihrer gemeinsamen Wohnung aufgesucht und dort zumindest wehrlos gemacht hat.«

»Oh nein.« Baumann keuchte. Wahrscheinlich schluchzte er. »Das darf doch nicht wahr sein! Magdalena mochte diesen Uwe. Sie hat sich seiner richtig angenommen. Ich habe ihr immer gesagt, sie soll Geld verlangen für ihren juristischen Beistand, damit die Leute das auch zu schätzen wissen. Aber sie sagte, für sie sei es eine gute Übung. Wissen Sie, diese Alte, diese Frau Häberle – ein egoistisches und dummes Biest, wenn Sie mich fragen – hatte Probleme mit ihrem Arbeitsplatz. Sie kam immer zu spät und dann besoffen und so. Aber Magdalena hat ein paar geharnischte, mit juristischen Fachausdrücken gespickte Briefe an den Arbeitgeber geschrieben. Dann haben die der Alten eine Entziehungskur spendiert. Aber das wissen Sie vermutlich alles. Mein Gott! Wenn ich mir überlege, wie dieser Uwe … Nein, das kann ich nicht glauben. Ich habe immer gedacht, dem sei es noch mehr an die Nieren gegangen als mir, dass Magda plötzlich verschwunden ist. Mein Gott, ermordet! Im Grunde habe ich immer gedacht, sie sei einfach durchgebrannt. Verstehen Sie, wir hatten da ein paar Probleme miteinander. Sie war immer so … Aber was erzähle ich Ihnen das alles?«

»Sie hat in Tübingen studiert, nicht wahr?«

»Ja, aber das wissen Sie doch. Oder sind Sie gar nicht von der Polizei?«

»Ich bin Journalistin, ich –«

»Scheiße!« Damit war die Leitung tot.

»Guck mal«, sagte Krk, als ich auflegte. »Marie wohnt in der Löwenstraße in Degerloch.«

Soso. Helgas Geschrei fiel mir ein, ihre Vorwürfe an Marie, sie in ihrer Erbschaftsvilla in Degerloch wisse ja nicht, wie sich die Türkinnen in ihren Wohnungen pferchten.

»Verstehst du?«, sagte Krk. »Uwes Schwarzbuch. Ich nehme doch an, ihr macht hier um fünf Schluss. Dann kommt Marie um kurz nach halb sechs mit der 6 am Albplatz an. Ein Einkauf bei Laukin und dann heim in die Löwenstraße. Sonntags ein Spaziergang im Silberwald. Uwe ist Marie hinterhergestiegen.«

»Und die Johannestraße oder -kirche? Die Traubenstraße. Das war Gabis Gegend. Es wäre ein zu absonderlicher Zufall, dass Uwe sowohl Gabi als auch Marie observiert hätte.«

»Es war Marie«, beharrte Krk überraschend lebhaft. »Marie, Marie.«

»Der Mörder ist immer der Gärtner«, sagte ich.

Krk forderte das Schwarzbuch an. »Schau her. Du hast gesagt, die Eintragungen wären Termine, also Daten, zu denen Uwe vorhatte, jemanden zu treffen. Aber wieso steht dann hier hinter der ersten Eintragung die Jahreszahl 94? Niemand fügt einer Verabredung eine Jahreszahl hinzu. Nein, ich glaube immer noch, dass das Ganze das Protokoll von Beobachtungen ist.«

»Nur dass Uwe definitiv nicht sein Sterbedatum protokollieren konnte.«

»Vermutlich war er doch nicht gleich tot«, sagte Krk.

Ich lachte. »Mein lieber Junge, deiner männlichen Logik setzt die Aura der *Amazone* aber ordentlich zu. Als ob Uwe nichts Wichtigeres zu tun gehabt hätte, als die Liste seiner Observationen fortzuführen, bevor er krepierte. Zumindest hätte er dann ruhig den Namen seiner Mörderin hinschreiben können, nicht?«

»Lisa, du glaubst doch auch, dass es Marie war?«, sagte er leise.

»Von Anfang an«, antwortete ich.

Krk musterte mich skeptisch. Langsam zog er sich den Mantel aus und zündete sich eine Zigarette an. Ich holte meine Flasche Calvados aus der Küche und zwei Gläser.

»Es ist nur so«, sagte ich und goss ein, »dass nichts zusammenpasst. Freilich, Marie hat Telefongespräche mit Louise erfunden. Sie hat einen Kommentar fingiert und ihn von Louises Haus auf der Schwäbischen Alb gefaxt. Kriminelle Energie besitzt sie also durchaus. Sie ist ehrgeizig, verschlossen und willenstark. Und wenn es nur um Louises Tod ginge, dann würde ich durchaus einräumen: Okay, sie hat sie umgebracht. Sie wollte die Zeitung retten. Sie wollte Chefin werden. Überdies hat Louise Marie bis aufs Blut gedemütigt, indem sie sie zu Hede schickte und hinterher das Interview zerpflückte.«

»Hast du dieses Interview?«

Ich deutete vage in die Runde. »Ich suche es seit Tagen.«

Krk kippte seinen Calvados. »Na denn. Wir haben die ganze Nacht.«

Ich fuhr ihm schnell durch den grauen Schopf. Er schnappte meine Hand, aber ich krallte meine Finger in seine Haare. Seine Augen bekamen wieder diesen gehetzten Ausdruck. »Nicht hier«, knurrte er. »Lisa, hör auf. Ich will nicht.«

Moderne Schreibtischstühle waren eine wunderbare Sache, um jemanden außer Gefecht zu setzen. Sie rollten weg, wenn der andere aufspringen wollte. Sie wippten rückwärts, wenn er sich gegen den Angriff stemmte. Und schließlich verhakten sich die Rollen in den Regalecken, und das Opfer konnte sich nicht einmal dadurch retten, dass es mitsamt dem Stuhl umkippte. Krk hatte alle Hände voll damit zu tun, meine Hände festzuhalten, und so konnte er es nicht verhindern, dass ich seine mit Calvados gewürzten Lippen einfing. Ich überlegte gerade, ob ihn ein anständiger Würgegriff bändigen würde, da klingelte es.

Und es klopfte gleich darauf energisch an der Redaktionstür. »Aufmachen, Polizei!«

Es waren zwei junge Beamte in grünen Hosen und schwarzen Lederjacken. Die Pistolen baumelten an den Hüften. Ihre Kinderaugen flitzten durch das Sekretariat und blieben an Krk hängen, der sich wieder in eine ordentliche, männliche Position aufgerappelt hatte.

»Ist alles in Ordnung?«

»Ja, völlig.«

Vielleicht klang ich zu beschwipst. Jedenfalls wollten die Beamten meinen Personalausweis sehen und machten keine Miene, mir zu glauben, dass ich hier arbeitete.

»Rufen Sie Marie Trittan an«, sagte ich. »Sie wird Ihnen bestätigen, dass ich ein Mitglied dieser Redaktion bin. Außerdem habe ich einen Schlüssel.«

Das Argument überzeugte die beiden wohl. Wenn sie sich auch nur zögerlich und ohne Entschuldigung abwandten, so gingen sie doch endlich unter dem Hinweis darauf, dass sie von unten Licht gesehen hätten und man ja nie wissen könne.

Danach machten Krk und ich uns daran, Louises und Maries Büros zu durchwühlen. Ich schickte ihn in Maries Zimmer. Er war ein ordentlicher Mensch und würde Maries Ordnung achten und wiederherstellen. Außerdem erhoffte ich mir einen Fund eher in Louises Zimmer. Ich zog einen Ordner nach dem anderen aus den unteren Reihen der Regale. Ich blätterte mich durch Verträge, Abrechnungen, Briefwechsel und die Ablage von Louises eigenen Manuskripten.

Kleine weiße Schneeflocken krisselten gegen die Fensterscheiben. Als ich gegen acht hinausschaute, trugen die klobigen schwarzen Gegenstände der Nacht bereits weiße Hütchen und Deckchen.

In einem von Louises Ordnern, in denen sie ihre Artikel für andere Zeitungen und Zeitschriften abgeheftet hatte, sprang mir plötzlich das Wort »Masochist« in die Augen. Es gab doch kein Thema, dessen Louise sich nicht angenommen hatte. Der Text umfasste dreißig Seiten. Ich überflog ihn.

»Warum lassen sich Männer von Frauen schlagen? Eine amerikanische Studie besagt, dass Gewalt in Beziehungen immer eine Machtfrage ist. Je größer das Machtgefälle zwischen den

Partnern, desto größer ist die Wahrscheinlichkeit, dass es zur Gewalt kommt. Auffällig ist jedoch, dass in den meisten Fällen nicht etwa der Teil schlägt, der objektiv, also auch außerhalb der Beziehung, überlegen ist, sondern genau umgekehrt. Frauen, die zuschlagen, sind in ihren Liebesbeziehungen meist sozioökonomisch unterlegen; sie haben eine mindere gesellschaftliche Stellung, sind schlechter ausgebildet und verdienen weniger Geld.«

Dann hätte meine Mutter meinen Vater prügeln müssen, nicht mich.

»Diese objektive Unterlegenheit wird dann subjektiv durch Dominanz in der privaten Beziehung ausgeglichen. Die geschlagenen Männer sind oft solche, die sich verstärkt im Haushalt engagieren. Selbst wenn der Mann draußen seinen männlichen Part spielt, Karriere macht und mehr verdient, kann er drinnen den weiblichen Part übernehmen und in erster Linie für das Haus- und Gefühlsleben zuständig sein.«

Es waren eben doch immer die Frauen, die geschlagen wurden.

»Wir gehen davon aus, dass die postmoderne Erotisierung der Macht bereits zu mehr Gewalt vonseiten der Frauen geführt hat und führen wird; nämlich zur eindeutig sexualisierten Gewalt, zum Sadomasochismus. Denn SM ist eine Gewalt, die heteropatriarchale, rassistische und faschistische Oben-Unten-Strukturen zum erotischen Kult erhebt.«

Wo um Himmels willen hatte Louise das veröffentlicht? Ich suchte nach einem Hinweis, der auf den anderen Artikeln nicht fehlte. Dabei kam ich zum Fall K.

»K., 41 Jahre, geschieden, kinderlos, lebte acht Jahre mit einer Frau zusammen, die ihn misshandelte. ›Natürlich habe ich mir überlegt, sie zu verlassen. Einmal, als ich wegwollte, hieb Katja mir ein Bierglas auf den Handrücken. Die Scherben durchtrennten eine Sehne, und es dauerte ziemlich lange, bis die Verletzung geheilt war. Natürlich tat es ihr leid. Und sie war sehr lieb zu mir. Dann gab es wieder Spannungen. Das Schlimme: Ich sehnte mir die Explosion herbei. Ich provozierte sie, bis sie wieder zuschlug. So fühlte ich mich immer schuldig. Als ich dann mit ihr reden wollte, weil es nicht mehr so weitergehen konnte, weinte sie und drohte mit Selbstmord. Aber es wurde immer schlimmer. Ich konnte keine Kollegen mit nach Hause bringen. Freundschaften duldete sie nicht. Als ich zum Lehrerausflug mitwollte, drohte sie, mich bei den Kollegen als Masochisten anzuschwärzen. Ich erwog sogar, den Schuldienst zu quittieren und nur noch den Haushalt zu machen, in der Hoffnung, es werde besser. Sie schlug bei jeder Gelegenheit. Vor allem beim Sex. Wenn ich nicht spurte und sie nicht zum Höhepunkt kam, dann schlug und trat sie noch mehr. Schließlich flüchtete ich in den Alkohol. Das gab ihr noch mehr Kontrolle über mich. Sie nahm mir alles Geld ab. Ich durfte nicht mehr alleine einkaufen gehen.‹«

Ich stellte den Ordner ins Regal zurück und hoffte, er werde in der Reihe der anderen für immer verschwinden. Noch lieber hätte ich das Büro einfach abgebrannt.

Krk kam herübergeschlendert. Er suchte Zigaretten. Als er die Hand nach meiner Schachtel ausstreckte, griff ich danach, diesmal langsam. Und siehe da, er überließ mir ohne weiteren Protest das behaarte Gebilde aus Knochen, Muskeln, Adern und Sehnen. Die kleine Narbe an der Handwurzel war mir früher schon einmal aufgefallen.

»Das Bierglas«, sagte ich.

Er riss die Hand an sich.

»Wie bist du sie losgeworden?«

Krk wich zurück. »Sie hat … sie hat das getan, was man einen erweiterten Selbstmord nennt und was üblicherweise Männer tun.« Er schaute mich an. »Nein, kein Messer, keine Pistole, keine Axt, sondern Gift. Ich habe überlebt.«

Er hatte mehrmals versucht, mir zu erklären, dass er mit mir etwas tat, was er nicht für in Ordnung hielt. Ich hatte es für ein Spiel gehalten. Wie hätte ich aber auch annehmen sollen, dass ein erwachsener Mann dem perversen Glauben anhing, er könne die Liebe einer Frau – meine Liebe – nur dadurch gewinnen und halten, dass er sich misshandeln ließ?

Ich raufte mir die Haare. »Ich bin überfordert.«

Krk lächelte etwas. »Das gibt sich wieder.«

»Wie konntest du das Louise erzählen?«

Er grinste. »Es ist doch eine richtig gute böse Geschichte, so eine Backlash-Story für den Frauenfeind in der Feministin. Louise hat sie auch nie veröffentlicht. Sie passte in kein Schema.«

»Aber wenn sie sie im SPIEGEL untergebracht hätte, wäre es für dich eine ziemlich böse Geschichte geworden. Irgendjemand hätte dich sicher identifiziert. Im besten Fall hätten deine Kollegen sich das Maul nur hinter deinem Rücken zerfetzt, aber der eine oder andere hätte dir auch auf die Schulter geklopft und gesagt: Recht so, dass Sie das Weib vergiftet haben.«

»Louise hat mir versprochen, die Geschichte vollständig zu anonymisieren.«

»Wie habt ihr euch denn kennen gelernt?«

»Bei den anonymen Alkoholikern.«

Da meine Haare schon zerrauft waren, ging ich die Flasche Calvados suchen. Krk kam mir hinterher.

»Ehrlich gesagt«, sagte er, »ich habe nie so recht verstanden, wie eure Louise Peters zu dem Ruf gekommen ist, eine knallharte Emanze zu sein. Sie kam mir mit so viel Verständnis entgegen. Sie betreibt gar nicht die Schwarz-Weiß-Malerei, die die Männerpresse ihr immer vorwirft. Ja, ich habe selten Männer so hart, so scharf, so erbarmungslos über Frauen reden gehört.«

»Dein Vertrauen in allen Ehren«, sagte ich, »aber wenn sie es für opportun gehalten hätte, dann hätte sie deine Geschichte mit vollem Namen veröffentlicht.«

»Dann hätte ich durchaus auch einiges zu veröffentlichen gehabt.«

»Ah. Was denn?«

»Zum Beispiel, dass sie heiraten wollte, und zwar –«

»Doch nicht etwa dich?« Ich lachte hemmungslos.

Krk stand regungslos am Tisch, die Augen gesenkt.

Ich konzentrierte mich auf den Calvados. »Louise hat dich reingelegt, fürchte ich. Sie war ein Aas. Für sie waren wir keine Menschen, sondern Beispiele. Sie hatte so eine mütterliche Art zuzuhören, dass man sich um Kopf und Kragen quatschte. Du hast der Falschen vertraut.«

Krk griff nach dem Glas. Ich zog es einen Zentimeter aus seiner Reichweite. »Vorsicht!«

In seinen Augenwinkeln entstanden schwierige Falten. Er nahm das Glas und kippte den Calvados. Dann schaute er mit glänzenden Augen auf mich herab. »Verstehe«, sagte er harsch. »Du meinst, so einer wie ich macht sich immer lächerlich. Willst du wirklich, dass ich dir alles erzähle, bis zum bitteren Ende? Was macht dich so sicher, dass du es überlebst? Nicht von ungefähr taucht im Zusammenhang mit dem Wort Masochist immer auch das Wort Sadist auf. Ich kenne die Gewalt. Ich bin die Gewalt. Es stimmt, Louise hat mir meine Geschichte entlockt, um sie für ihre Theorie der Macht zu missbrauchen. Aber die Theorie ist grundfalsch. Louise behauptet, ich hätte den weiblichen Part übernommen. Wenn das so ist, dann steht für mich fest, wer wirklich die Macht hat. Ich weiß, wie man als Geschlagener und Säufer den Partner fesselt, terrorisiert, demontiert, in den Selbstmord treibt. Ich habe jeden Schlag kommen sehen. Ich habe ihn provoziert. Warum verlassen geprügelte Frauen ihre Männer nicht? Aus demselben Grund, warum ich meine

Frau nicht verlassen habe. Weil ich dazu da war, das Böse im Menschen zum Vorschein zu bringen und seine Schuld zu zementieren.«

»Irrtum, Krk. Frauen denken nicht an Macht, wenn sie leiden. Deine Männermachtphantasien machen dich zum Henker, Krk!«

»Und du, meine liebe Lisa, willst mich jetzt besoffen machen, damit ich dir drei Morde gestehe. Das würde dir gefallen, was? Aber was dann? Was machst du dann mit mir?« Er blickte mich nachdenklich an. »Ja, es war eine der leichteren Übungen, zu Louise in die Wohnung zu kommen, sie mit einem Gläschen Schnaps und K.-o.-Tropfen wehrlos zu machen und sie dann mit Barbituraten abzufüllen.«

»Womit genau?«

»Mit Rohypnol. Das wirkt mit Alkohol sehr rasch. Aber sei so nett, Lisa, und unterbrich mich nicht. Bei Gabi war es schon etwas schwieriger. Sie trinkt keinen Alkohol. Und ich wollte nicht, dass sie mir in einem Café oder Restaurant beim Kaffee umkippte. Und wer geht schon im Winter in den Wald, um zu essen. Aber damit ging es dann.«

Krk zog eine halbe Hand voll seiner Vitamin-C-Bonbons aus der Jackentasche, die innen den Kern von Flüssigkeit hatten. »Bitte! Greif zu. In ein paar Minuten bist du erledigt. Ich habe sie mit Rohypnol gespritzt.«

Er warf die Bonbons auf den Tisch. In meinem Schädel krachte es. Am Sonntag, kurz bevor ich umkippte, hatte ich eines dieser Dinger zerbissen.

»Uwe brauchte ich nur zu erschlagen. Und damit er sich nicht mehr selbst retten konnte, habe ich ihm noch ein bisschen was zur Stärkung gegeben.« Er griff sich in die Innentasche des Jacketts und zog eines der kleinen Schnapsfläschchen heraus. »Es war Magenbitter, ein kleiner Selbstbetrug für Alkoholiker.«

»Und warum das alles?«

Krk zog die Schultern hoch. »Tja. Da komme ich etwas in Erklärungsnot. Gabi war eine Zeugin, das leuchtet ein, nicht wahr? Ich wusste von Staatsanwältin Meisner, dass Gabi am Freitag ihr Geständnis widerrufen hatte. Krankenhäuser entlassen abends keinen mehr, also musste sie Samstagmorgen herauskommen. Hättest du etwas genauer recherchiert, dann hättest du gewusst, dass Gabi seit gut einem Jahr für den *Stuttgarter Anzeiger* schrieb. Als Freie, um sich fürs Studium was dazuzuverdienen. Sie schrieb nette Sachen. Zum Beispiel: Frauen sind die besseren Mörder.«

Daher also hatte er seine Kenntnisse. Wo hätte er auch die alten Ausgaben der *Glamour* auftreiben sollen.

»Aber dass sie den Burschen spielte, das gefiel mir nicht. Müssen Frauen partout unsere schlechten Angewohnheiten übernehmen? Rauchen, fluchen, kämpfen, siegen. Frauen wie Gabi wollen doch nichts anderes als die Macht mit Brachialgewalt. Was das bedeutet, habe ich am eigenen Leib erfahren. Sollte ich mitansehen, wie Uwe dasselbe Schicksal erlitt? Du wirst sagen, es sei verrückt, Uwe umzubringen. Aber du verstehst das nicht. Sie hätte ihn ohnehin eines Tages umgebracht. Sie hätte ihn kaputtgemacht und dann sich umgebracht und ihn. Und niemand hätte sie dafür noch zur Verantwortung gezogen. So herum war es viel besser. Jeder würde sie für die Mörderin halten. Man würde sie zur Verantwortung ziehen, vor Gericht stellen. Niemand hätte ihr geglaubt, dass ich Uwe erschlagen habe, um sie in Schwierigkeiten zu bringen. Man hätte das für Ausflüchte gehalten. Es hätte funktioniert, wenn du nicht angefangen hättest, gegen Uwe zu ermitteln. In dem Moment, da Uwe als Sexualverbrecher dastand, fing man an, Gabi zu glauben. Es ist schon verrückt. Sobald es einen objektiven Grund gab, Uwe in Notwehr zu töten, konnte Gabi die Staatsanwältin und den Richter überzeugen, dass sie es nicht war.«

Krk nahm das kleine schwarze Büchlein vom Tisch neben dem Computer und ließ die Seiten durch die Finger gleiten. »Übrigens, vielen Dank, dass du mir dieses Heftchen wiederbesorgt hast. Ich hatte es bei der Leiche verloren.«

Darum hatte er mir auch bei unserem ersten Treffen nichts davon erzählt, dass sich das Büchlein unter den Sachen des Toten befunden hatte.

»Willst du wissen, was diese Zeichen bedeuten? Am sechsten Dezember vor drei Jahren habe ich Gabi zum ersten Mal vor dem *Sarah* abgeholt. Sie glaubte, ich hätte mich in sie verliebt. Genauso wie du. Im März dieses Jahres holte ich sie hier unten vor der Redaktion ab. Eberhardstraße. Wir gingen im Silberwald spazieren. Wir gingen ins Kino. Ich holte sie bei Hede ab, selbstverständlich ohne hinaufzugehen. Wir trafen uns am Albplatz und gingen zu mir. Wir kauften BHs bei Laukin. Und so weiter. Am 8.12. waren wir an der Johanneskirche verabredet. Du hattest also Recht. Es waren Verabredungen.«

»Und das Sternchen, das ›Ak‹, was bedeutet das?«

Krks Augen flackerten. »Unterbrich mich nicht! Das Sternchen bedeutet, dass wir es miteinander getrieben haben. Ak ist die Abkürzung für Aktion, mein Spezialausdruck für fotografieren.« Er steckte das Büchlein in die Innentasche seines Jacketts und genehmigte sich ein Gläschen.

Ich schwor mir, nie wieder Calvados zu trinken, wenn ich das überlebte.

»Soll ich noch was zu Louise sagen, oder erübrigt sich das?«, fuhr er fort. »Meine Motive dürften dir inzwischen ja klar sein, oder? Krankhafter Frauenhass verbunden mit schwerster seelischer Vorschädigung und schizoiden Wahnvorstellungen. Leider sind Leute wie ich nicht blöd. Im Gegenteil. Wenn es mich packt, dann kann ich mit Argumenten der Vernunft nichts gegen die ungeheure Logik meiner Selbstrechtfertigung ausrichten. Angst und Zorn treiben mich zu Taten, die ich einem Mädchen wie dir schwerlich erklären kann.« Er stellte das Glas ab. Ich saß immer noch in Marthas Schreibtischstuhl. Was für eine Falle er war, hatte ich vorhin erst Krk spüren lassen. »Ich sehe dir an«, sagte er, »dass du dich fragst, wieso auf einmal? Was bewegte mich, plötzlich mit dem Morden anzufangen, nach so vielen Jahren der Latenz. Eine schwierige Frage. Ich könnte sagen, dass ich den Auftrag empfing, aber das klingt zu verrückt. Ich habe darüber nachgedacht. Als du vorhin von Louises Artikel über mich anfingst, fiel es mir wieder ein. Sie hatte mich angerufen, weil sie diesen Artikel jetzt drucken wollte, und zwar in der Januarausgabe der *Amazone.*« Er drehte die Hände ineinander, dass die Knöchel knackten. Seine zu großen grauen Augen fokussierten mich. Er lächelte etwas. »Und was mache ich jetzt mit dir?«

»Ob Gott das gefällt, so am Heiligen Abend«, gab ich zu bedenken.

»Du brauchst mit mir nicht zu argumentieren wie mit einem Verrückten. Ich bin im Moment nicht auf dem Trip. Ich bin nichts weiter als ein Mörder, der seine Mitwisser beseitigt.«

»Du wirst Spuren hinterlassen.«

»Ein paar Fingerabdrücke, die niemand identifizieren kann.«

Fingerabdrücke! In meiner Jackentasche befand sich die Totenliste aus dem Archiv des *Anzeigers*, die Krk im *Samhar* mit seinen Injera-Pfoten angefasst hatte.

»Die beiden Polizisten haben dich vorhin gesehen«, sagte ich.

Er nickte nachdenklich. »Du hast Recht. Dann sollten wir jetzt einen Spaziergang machen.«

Er packte mich mit überraschender Schnelligkeit am Arm und zog mich aus dem Sitz. Ich sträubte mich anstandshalber. Er zerrte mich zwischen Schreibtisch und Regal hervor. Kaum hatte ich etwas Platz, gab ich seinem Zug nach, prallte gegen ihn, hieb ihm den Arm gegen die Kehle und angelte ihm mit einem Fußfeger das Bein weg. Diesmal ließ ich den Fallenden los. Er riss die Schreibtischlampe am Kabel mit zu Boden.

Da er zwischen mir und dem Ausgang lag und keineswegs außer Gefecht gesetzt war, sondern im Begriff sich aufzurappeln, flüchtete ich in mein Büro. Ich riss die Kopien aus dem Archiv des *Anzeigers* aus der Innentasche meiner Jacke und warf sie auf den Schreibtisch. Die Polizei würde hoffentlich so intelligent sein, die richtigen Schlüsse daraus zu ziehen.

Die Tür meines Büros schließen zu wollen wäre ein sinnloses, zeitraubendes Unterfangen gewesen. Ehe ich auch nur das Telefon erreicht hatte, hatte Krk mich schon von hinten gepackt.

29

»Das war knapp.«

»Hätten wir ihn nicht festhalten müssen, statt ihn gehen zu lassen?« Marie musterte nicht besonders erschüttert die zertrümmerte Lampe.

»Du bist gut«, sagte ich. »Womit hätten wir ihm denn den Schädel einschlagen sollen? Mit den Telefonbüchern? Oder dem Anrufbeantworter? Nein. So ist es viel besser. Jetzt können wir ihn der Polizei überlassen, statt uns selber mit ihm herumzuschlagen.«

»Hat er dich verletzt?« Marie wirkte fast besorgt, fast mütterlich, zumindest freundschaftlich beunruhigt.

»Ich glaube nicht«, sagte ich. »Du bist genau im richtigen Moment gekommen.«

Marie wandte sich zur Tür um, die fest verschlossen war. Ich hatte den Schlüssel zwei Mal im Schloss herumgedreht. Es war eine Sache von Sekundenbruchteilen gewesen. Ich hörte den Schlüssel im Schloss, rammte Krk den Ellbogen in die Rippen und stand im nächsten Moment Marie gegenüber, die in einer

Wolke von Schneeluft ins Licht trat. Krk schnappte seinen Mantel und stürzte an Marie vorbei ins Treppenhaus.

Marie lachte. »Und ich dachte erst, ihr … ihr würdet hier … nun ja. Zugetraut hätte ich es dir ja.«

Es war ein Anruf der Polizei gewesen, der sie aus dem bereits verschneiten Degerloch am Heiligen Abend hinab in die Stadt getrieben hatte. Die beiden Beamten hatten Vorsicht walten lassen und bei Marie nachgefragt, ob es in Ordnung sei, dass sich eine Person namens Lisa Nerz und eine weitere, nicht identifizierte männliche Person um diese Zeit in den Räumen der Redaktion aufhielten. Das hatte Marie keine Ruhe gelassen.

»Du solltest jetzt wohl die Polizei anrufen«, sagte sie.

Anscheinend gab es nichts, was sie wirklich aus der Bahn warf. Sie stand schön und kühl auf dem Teppich, in schwarzen Schnürstiefeletten, blauen Jeans und einer kurzen roten Lederjacke. Auf den blonden Haaren saß eine schwarze Baskenmütze, auf der die Tropfen geschmolzenen Schnees glitzerten.

Doch meine Hand, mit der ich nach Marthas Telefon langte, zitterte so, dass ich sie beschämt wieder einzog. Auch wusste ich schlichtweg nicht, wie ich den Hauptwachtmeistern klar machen sollte, dass sie unverzüglich den Journalisten Karl Kraus suchen und festnehmen mussten. Kommissar Rasch, der mich immerhin kannte, saß jetzt vermutlich bei der Weihnachtsgans mit Rotkraut und Maronen.

»Krks Geständnis glaubt mir doch keiner«, sagte ich. »Und eskalierende Beziehungsstreitigkeiten sind häufig zu Weihnachten.«

»Du hast doch nicht wirklich eine Beziehung mit dem?« In Maries blauen Augen erschien so etwas wie Entsetzen.

»Nuuun ja, Beziehung …«

»Na gut.« Marie griff zum Telefon. »Was ich gesehen habe,

reicht vermutlich, diesem Arschloch erst mal die Polizei auf den Hals zu hetzen.«

Was waren das für Worte aus Maries Mund?

»Und dann bringe ich dich nach Hause, falls Kraus noch nicht genug von dir hat.«

»Ich glaube, er bringt sich um«, sagte ich. Zuweilen gab es Erkenntnisse, die formierten sich zu Gewissheiten in jenen Teilen des Hirns, die den Operationen des Bewusstseins nicht zugänglich waren. »Er hat die Taschen voller Gift. Lassen wir ihn sterben.« Dass mir die Stimme dabei brach, war mir peinlich.

Marie wandte sich taktvoll ab. Offenbar hatte sie noch irgendetwas in ihrem Büro zu erledigen. Noch immer lagen die fünf Vitamin-C-haltigen Bonbons auf Marthas Tisch. Ich sackte sie ein. Hede fiel mir ein, der ich Marthas Weihnachtsgebäck überlassen hatte. Wie hatte es Krk eigentlich geschafft, mich das erste Mal zu vergiften?

Marie kam wieder. »Geh'n wir?«

»Wohin?« Krk durfte nicht sterben, bevor er mir die Antwort gegeben hatte. Wo war er hingegangen? Wo ging einer wie er hin? Vielleicht wäre ihm noch zu helfen.

Ich registrierte nur am Rande, dass Marie mich aus dem Stuhl zog und zur Tür führte. Ich glaube, dass sie mir erzählte, dass sie mich mit zu sich nehmen werde. Dort werde Kraus mich nicht finden. Ein obstinater Winkel meines Hirns reagierte mit Häme. Natürlich würde er mich finden. Er kannte Maries Adresse.

Draußen war es kalt. Der Schnee überzuckerte die Autodächer. Dass einem beim Schnee immer Zucker einfiel. Warum nicht Arsen? Die Absätze von Maries Schnürstiefeln und meinen Westernstiefeln knallten, wo der Schnee nicht liegen blieb, und hallten zwischen den Häuserwänden. Marie wandte sich zum Kaufhaus Breuninger über den Markt- und Schillerplatz zur U-Bahn-Haltestelle Schlossplatz.

»Kennst du eigentlich«, fragte ich, »eine Magdalena Titten? Sie hat auch in Tübingen Jura studiert. Sie muss in deinem Alter gewesen sein.«

Der Schlossplatz öffnete sich vor uns. Links der Betonkoloss des Buchhauses Wittwer und die Betonwehre des Kleinen Schlossplatzes (die zehn Jahre später einem grünlich schimmernden Glaswürfel für Stuttgarts Sammlung moderner Kunst gewichen sind), dann die Säulen des Königsbaus, davor das blaue Schild zur U-Bahn. Der goldene Hirsch auf dem Kunstverein, rechts das Neue Schloss. Die Springbrunnen waren trockengelegt.

»Ja, ich kannte sie«, sagte Marie.

»Uwe hat sie umgebracht.«

Marie schaute mich an. Es kam mir spöttisch vor. »Fängst du schon wieder damit an?«

Ich war ihr nie gewachsen gewesen. So eine wie die, das war genau der Typ, an dem sich schmutzige kleine Burschen wie ich mit ihren feuchten Träumen die Zähne ausbissen. Eine Königin. Der Typ, dem man Blumen und Bewunderung zu Füßen legte. Louise hatte Recht. Meine mickrige soziale Herkunft prädestinierte mich dafür, mir das, was ich nicht haben konnte, mit Gewalt zu holen. Handgreiflichkeiten waren immer das Erste, was mir einfiel. Maulaffen gegen rhetorische Überlegenheit.

In Maries Augen stieg ein Lächeln. Ihre Hand legte sich leicht auf meinen Arm. »Weißt du was? Ich … Ach, komm einfach mal mit.«

»Wohin?«

»Zum Kunstverein.«

Das ging, das war nicht weit. Kies knirschte unter unseren Sohlen. Marie schwenkte bei den Pfeilern ab in den Durchgang zum Stadtpark. Ehe ich fragen konnte, was sie dort wollte, lachte sie auf und rannte los. Ich hinterher. Sie sprang die Stufen zum

Eckensee hinab, der eigenartig mehlig schimmerte. Erst auf den zweiten Blick erkannte ich, dass er zugefroren war. Nur an den Uferstufen des Teichs war eine Stelle eisfrei, in der Dutzende von Enten dösten.

Marie schlitterte bremsend über die Platten, drehte sich um und breitete die Arme aus. Die alten Parkbäume, der Glaswürfel des Landtags, die Freitreppe und die mit Säulen bestückte Fassade der Oper wuchteten feierlich in die Nacht. In der Kulisse stand sie auf langen schwankenden Beinen, mit flackernder roter Jacke, wehenden Haaren und dem kecken Hütchen auf dem Scheitel. Ich fiel ihr förmlich in die Arme.

Sie fing mich auf und lächelte. »Hast du das nicht gewusst?«, sagte sie. »Was bist du nur für ein Dummkopf.«

»Ich bin eben ein Idiot«, räumte ich bereitwillig ein.

Und ich war es. Denn irgendwas hatte sie in der Hand, mit der sie vorgab, mich streicheln zu wollen. Etwas, das zischte und wie ein eisiger Hauch in meinen Rachen fuhr. Einmal, zweimal. Dann hatte ich mich losgeboxt. Die vereiste Teichfläche sprang mich an. Im nächsten Moment fühlte ich glatten Stein unter meinen Händen. Die Perspektive hatte sich fatal verändert.

Marie beugte sich herab. Sie zeigte mir das kleine Sprayfläschchen Nitrolingual. Nitroglyzerin hat einen Siedepunkt von 180 Grad und zerfällt erst dann. Das wusste ich inzwischen. Es eignete sich durchaus für heißen Kaffee. Die Symptome waren genau die gleichen wie am Sonntag, als ich in der Redaktion umkippte. Mein Herz krampfte.

Krk war mit seinen K.-o.-Tropfen so dicht dran gewesen. Und ich hatte ihn völlig falsch verstanden.

Zu einem »Warum?« reichte es noch. »Warum? Marie?«

»Ich bin Magdalena Titten. Ich habe vor drei Jahren meine juristische Laufbahn aufgegeben und meinen Namen Maria Magdalena Titten in Marie Trittan ändern lassen. Ich hatte die Schnauze gestrichen voll von den dummen Witzen meiner männlichen Kollegen.«

Der grässliche Krankenhaustraum fiel mir wieder ein. Die Studentin, die dem jungen Burschen die Akne aussaugte. Und dann die Sprengung mit Nitroglyzerin. Dazu der Satz aus Louises Dossier: »Hochintelligente Studentin kopiert Don Juan, verführt minder intelligente Heranwachsende ohne sexuelle Erfahrungen und lässt sie dann sitzen. Bis einer rabiat wird.« Ich hatte es gewusst. Vor allem hatte Louise es gewusst.

Aus der Ferne drang Maries Stimme zu mir.

»Es stimmt. Uwe hat nicht akzeptiert, dass ich nichts mehr von ihm wissen wollte. Er hat dann versucht, mich zu vergewaltigen. Nein, das stimmt nicht ganz. Er hat mich vergewaltigt. Er hatte ein Messer. Und mein Motorradrocker war wieder mal auf Reisen. Fast hätte Uwe mich getötet. Wie ich aus meiner Wohnung lebendig rausgekommen bin, weiß ich bis heute nicht. Das mit den Sprays habe ich erst später entdeckt. Von wegen Tränengas. Haarspray ist ungefähr so wirkungsvoll, wenn dich einer angreift. Und du kommst noch selber weg, ohne dass dir die Augen tränen. Erst hatte ich Panik. Aber die Polizei? Du weißt ja, wie das ist. Die glauben einem nur, wenn man tot ist. Mir war sofort klar: Uwe durfte meine Spur nie wiederfinden. Aber dann bin ich ihm vor zwei Jahren kurz vor Weihnachten an der Johanneskirche über den Weg gelaufen. Erst dachte ich, er hätte mich nicht erkannt. Doch irgendwie hat er dann herausbekommen, wo ich arbeitete. Ich traf ihn ein Vierteljahr später vor der Redaktion in der Eberhardstraße, und letztes Jahr im März stand er vor meinem Haus. Ich sah ihm in die Augen und er mir.«

Ak bedeutete Augenkontakt, blitzte es durch mein gestresstes Gehirn. Das Schwarzbuch gehörte Marie. Krk hatte wieder Recht gehabt. Der Mörder hatte es verloren. Die Polizei hatte es für das Buch Uwes gehalten, nachdem Gabi bestritten hatte, dass es ihr gehörte.

»Und als ich dann sonntags im Wald spazieren ging«, fuhr Marie fort, »sprach er mich an. Er liebe mich noch und ich solle ihm verzeihen. Verzeihen! Diese Ratte folgte mir überallhin. Und dann habe ich mich mit ihm verabredet, dort, wo wir uns zum ersten Mal wieder begegnet waren, an der Johanneskirche.«

Der Schweiß gefror auf meinem Körper. Dennoch war mir so heiß, dass ich mir, wenn ich es gekonnt hätte, die Kleider vom Leib gerissen hätte. Marie, die schöne Marie ging zu mir in die Hocke. Sie hatte harte knöcherne Hände, mit denen sie mir ins Gesicht ging für den nächsten Hub aus dem tödlichen Fläschchen. Meine Hände schwabberten sonst wo, nur nicht gegen sie.

»Und Louise?«, stammelte ich. Beim »Wann?« empfing ich die dritte Dosis.

»In ein paar Minuten ist es vorbei«, sagte Marie sanft. »Ja, Louise. Sie kam am Sonntagabend von der Alb. Und anders als du dummes Schaf hätte sie sofort gewusst, wer Uwe erschlagen hat. Ich habe ihr leider das mit Uwe und mir mal erzählt. Es war, als wir über mein Interview mit Hede stritten und sie mir auf den Kopf zusagte, dass mir mal ein Mann was angetan hat. Sie glaubte, ich hätte deshalb meine Karriere in der Männerwelt der Juristen abgebrochen. Aber es war eigentlich nur dieser Name, dieser verfluchte Name, Maria Magdalena Titten. Jeder glaubte, er könnte mich … Aber was soll's, das ist ja nun vorbei. Und für Louise war es wirklich höchste Zeit abzutreten. Sie wollte die Seite wechseln. Sexspiele auf der Schwäbischen Alb. Mit jungen Männern.«

Und Krk war so taktvoll gewesen, sich selbst als möglicher Ehemann Louises der Lächerlichkeit preiszugeben, nur um mir klar zu machen, dass Louise längst die Seite gewechselt hatte. Nun konnte ich ihm keine Abbitte mehr leisten.

»Und für dich, du Schaf, ist es auch Zeit«, flüsterte Marie.

Welche Versuchung, sich zu ergeben! Keine Probleme mehr, keine Schuld, keine Suche nach Entschuldigungen. Süße Schwere zog mich hinab.

Aber nicht ohne Marie, die schöne Marie. Nicht ohne sie. Ein Teil von mir – vermutlich die Arme – verhedderte sich in fremden Knien. Harte Haken von Schnürstiefeln krallten sich in mein Fleisch. Ein Schrei. Sohlen zischten auf übereistem Stein. Die Stiefel sausten mir in den Leib. Dann gab es ein riesiges Entengeflatter, und kleine schwarze Wellen schwappten über den Rand.

Im Nachbild sah ich Marie mit den Armen rudern. Die Fluten schlugen über ihr zusammen. Noch einmal richtete sie sich auf, schaffte es halb, im glitschigen Flachteich Fuß zu fassen. Doch es riss ihr die Beine auseinander. Rückwärts schlug sie gegen die Eiskante. Das Eis barst. Marie versank in Scherben und Schwarzwasser. Ein Stiefelchen noch. Ein sachtes Davonsegeln der roten Lederjacke unters Eis.

Vielleicht rettete mir das Adrenalin im Blut, das die Adern und Lungen weitete, das Leben. Vielleicht war die Dosis auch nicht hoch genug gewesen. Nitroglyzerin schützte Herzkranke bei ungewöhnlichen Anstrengungen etwa eine halbe Stunde. Danach konnte ich wieder kriechen.

Es begann wieder zu schneien. Der Schnee holte den Park aus der Dunkelheit. Stufen, Ecken, Bänke, Äste, Plastiken, Dächer nahmen Gestalt an. Wenn das Wetter hielt, würde man die Leiche erst nach Tagen finden.

30

Emma schlitterte. Auf der Höhe in Degerloch lag der Schnee in der Morgensonne zentimeterdick auf Fußwegen und Fahrbahnen. Die Räumfahrzeuge waren bislang nur über die Hauptstraßen gefahren, und die Anwohner schliefen aus statt zu fegen. Selig die Kinder, die Schlitten oder Skier bekommen hatten und sie nachher ausprobieren konnten. Der Himmel war blau.

Die wehrhafte Tür des Ärztehauses öffnete sich erst nach dem dritten Klingeln. Aber sie öffnete sich. Mein Herz klopfte, als ich die Treppen hinaufstieg. Krks Wohnungstür stand halb offen. Er kam von der anderen Flurseite direkt unterm Wasserhahn hervor mit tropfenden Haaren und nassem Gesicht, nur mit einem blauen Oberhemd bekleidet, auf dem die Tropfen dunkle Punkte zeichneten. Er starrte mich an und lehnte sich ächzend gegen die Wand. »Eigentlich habe ich mit der Polizei gerechnet.«

»Pech«, sagte ich.

Krk nickte langsam. Dann nahm er den kürzesten Weg in die Küche, das heißt, er fiel mehr, als dass er ging. Dort hielt er sich am Handtuchhaken fest und trocknete sich das Gesicht. »Entschuldige. Ach was, zum Teufel! Was willst du noch?«

»Ich wollte mich bei dir bedanken.«

»Wie bitte?« Er blinzelte in die Sonne, die zum Fenster hereinplatzte. Die im Moment eingeschränkte Funktionsfähigkeit seines Hirns reichte immerhin, sich zu erinnern, wo die Fünfzigerpackung Aspirin stand, nämlich im Wandschrank über dem Herd, wo andere Leute ihre Gewürze aufstellten. Er füllte ein Glas mit Wasser, warf drei Tabletten hinein und sank auf den Küchenstuhl an den Tisch. Das Zeug schäumte über den Glasrand.

Ich zog die fünf Vitamin-C-Bonbons aus der Jackentasche

und ließ vier davon auf den Küchentisch gleiten. Das vierte behielt ich in der Hand, um es vom Papier zu befreien. Als ich so weit war, es in den Mund zu stecken, packte er meine Hand. Seine Augen waren wirklich zu groß, zu fragend.

»Es ist vorbei«, sagte ich. »Ich hab's kapiert.«

»Wie du willst.« Er ließ los.

»Louise, Uwe und Gabi«, sagte ich, »wurden letztlich mit Nitrolingual umgebracht. Nicht mit deinen K.-o.-Tropfen. Der Stein für Uwe oder die Barbiturate bei Louise dienten nur zur Abrundung. Darum hat Uwe sich auch nicht mehr fortbewegt. Er litt an Herzschmerzen und starb am Kollaps. Außerdem hat der Gerichtsmediziner in Uwes Blut keinen Alkohol festgestellt. Ich habe den Bericht gelesen. Mit dem Magenbitter hast du dich verhauen. Zufällig hatte ich am Sonntag, bevor ich umkippte, eines deiner Bonbons zerbissen. Aber du hättest doch wohl kaum den Notarzt geholt, wenn du vorhattest, mich umzubringen. Außerdem war mir am Dienstag davor schon einmal schwummrig. Das war die Generalprobe. Und da hatten wir gar keinen Kontakt.«

Krk hustete.

»Kaffee?«, erkundigte ich mich.

Er nickte, goss das Aspirin in sich hinein und schüttelte sich. Gänsehaut floss über seine behaarten nackten Beine. Männerknie waren doch ein ziemlich archaisch wirkendes Scharnier von lediglich funktioneller Eleganz.

»Es war der Kaffee«, sagte ich, während ich die Kaffeemaschine füllte. »Aber ich gebe zu, dass mich deine Bonbons ungeheuer beeindruckt haben. Es war eine grandiose Vorführung. Das Beste, was einem Looser einfallen kann, um eine kleine Detektivin für ihre Selbstgefälligkeit zu bestrafen. Außerdem wolltest du, dass ich dir Unrecht tue, dass ich mich schuldig fühle, dass ich alles Mögliche wieder gutmachen will, dass ich dich um Verzeihung bitte. Meine Schuldgefühle haben mir letztlich das Leben gerettet. Das also ist die Macht der Masochisten.«

Er lächelte.

»Und was kommt jetzt?«, fragte ich. »Dein Spiel funktioniert nicht mehr.«

Krk fuhr sich durch die Haare, zog die Zipfel seines Hemdes über die Scham, spielte mit dem leeren Glas.

Ich stellte Milch, Zucker und Tassen auf den Tisch. Seine Hand nestelte sich durch die Bonbons. Ich legte Löffel dazu. Seine Finger verfingen sich in meinen Fingern. Krk hüstelte.

»Vielleicht geht's ja auch ohne Gewalt.«

Christine Lehmann bei Ariadne

»Christine Lehmann ist den meisten deutschen Krimischreibern stilistisch haushoch überlegen. Man kann sich diesen Sound nicht antrainieren. Bei Lehmann beruht er auf Menschenkenntnis, Lebenserfahrung, Selbstironie und Belesenheit.« *Perlentaucher*

»Einsam, aufsässig und notorisch respektlos – ein klarer Fall von hardboiled woman.« *Konkret*

»Christine Lehmann schreibt mit Herz und, eine Rarität im D-Krimi, (Wort-)Witz.« Tobias Gohlis, *Die Zeit*

Harte Schule

Ariadne Krimi 1157 · ISBN 3-88619-887-1

Lisa Nerz, Zeitungsreporterin mit beträchtlicher Erfahrung und guten Verbindungen, trägt gern Männerkleidung und genießt es, ihre arrogante blonde Volontärin zu triezen. Als die Meldung hereinkommt, dass auf einem Stuttgarter Schulhof ein ermordeter Lehrer liegt, nimmt die narbengesichtige Journalistin die Fährte auf und folgt ihr bis in allerhöchste Kreise, wobei sie Kopf und Kragen riskiert …

Ein knallharter Whodunnit, der zynisch und treffsicher das Lebensgefühl heutiger Jugendlicher auf den Punkt bringt.

Höhlenangst

Ariadne Krimi 1161 · ISBN 3-88619-891-X

Tief und dunkel sind die berühmten Höhlen der Schwäbischen Alb. Doch das kann eine Journalistin vom Kaliber der narbengesichtigen Lisa Nerz nicht schrecken – wenn Gerüchte von Mord und Korruption umgehen, steckt sie ihre Nase auch ins finsterste Fledermausnest. Auf der Suche nach einem Staatsanwalt, einer Leiche, die eben noch da war, und ein bisschen Liebe nimmt Lisa Nerz waghalsige Klettertouren auf sich und entreißt dem unterirdischen Labyrinth die Wahrheit.